KB234883

마풍협성

송진용

新무협 판타지 소설

FANTASTIC ORIENTAL HEROES

# 마풍협성 2

송진용 新무협 판타지 소설

초판 1쇄 찍은 날 § 2007년 6월 5일
초판 1쇄 펴낸 날 § 2007년 6월 15일

지은이 § 송진용
펴낸이 § 서경석

편집장 § 문혜영
편집 § 서지현 · 심재영

펴낸곳 § 도서출판 청어람
등록번호 § 제1081-1-89호
등록일자 § 1999. 5. 31
어람번호 § 제2-1218호

주소 § 경기도 부천시 원미구 심곡1동 350-1 남성B/D 3F (우) 420-011
전화 § 032-656-4452  팩스 § 032-656-4453
http://www.chungeoram.com
E-mail § eoram99@chollian.net

ⓒ 송진용, 2007

ISBN 978-89-251-0732-5 04810
ISBN 978-89-251-0730-1 (세트)

魔風星俠

# 마풍성협

**FANTASTIC ORIENTAL HEROES**

송진용 新무협 판타지 소설

도서출판 청어람

**2**

[방랑자(放浪者)]

시대가 혼란스럽고, 민간의 삶이 고달파질수록 영웅의 출현은 불가피해진다.

"한(恨)은 목숨보다 더 지독하거든. 너도 그걸 네 개쯤 가져 봐.

그럼 목에 다섯 번 떨어질 때까지는 죽을 수 없을 거야."

불사귀(不死鬼)라고 불리는 사내, 도수백(陶秀柏)의 이야기다!

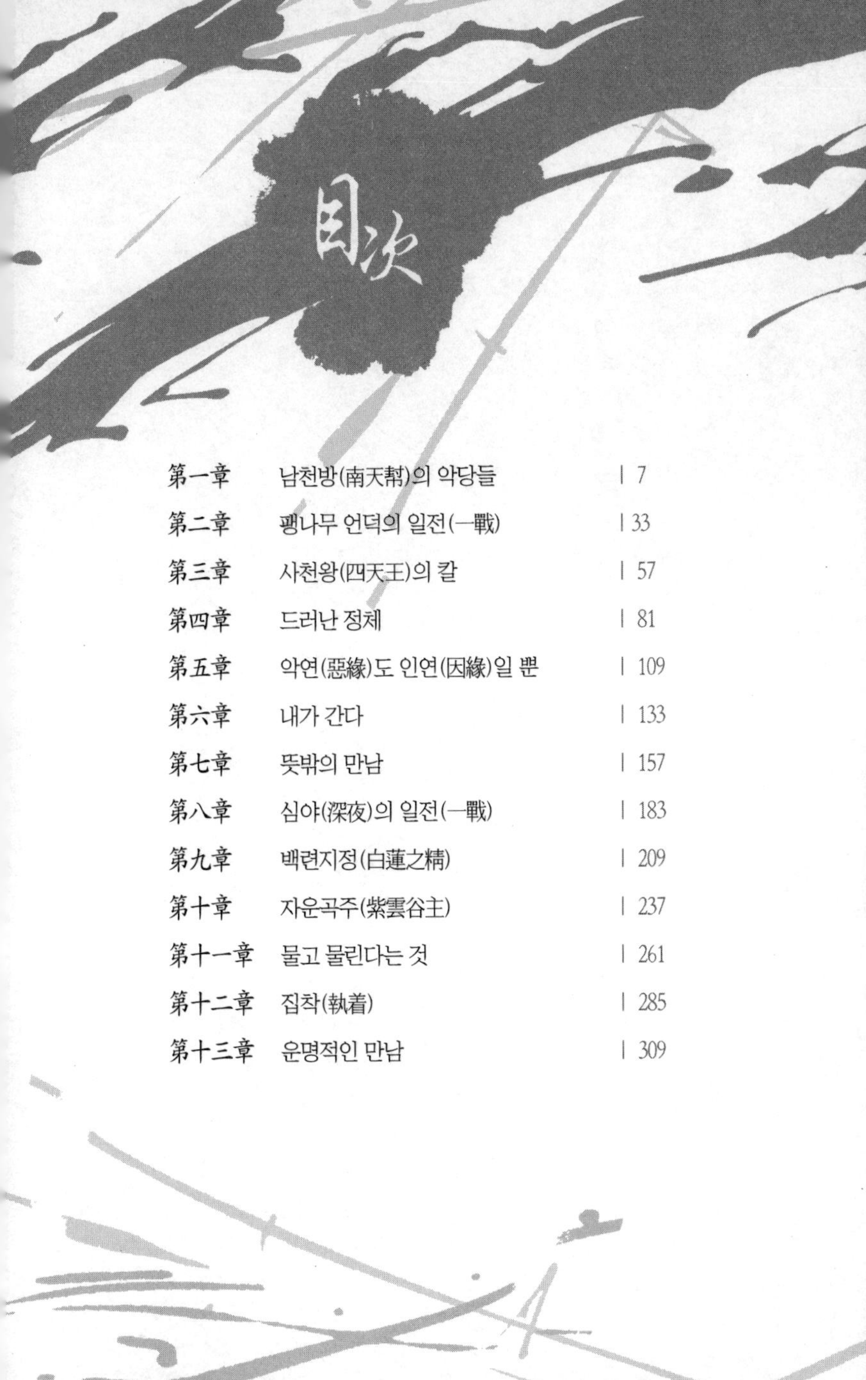

# 目次


| 第一章 | 남천방(南天幇)의 악당들 | 7 |
| 第二章 | 팽나무 언덕의 일전(一戰) | 33 |
| 第三章 | 사천왕(四天王)의 칼 | 57 |
| 第四章 | 드러난 정체 | 81 |
| 第五章 | 악연(惡緣)도 인연(因緣)일 뿐 | 109 |
| 第六章 | 내가 간다 | 133 |
| 第七章 | 뜻밖의 만남 | 157 |
| 第八章 | 심야(深夜)의 일전(一戰) | 183 |
| 第九章 | 백련지정(白蓮之精) | 209 |
| 第十章 | 자운곡주(紫雲谷主) | 237 |
| 第十一章 | 물고 물린다는 것 | 261 |
| 第十二章 | 집착(執着) | 285 |
| 第十三章 | 운명적인 만남 | 309 |

# 魔風俠星

## 第一章
### 남천방(南天幇)의 악당들

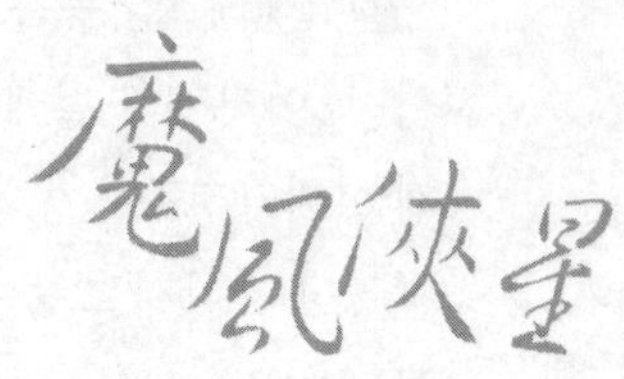

**"틀**림없어?"

"내 이 두 눈으로 똑똑히 봤다니까 그러네. 나하고 눈인사까지 나누었단 말이다."

"허—"

앵속을 빨던 곰보사내가 어이없다는 탄식을 내뱉었다. 그리고 중얼거린다.

"그놈이 뒈진 줄 알았더니 살아 있었구나."

"어떻게 할까?"

쥐눈의 사내, 황보칠이 곰보사내의 눈치를 보며 물었다.

곰보사내가 곰방대를 내던지고 버럭 악을 썼다.

"뭘 어떻게 해? 놈을 봤으면 그 자리에서 두 동강을 내버릴 것이지, 여기까지 헐레벌떡 달려와서는 고작 한다는 말이 어떻게 할까라고?"

"쳇, 나 혼자서 그놈을 상대하란 말이야? 잘 알면서 그래."

곰보사내, 모혈랑(模血狼) 모악봉(模握峰)이 투덜거리는 황보칠에게 사납게 눈을 부라렸다.

그는 땅딸막한 키에 어깨가 떡 벌어진 것이 힘깨나 써 보임직한 인상인데, 성질이 난폭하고 두 자루의 도끼를 잘 썼다.

한번 눈이 뒤집히면 잔인하고 흉포하기가 이루 말할 수 없어서 그를 아는 자들은 모두 나찰 모혈랑이라고 부르며 꺼려 했다.

그는 여강에서 두령 노릇을 하던 자인데, 나대규와 상조가 비명횡사하자 그 즉시 대리로 달려와 새 두령이 되었다.

모혈랑은 지난 몇 달 동안 여강에 있던 제 패거리들까지 불러들여서 세를 불리더니 '남천방(南天幇)'이라는 그럴듯한 이름까지 지어 가졌다.

"제기랄, 우리라고 언제까지 골목 안 건달들로만 머물 수 있겠어? 우리도 당당히 강호의 한 방회로 일어서는 거다! 모두 힘을 합쳐서 세를 불리면 가능해!"

그는 언제나 부하들에게 그렇게 큰소리를 치곤 했다.

야심이 있는 자였던 것이다.

황보칠이 두려운 얼굴로 물러서며 변명을 늘어놓았다.

“그놈의 칼 솜씨를 잘 알잖아. 나 같은 놈은 상대가 될 수 없다고. 괜히 달려들었다가 그 자리에서 뒈져 봐. 누가 이렇게 그놈이 나타났다는 걸 말해줄 수 있겠어?”

“시끄러!”

버럭 소리친 모혈랑이 도끼를 움켜쥐며 소리쳤다.

“죄다 불러 모아! 복수다!”


쥐눈의 사내 황보칠이 보았다는 그놈.

도수백은 아무것도 모르는 채 한가롭게 대리 부중을 어슬렁거리고 있었다.

창산에서 내려오자마자 관일로(關一路)라고 부르는 대로(大路) 어귀에서 황보칠을 만났다.

관일로는 창산 북면으로 오르는 산길과 이어지는데, 점창파로 올라갈 수 있는 길이다.

때문에 대리와 여강 일대의 악당들은 절대로 관일로를 넘어서지 않았다. 아니, 창산에 오르는 일이 없다고 해야 하리라.

점창파에게 밉보이는 걸 두려워해서인데, 그들이 창산에 들어오지 않는 이상 점창파에서도 짐짓 그들의 소행을 눈감아주는 면이 있었다.

저자에서의 일에 일일이 관여할 수 없기 때문이기도 하고, 점창파가 차지하고 있는 강호에서의 명성이나 위치 때문이기도 했다.

그들이 보았을 때 대리 부중의 건달패들이야 하찮기 짝이 없는 자들에 지나지 않았던 것이다.

그런 자들과 싸운다는 것 자체가 점창파로서는 불쾌한 일이리라.

그래서 관일로 끝을 경계로 하여 보이지 않는 선이 그어져 있었는데, 도수백이 혼자 터덜터덜 산에서 내려와 관일로로 들어섰던 것이다.

황보칠이 도수백을 한눈에 알아보았듯, 도수백도 마주친 즉시 황보칠을 알아보았다.

나대규와 상조가 이끌던 대리 부중의 건달패들과 잠시 어울렸을 때 안면을 텄던 것이다.

"오랜만이군. 잘 지냈지?"

도수백이 반가운 마음에 빙긋 웃으며 인사말을 건네자 황보칠이 당황하여 머뭇거렸다.

"네가 정말 도수백인가?"

"아니면 누구겠어?"

"허, 이거야 원—"

황보칠이 입을 딱 벌렸다.

이게 미친놈이 아닌가 싶기도 한 것이, 남루한 옷차림에 밤송이머리를 하고 있는 것도 그렇지만, 제가 저질렀던 일은 까맣게 잊은 것처럼 태연했기 때문이다.

　그게 칠 개월 전의 일이라고는 해도 제 손에 죽은 사람들이 누구인지를 생각한다면 감히 대리 부중에 모습을 드러낼 수 없을 것이다.

　벌써 죽었거나, 아니면 어디 먼 곳으로 달아나 버린 걸로만 여기고 있었는데, 이렇게 갑자기 마주치니 얼떨떨할 수밖에 없다.

　황보칠이 무어라 할 말을 찾지 못하고 어물거리자 도수백이 빙긋 웃으며 눈인사를 건네고는 태연히 관일로를 따라 부중으로 향했다.

　황보칠은 그 즉시 남천문(南天門) 밖에 있는 등롱가(燈籠街)로 달려갔다.

　그곳은 청루와 홍루, 도박장이며 싸구려 매음굴이 모여 있는 대리 제일의 유흥가였다.

　비좁은 골목 안에는 대여섯 개의 도박장들이 모여 있었는데, 그중 가장 큰 만천금장(滿天金莊)이 대리와 여강 일대를 주름잡는 악당들의 소굴이었다.

　그리고 그곳은 악당들의 두령 노릇을 하고 있는 곰보사내 모혈랑이 죽치고 있는 곳이기도 했다.


　창산일화(蒼山一花)로 불리는 왕소령이 법화사에 불을 지르고 대리를 떠났을 때, 그녀보다 하루 먼저 산에서 내려왔던 도수백은 여전히 대리 부중에 머물고 있었다.

왕소령은 도수백이 대리를 떠났을 것이라 여기고 그를 쫓아간 것인데, 도수백은 아직도 무슨 미련이 남았던 건지 대리를 떠나지 못하고 있었던 것이다.

불타는 법화사를 홀가분하게 등지고 산에서 내려온 원도(遠道) 화상도 어디로 떠났는지 대리 부중에 다시는 나타나지 않았다.

그런 사정들을 알 리 없는 도수백은 이해(洱海)가 내려다보이는 소나무 언덕에 앉아 밤이슬에 몸을 적시고 있었다.

달빛이 교교하고 봄바람은 향기로운데 그의 마음은 조금도 그렇지 않았다.

저 멀리, 금빛으로 반짝이는 물결 너머로 검게 웅크리고 있는 중이도가 보였다.

까마득한 저곳으로 배 저어 가던 일이 오늘 낮의 일처럼 생생하게 기억되었다.

그곳에서 제 운명을 뒤바꿀 사람을 만났고 목을 베었다. 그리고 그것이 인연이 되어 원도 화상을 만났다.

화상의 가르침을 받으며 여섯 달을 보냈던 일들이 주마등처럼 머릿속을 스쳐 갔다.

'어디로 갈 것인가…….'

저 멀리에서 다가오는 새벽빛을 바라보며 도수백은 참담한 심정이 되었다.

무작정 강호를 동경하며 뛰어들었을 뿐, 지금 이렇게 돌이켜 보니 제가 갈 곳이 없었던 것이다.

이 넓은 천하에 어디 한곳 정해둔 곳이 없다는 게 홀가분하더니 지금은 무거운 짐이 되어 그의 어깨를 눌렀다.

처음에는 아무 생각이 없었다가 이제는 '내 길'을 찾아야 한다는 '생각'이 든 탓이다.

그가 새벽 여명을 받아 희뿌옇게 보이는 저 너머의 중이도를 멍하니 바라보고 있을 때, 언덕 아래에서 두런거리는 말소리가 들려왔다.

도수백이 천천히 돌아보았다.

두 사람이 재빠른 몸놀림으로 소나무 가지를 헤치며 언덕 위로 올라오고 있었다. 그리고 이해가 바라보이는 풀숲에 한 마리 고독한 짐승처럼 웅크리고 앉아 있는 도수백을 보았다.

"저기 있다!"

"봐요, 내 말이 맞았지요? 어서 약속한 돈을 주세요."

나중에 들리는 건 열대여섯쯤 된 소년의 목소리였다.

어제저녁 무렵, 이 언덕에 올라오기 전 들렀던 객주가의 점소이 녀석이라는 걸 도수백은 기억해 냈다.

그가 두 사내를 이리로 인도해 온 것이다.

몇 푼의 동전을 두 손으로 감싸고 짤랑거리며 소년이 언덕을 내려갔고, 두 명의 사내는 거친 숨을 씩씩거리며 도수백의 등을 노려보고 섰다.

"이봐!"

한 놈이 칼자루를 움켜쥔 채 소리쳤다. 도수백은 돌아보지 않았다.

"네놈이 도수백이지?"

"왜? 두려우냐? 그렇지 않으면 얼굴을 이쪽으로 돌려봐!"

"맞군!"

도수백이 천천히 그들을 바라보자 한 놈이 그렇게 소리치고 부르르 떨었다.

"어떻게 하지?"

다른 놈을 보며 묻는 음성에 겁이 묻어난다.

또 한 놈도 머뭇거렸다. 여전히 칼자루를 움켜쥐고 있지만 뽑을 용기는 없는 것이다.

"무슨 일이야?"

도수백이 물었다. 자세히 보니 몇 번 본 적이 있는 자들이었다.

"너는 겁도 없구나. 감히 대리 부중에서 얼쩡거리고 있다니 말이다."

"왜? 내가 죄인이라도 되나?"

"네가 한 짓을 잊었단 말이냐?"

"오라, 그 일 때문이로군."

도수백이 피식 웃으며 엉덩이를 털고 일어섰다.

두 놈이 움찔하여 물러선다.

"벌써 칠 개월 전의 일이다. 흑질과 마두괴는 잊어버려. 그게 서로 편하게 사는 길이다.”

“그럴 수 없지. 네놈 혼자서 상금을 가로챘으니까.”

“오호, 결국 돈 때문이었군?”

도수백의 얼굴에 비웃음이 떠올랐다.

“하긴, 너희들에게 의리니 뭐니 하는 게 있을 리 없지. 하지만 애석하게 되었구나. 돈은 한 푼도 없다.”

“뭣이?”

두 놈이 잔뜩 인상을 썼다.

도수백은 여전히 태연했다.

“지금은 누가 두목이냐?”

“네놈도 들어보았을걸? 모혈랑이라는 이름을 말이다.”

“모혈랑?”

도수백이 머리를 갸웃거렸다. 처음 들어보는 이름이기 때문이다.

“모르겠다. 하지만 그놈에게 가서 전해. 나를 건드리지 않으면 나도 상관하지 않고 모르는 척하겠다. 하지만 나를 건드리면 그때는 끝장을 보고 말겠어. 어느 쪽이 너희들에게 이익인지 잘 생각해 보라고 해.”

“그렇게 말해놓고 달아날 속셈이지?”

한 놈이 눈치를 보며 말했다. 붙잡아놓으려는 의도가 뻔히 보이지만 도수백은 상관하지 않았다.

“그렇게 도망칠 놈이라면 여태까지 여기에서 이렇게 어슬렁거리고 있을 리가 있느냐?"

"……."

"어디에 있을 거지?"

"그걸 너희들에게 보고할 의무가 있나?"

"좋다. 대리 부중에 있다면 금방 찾아낼 수 있으니까 사내라면 달아나지 말고 기다려라."

"모혈랑이라고 했지? 잘 생각해 보고 행동하라고 해."

두 놈이 도수백을 매섭게 흘겨보고 돌아서서 새벽 이슬에 젖은 소나무 사이를 마구 뛰어 사라졌다.

도수백은 천천히 소나무 언덕을 내려와 젖은 길을 터벅터벅 걸었다.

밤을 꼬박 새며 찬 이슬을 맞고 앉아 있었지만 피곤하지는 않았다. 시장기가 돌 뿐이다.

어제 저녁을 먹었던 허름한 객주가의 문을 두드리자 두 놈을 인도해 왔던 점소이 소년이 얼굴을 내밀고 깜짝 놀란다.

"이른 시간인 줄 안다. 그래도 요기는 좀 할 수 있겠지?"

"아직 주방의 화덕에 불을 피우기도 전인뎁쇼?"

"어제 팔고 남은 음식이라도 괜찮아."

마지못한 듯 점소이 소년이 문을 열어주었다.

텅 빈 주가의 귀 떨어진 탁자를 차지하고 앉아서 기다리는 동안 점소이 소년이 쟁반에 식은 채소와 밥, 홍채와 계란을 풀어 만든 국, 저민 오리 고기 한 접시를 담아 내왔다.

도수백은 아무런 불평 없이 맛있게 그것들을 먹어치웠다.

"왜 도망가지 않았어요?"

맞은편에 턱을 괴고 앉아 빤히 바라보던 점소이 소년이 그렇게 물었다.

도수백이 입가의 기름을 닦아내며 빙긋 웃고 대답했다.

"죄지은 게 없는데 왜 달아나?"

"그래도 그 사람들은 무서운 사람들인데……."

"그들이 무서운 자인지 아닌지는 내가 결정하는 것이다."

"예?"

소년이 알 수 없다는 얼굴을 했다.

"네가 그들을 무서워하기 때문에 그들은 무서운 자가 된 거지."

"쳇, 무서우니까 무서워하지요."

"네 담력을 기르고 실력을 길러라. 그러면 그들이 너를 무서워하게 될 거야."

"그만두세요. 어느 세월에 실력을 길러서 그들을 이기겠어요? 그냥 이렇게 살래요."

"그러면 너는 평생 그들을 무서워할 수밖에 없다."

"그건 싫은데……."

소년이 눈살을 찌푸렸다.

평소에도 그들의 등쌀에 적지 않게 괴롭힘을 당한 모양이었다.

그게 끔찍하게 싫지만 그들이 무서우니 어쩔 수 없이 고개를 숙이고 사는 것이다.

그런 생각이 굳어지면. 소년은 장성해서도 그들을 물리칠 생각을 하지 못할 것이다.

아니, 제 앞에 닥치는 어려운 일을 극복하려고 하기보다 그것에 쩔쩔매며 살고, 그런 삶을 오히려 편하다고 여기게 될 것이다.

도수백이 엄숙한 얼굴이 되어서 소년에게 말했다.

"꼭 힘이 있어서 이기라는 게 아니다."

"그럼요?"

"개를 봐라."

"……"

"저를 보고 겁이 나서 달아나는 사람에게는 더 악착같이 짖으며 덤벼들지. 하지만 몽둥이를 들고 맞서 싸우려는 사람에게는 꼬리를 낮추고 슬금슬금 뒷걸음질친다."

"몽둥이를 들었으니까 그렇지요."

"그 개를 이기는 방법이 꼭 그것밖에 없겠느냐?"

"……?"

"맛있는 음식을 들고 와서 던져 주는 사람에게 개는 절대로 달려들지 않는다. 매일매일 조금씩 음식을 나눠 준다면 어느덧 개는 그 사람 앞에 엎드려서 재롱을 떨며 발등을 핥게 될 거다."

“그건······.”

“힘으로 그들을 이길 수 없다면 돈을 벌어라. 그러면 아무리 무서운 자라고 할지라도 결국 네 앞에서 고개를 숙일 수밖에 없을 것이다. 네가 무엇이든 시켜주기를 간절히 바라겠지.”

“아!”

소년의 얼굴에 기쁨이 가득해졌다.

도수백도 빙그레 웃었다.

“아니면 학문을 닦고, 도를 깊이 수련해도 될 것이다. 무엇이 되었든 그들이 감히 넘보지 못할 만큼 너를 크게 만든다면 그들은 저절로 너를 무서워하게 될 것이야.”

“알았어요. 나는 돈을 벌겠어요. 그래서 그들이 꼼짝하지 못하도록 하겠어요.”

소년이 주먹을 불끈 쥐었다. 도수백이 그런 점소이 소년의 머리를 쓰다듬어 주었다.

“하지만 나는 그들을 이길 수 있는 게 힘밖에 없으니 힘으로 눌러야겠지. 가장 미련한 짓을 할 수밖에 없구나.”

“아저씨가 그들보다 센가요?”

점소이 소년이 눈을 휘둥그레 떴다.

“힘이야 그들이나 내가 별 차이가 없다고 봐야겠지. 하지만 나는 그들을 무서워하지 않으니 두렵지도 않다. 결국 그들이 나를 무서워하게 될 것이다.”

"실력이 비슷하다면 담력이 센 자가 이기는 거로군요?"

"하하, 너는 영특한 녀석이구나. 말귀를 빨리 알아듣는다."

"기다리세요. 제가 더운 차를 끓여올게요."

점소이 소년이 주방으로 달려들어 갔다. 그리고 주가의 허름한 문짝을 거칠게 열어젖히며 그들이 찾아왔다.

네 명이었다.

두 명은 오늘 새벽 소나무 언덕으로 찾아왔던 자들이고, 두 명은 처음 보는 자들이다.

"네가 도수백이냐?"

얼굴에 칼자국이 나 있는 자가 험상궂게 인상을 쓰며 소리쳤다.

도수백은 대꾸하지 않았다. 차갑게 가라앉은 눈길로 물끄러미 바라볼 뿐이다.

"뭐야? 이제 보니 덩치 큰 애송이 아니냐고?"

훌쩍 큰 키에 몸집이 좋고 우락부락하게 생긴 자가 도수백을 이리저리 훑어보더니 눈을 부라리며 말했다.

칼자국의 사내는 괴량천(傀輛闡)이고, 몸집 좋은 자는 호적심(豪赤心)이라는 자인데, 모두 여강에서 이름을 날리던 악종들이다.

얼마 전, 두령인 모혈랑 모악봉의 부름을 받고 대리로 넘어와 죽치고 있는 중이었다.

여강에서 날리던 체면이 있으니 자잘한 일에 나설 수는 없고, 대리에 온 이후 아직까지 큰일이 없어서 놀고만 있자니 좀이 쑤시던 참이었다.

한량처럼 지내는 일에도 물려서 답답해 못 견딜 지경인데 도수백이 나타났다는 소식을 들었다.

그들은 기회는 바로 이때라고 쾌재를 부르고, 누가 뭐라고 할 새도 없이 뛰어나왔다.

저희들의 위용을 자랑해 보이고 싶은 마음도 컸다. 그래야 장차 대리 패거리들의 텃세를 누르고 위세를 부릴 수 있기 때문이다.

흑질 나대규와 마두괴 상조를 죽인 자라는 말을 들었을 때는 무슨 괴물이라도 되는 것처럼 생각했는데, 막상 이렇게 눈앞에 두고 보자 한숨이 나왔다.

덩치는 크고 제법 강단있게 생겼지만 애송이로 보였기 때문이다.

'흑질과 마두괴 두 두령이 배탈이라도 났었던 게지.'

그런 생각이 절로 든다.

도수백을 살펴보던 괴량천이 음침한 웃음을 흘리며 나섰다.

"흐흐흐, 이 어르신을 곱게 따라간다면 죽을 때 고통은 없게 해주마."

"아!"

주방에서 더운 차를 내오던 점소이 소년이 그들을 보고 얼어붙었다.

소년의 얼굴에는 조금 전까지 가졌던 자신감이 씻은 듯 사라지고 두려움만 남아 있었다.

그걸 본 도수백이 칼을 쥐고 천천히 일어났다.

"명심해라. 두려움의 대상이란 악몽과 같은 거야. 네가 두려워할수록 더욱 너를 짓누르지. 악몽은 더 이상 두려워하지 않게 될 때 스스로 물러가는 것이다."

"뭐라고 지껄이는 거냐?"

점소이 소년에게 건네는 도수백의 말에 몸집 좋은 사내, 호적심이 나섰다.

"힘이 없는 것들은 이 어르신 앞에서 두려워 오줌을 찔끔찔끔 지리며 개새끼처럼 기어야 하는 거야. 안 그러면 목이 떨어진다. 흐흐흐."

너도 그래야 한다는 듯 도수백을 똑바로 바라보며 비웃는다.

호적심을 노려보는 도수백의 눈에서 조금씩 감정이 지워지기 시작했다.

음성마저 스산하게 변하여 묻는다.

"너는 네 자신의 힘이 얼마나 되는지 알고 있나?"

호적심이 당연하다는 듯 크게 머리를 끄덕였다.

"물론이지. 네놈의 대갈통을 깨놓기에는 충분할걸?"

"그래? 그렇다면 네 용기를 시험해 보지 않을 수 없지."

도수백의 얼굴에서 이제는 한 올의 감정도 찾아볼 수 없게 되었다.

"너희들은 헛간을 들락거리는 쥐새끼 같은 무리들이다. 하나라도 더 죽이면 그게 바로 민초들을 위해서 공덕을 쌓는 일이 되겠지."

도수백의 눈빛이 물기를 머금었다. 물에 담가놓은 칼날처럼 차갑게 번들거린다.

그 눈빛이 호적심을 놀라게 했다.

"이놈이?"

새파란 애송이로만 여겼던 호적심이 뜻밖이라는 듯 움찔했다.

저런 눈빛을 가지고 있는 자가 어떤 부류인지 그는 잘 알고 있었다.

살기를 품는 순간 짐승이 되고, 악귀가 되는 자다.

제 목숨을 내던지고 싸워본 자만이 그런 눈빛을 가질 수 있었다.

호적심은 도수백의 눈길에서 그가 그런 싸움을 헤아릴 수도 없이 많이 겪어온 자라는 걸 눈치 챘다.

저도 모르게 슬그머니 기가 꺾였다.

저런 눈빛을 가진 자가 얼마나 독한지 잘 아는 탓이다.

죽을지언정 머리를 숙이지 않을 것이다.

놈을 죽이기도 어려울 것이다.

죽인다고 해도 나 또한 그 못지않은 상처를 입게 되리라.

그런 생각들이 본능적으로 호적심을 방어적이 되게 했다.

자기도 의식하지 못하는 사이에 이루어진 일이었다.

그의 공격적인 적대감의 수위가 낮아지자 상대적으로 도수백의 살기는 더 높아졌다.

상대의 반응에 따라서 저절로 조절되는 것 같았다.

하지만 그건 도수백이 점소이 소년에게 말해주었던 '두려움'이고 '담력'과 관계된 일이었다.

호적심은 도수백의 살기 앞에서 머뭇거렸다. 그러자 두려움이 그에게 찾아왔고, 그래서 도수백의 살기를 더 강하게 느낀 것에 불과하다.

그게 기세라는 것인데, 호적심은 의식하지 못하는 사이에 기세가 위축되었다.

도수백이 왼손의 엄지손가락을 천천히 움직여 칼집 끝에 달려 있는 첨자(籤子)를 눌렀다.

쨍─

날카로운 소리와 함께 칼날이 두어 치쯤 칼집에서 튕겨져 나온다.

번쩍이는 그 빛이 모두의 눈을 찔렀다.

"흠─"

괴량천이 저도 모르게 신음성을 흘렸다.

도수백의 기세가 더욱 크게 느껴진 것이다.

　호적심은 얼굴이 시뻘겋게 달아오른 채 이마에 땀을 내비치고 있었다.

　숨결이 점점 가빠지고 있다.

　그를 보고 도수백을 본 괴량천이 내심 머리를 가로저었다.

　'저놈이 보기와는 다른 놈이었군.'

　그런 생각이 절로 들었기 때문이다.

　자기와 호적심이 연합한다고 해도 도수백의 기세를 짓밟긴 힘들 것 같다는 계산이 섰다.

　"좋다!"

　그가 짐짓 호쾌하게 말하며 성큼 물러섰다.

　"우리 모 두령께서는 네놈에게 묵은 원한이 있는 터. 반드시 네놈의 목을 원하신다. 하지만 보아하니 네놈도 녹록치가 않을 것 같군. 우리와 같은 부류야."

　"……."

　"날을 잡자. 그래서 모 두령을 만나봐라. 그래야만 모든 일이 풀릴 거다."

　도수백의 입꼬리에 싸늘한 미소가 떠올랐다.

　"날을 잡아서 한꺼번에 끝내 버리는 것도 좋지."

　"조력자가 있다면 데리고 와도 좋다. 하지만 달아날 생각은 하지 않는 게 좋을걸?"

　괴량천의 말에 도수백이 피식 웃고 대꾸했다.

　"대리에 아는 사람은 없다. 조력자는 걱정하지 않아도 돼.

나 혼자 갈 테니까.”

“호호호, 혼자란 말이지?”

제 발로 제 무덤을 찾아온다고 여겼으리라. 그래서 괴량천이 득의의 웃음을 흘렸지만 도수백은 이제 남의 말 하듯 무심해졌다.

“오늘 밤이 좋겠군. 보름이라 날도 밝을 거야.”

“오늘 밤?”

“천룡사 북쪽 호접천(蝴蝶泉)에 팽나무 언덕이 있다. 알고 있겠지?”

“호접천 팽나무 언덕……”

“술시(戌時) 중반이면 적당하겠다. 그렇게 전해, 거기서 보자고.”

“술시란 말이지? 좋다. 설마 그새 달아나는 짓은 하지 않으리라 믿고 돌아가겠다.”

뒷말은 허세에 지나지 않았다. 이대로 물러서기가 멋쩍었던 것이다.

도수백이 빙긋 웃고 다시 탁자에 앉았다.

그를 사납게 노려본 괴량천과 호적심이 바람 소리가 나도록 돌아서서 나가자, 눈치를 보며 머뭇거리던 두 놈도 엉덩이를 걷어차이기라도 한 것처럼 후다닥 뛰어나갔다.

점소이 소년이 주춤주춤 다가와 차를 따라주며 도수백의 눈치를 보았다.

"그게 담력이라는 건가요?"

"뭐가 말이냐?"

"방금 그렇게 했잖아요."

"자신감이지."

"자신감?"

"그게 있어야 담력이 생기고, 담력이 생기면 자신감도 생긴다. 그러면 싸우기 전에 이기게 되지."

"자신감과 담력은 같은 거로군요?"

"그렇기도 하고 아니기도 하단다. 그 미묘한 차이는 앞으로 네가 스스로 깨달아야 할 것이다."

도수백을 바라보는 소년의 눈에 존경심이 가득해졌다.

그에게는 이 거칠고 적막해 보이는 사내가 태산처럼 크게 느껴졌으리라.

도수백은 이 영특한 소년에게 무언가를 해주고 싶었다.

이런 허름한 객주가에서 인생을 보내게 할 수는 없다고 생각한 것이다.

"먼저 두려움을 이기도록 해라. 그것이 너의 힘이 될 거야. 나처럼 칼을 잡는 자가 될 필요는 없다. 네 두려움만 극복할 수 있다면 무엇을 하든 너는 나보다 크게 될 것이다."

"정말 그럴까요?"

소년의 눈빛이 초롱초롱하게 빛난다.

그것을 마주 보며 도수백이 가만히 머리를 끄덕였다.

‘나에게도 이런 날이 있었다면…….’

문득 그런 아쉬움이 들었다.

이 소년만 한 나이 때에, 이 소년만큼 삶이 고달프고 힘들었을 때에 누군가가 나에게 그런 말을 해주었다면 나의 삶이 지금 이렇게 되지는 않았을 거라는 안타까움이었다.

“어젯밤 한잠도 못 주무셨지요? 제 방을 내드릴 테니까 푹 쉬도록 하세요.”

점소이 소년이 도수백의 손을 이끌었다.

도수백도 오늘 밤의 싸움에서 전력을 다하려면 좀 쉬어두는 게 좋겠다는 생각에 못 이기는 척 소년을 따라갔다.


퀴퀴한 곰팡내가 배어 있는 비좁고 어두운 방이었다.

뽀얗게 먼지 쌓여 있는 서까래가 보였다. 천장도 바르지 않은 골방이었던 것이다.

소년은 주청으로 나갔고, 도수백은 삐걱거리는 나무 침상에 팔베개를 하고 반듯하게 누웠다.

오늘 밤 팽나무 언덕에서 일어날 광경을 머릿속으로 그려보았다.

몇 놈이나 나올지 모른다.

모혈랑이라는 자 혼자이든, 열 놈이든, 스무 놈이든 상관없이 도수백은 저 혼자서 그놈들을 상대할 작정이었다.

머릿속에 남아 있는 그곳의 지형을 떠올리고, 칼을 쥐고 이리저리 달리는 자신의 모습을 그려보았다.

가장 유리하게 지형을 이용할 수 있는 동선을 그려보고, 놈들이 배치될 곳을 예측해 보지만 반드시 이길 거라고 장담할 수는 없었다.

문득 괴량천과 호적심을 떠올리자 결코 만만한 놈들이 아니라는 생각이 들었던 것이다.

"그놈들은 내가 내비치는 살기를 제대로 읽었고, 그것과 자신들을 비교해 볼 줄도 알았다."

도수백은 그들의 존재를 스스로에게 확인시켜 주듯이 그렇게 중얼거렸다.

삶에서야 어떨지 몰라도 적어도 싸움을 앞두고 상대를 파악하는 능력만큼은 영악하달 만큼 잘 발달된 자들이었던 것이다.

그런 자들이 몇 놈이나 섞여 있을지 모른다.

도수백은 그놈들을 다루는 게 승패를 좌우하는 관건이 될 거라고 생각했다.

그런저런 생각들을 떠올리는 동안 조금씩 졸음이 밀려왔고, 도수백은 어느덧 코를 골며 깊은 잠에 빠져 들어갔다.

# 魔風俠星

## 第二章
### 팽나무 언덕의 일전(一戰)

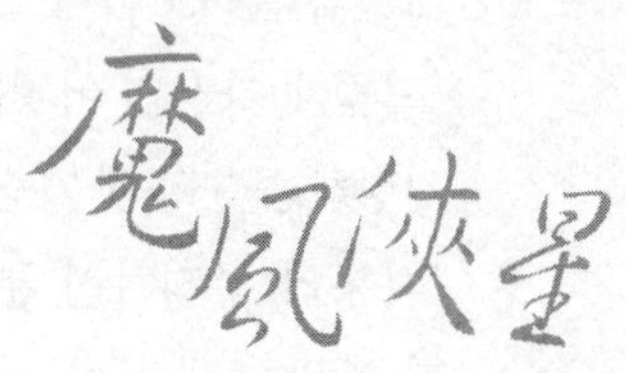

**점**소이 소년이 가져다준 더운 음식으로 점심을 배불리 먹
고 난 도수백은 기운이 충만해져서 객주가를 나섰다.

이런저런 심부름 때문에 바쁜 소년에게는 굳이 작별의 말
을 하지 않았다.

때가 되면 헤어지고, 때가 되면 만나지는 게 인간사라는 초
탈한 심정이 된 탓도 있었다.

성큼성큼 걸어서 모퉁이를 돌아갈 무렵, 뒤에서 소년이 부
르는 소리가 들려왔다.

"기다리세요!"

작은 보퉁이 하나를 안은 점소이 소년이 낡은 신발을 끌며

헐레벌떡 달려오더니 울 듯한 얼굴을 하고 바라보았다.

"그렇게 가시면 어떻게 해요?"

원망하는 눈길에 가슴이 짠해진다.

"아무리 무정하신 분이라고 해도 그렇지, 나한테 신세진 것도 있을 텐데 달아나듯이 그렇게 가버리는 건 너무하지 않아요?"

도수백은 아무 말도 하지 않았다.

지금은 무슨 말을 해도 소년의 가슴에 맺혀 있는 서운함이 사라지지 않을 것이기 때문이다.

"받으세요."

퉁명스럽게 말한 소년이 안고 있던 작은 보퉁이를 내밀었다.

"……?"

"다시 돌아오지 않으리라는 거 잘 알고 있어요. 어디에 가든지 몸조심하세요."

이제는 의젓한 어른의 흉내라도 내듯이 당부한다.

"저도 아저씨의 말을 가슴에 새겨두고 잊지 않겠어요. 무운을 빌어요."

"……."

"뭐 해요? 안 가세요?"

소년에게 무언가 말을 해주고 싶은데 아무 말도 할 수가 없다. 그래서 물끄러미 바라보기만 하는 그를 소년이 떠밀었다.

"이따가 시간이 나면 구경하러 갈게요. 어서 가봐요."

아직 소년의 이름도 물어보지 않았다.

하지만 굳이 그럴 필요가 없다고 생각했다.

어디에 있든지, 무엇을 하든지 소년은 제 몫을 충분히 해내며 성장할 것이다.

그런 믿음을 갖는다는 것. 그게 중요할 뿐이다.

도수백이 씩 웃어주고 돌아섰다.

소년은 그가 성큼성큼 걸어 산모퉁이를 돌아 사라질 때까지 우두커니 서 있었다.


도수백은 다시 그 소나무 언덕으로 왔다.

한낮의 따가운 햇빛이 비치는 이해의 물은 은빛으로 반짝이고 있었다.

오래 바라보고 앉아 있으니 그것 속으로 의식이 모두 빨려 들어가 버리는 듯했다.

그래서 텅 빈 마음이 되고, 텅 빈 머리가 되었다.

모든 상념들이 바람에 쓸리는 물결을 따라 흘러가 버렸다.

느릿느릿 일어선 도수백이 비탈을 미끄러져 내려와 그 물가에 섰다.

차고 맑은 물에 산 그림자가 비치고, 제 모습이 비친다.

도수백은 천천히 옷을 벗었다.

겉옷을 벗고 속옷까지 남김없이 벗은 알몸이 되어서 부끄러운 것도 잊은 채 우두커니 물가에 섰다.

물에 비친 자도 알몸이다.

물속의 저 세상과 물 밖의 이 세상이 무엇이 다른 것일까? 하는 엉뚱한 생각이 들었다.

물속의 세상에도 저렇게 벌거벗은 내가 있고, 물 밖의 세상에도 내가 있다.

물속의 내가 물 밖의 나를 바라본다. 그럼 물속의 내가 진짜 나일까?

도수백은 그것을 확인하기라도 하려는 듯 물속으로 들어갔다.

한 발을 담그자 파문이 지면서 세상이 흐려지고 내 모습이 흐려졌다.

한 걸음을 걷자 그것들은 모두 사라져 버렸다. 햇빛이 부서져 영롱하게 반짝이는 물빛만 가득하다.

그 속으로 도수백은 자꾸 걸어 들어갔다.

가슴이 잠기고 목이 잠기고, 이내 정수리까지 남김없이 잠겨 버렸다.

차갑고 부드러운 물의 속살 속으로 두려움없이 제 자신을 던져 넣은 것이다.

아늑했다.

깊고 깊은 적막 속에 홀로 반짝이며 앉아 있는 것 같은 색다른 존재감.

그것은 황홀하기까지 한 일체감이었다.

마치 사랑하는 여인의 몸 안으로 저의 모든 것을 집어넣은 것 같은 느낌이다.

그리고 그것은 졸음이고 평화였다. 죽음과 같은 것이었다.

이대로 죽어버려도 좋으리라는 생각이 들었다. 그러면 영영 물과 하나가 되리라.

내 모든 것이 옅게 풀어져서 드디어 물과 섞이고, 물이 될 것이다.

어쩌면 그렇게 되기를 원해서 이렇게 악착같이 살아온 건지 모른다.

사람들은 누구나 제가 살아가는 이유를 모르고 산다.

'바로 이것 때문에, 이것을 이루기 위해서' 라고 말을 하지만 실은 모르는 것이다.

도수백은 그들이 진정으로 원하는 건 어쩌면 이렇게 물과 하나가 되는 것일지 모른다고 생각했다.

내 온몸과 마음과 영혼마저 이 차고 부드러운 물처럼 되어버리는 것이다.

자유이리라.

그리고 무한이다.

사람들은 바로 그것을 갖기 위해서 끔찍한 세상의 고통과 싸우는 것이다. 살아간다.

그러한 생각은 저절로 찾아든 것이었다.

물이 가져다준 것인지도 모른다.

어쨌든 이제 생각은 저 혼자서 살아 있었다.

도수백의 것이 아니라 생각은 생각만으로 따로 존재하는 무엇 같았다.

그것이 그를 자꾸 가라앉히고 있었다.

귀를 통하여 머릿속 가득히 물의 조용한 웅얼거림이 들어찼다.

의식의 끈을 놓아버리고, 상념과 욕망과 번민을 놓아버리자 물도 그를 놓아버렸다.

온몸으로 느껴지는 물의 힘이 그를 부드럽게 녹여 버린다.

도수백은 창백해진 얼굴로 둥실 떠올랐다.

청청한 하늘 저쪽에 박힌 태양.

눈이 부시다.

그래서 그는 평화와 자유의 깊은 곳에서부터 갑자기 물 밖의 세상으로 돌아왔다.

그리고 물속의 저를 씻어내듯, 아니면 물 밖의 몸뚱이를 지워 없애려는 듯 구석구석 제 몸을 닦았다.

뽀드득 소리가 나도록 문지르고 또 문지르며 한 점의 미진한 상념도 남겨두지 않고 모두 닦아냈다.

그래서 그의 몸은 깨끗해졌고, 그의 의식도 순수하게 정화되었다.

그 속에 한 가지만 담아두었다.

칼이다.

아직 태양이 남아 있는 유시(酉時) 초.
도수백은 약속한 곳에 와 있었다.
호접천 위의 잔잔한 풀언덕이다.
완만한 구릉을 이루고 넓게 퍼져 있는 그 언덕 꼭대기에 한 그루 커다란 팽나무가 홀로 서 있었다.
세 아름은 족히 될 나무 등치가 우산처럼 가지를 넓게 펴고 있었는데, 푸른 잎들이 가득 돋아나 작은 바람에도 부드럽게 출렁이고 있었다.
저물어가는 봄 햇빛이 그것들 위에서 끊임없이 제 말들을 쫑알거리며 뛰어다녔다.
그리고 새소리.
작은 노랑지빠귀의 삐이, 삐이, 하고 우는 애잔한 소리가 푸른 풀밭 위를 낮게 흘러갔다.
저 팽나무 가지 어디엔가 앉아 밤을 기다리는 작은 새다.
날이 점점 따뜻해지니 함께 먼 길을 떠날 짝을 부르는 것이리라.
추운 북쪽의 하늘을 향해 저 작은 몸이 수만 리를 날아가는 것이다. 그리고 겨울과 함께 다시 이곳으로 찾아온다.
그 먼 길을 날아가는 작은 새의 모습이 눈에 보이는 듯했다. 얼마나 고단하고 쓸쓸할 것인가.

도수백은 그것이 저와 같다고 생각했다.

봄에 떠난 노랑지빠귀는 해마다 겨울이 되면 다시 돌아오지만 나에게는 돌아갈 곳이 없다는 생각.

그것이 도수백을 저 노랑지빠귀보다 더 쓸쓸하고 적막하게 했다.

가만히 소년이 건네주었던 작은 보퉁이를 쓰다듬어 본다.

이제는 온기가 다 식어서 싸늘해진 그것의 질감이 손바닥 가득 느껴졌다.

그 안에는 고기와 야채를 다지고 밥과 함께 볶아 꾹꾹 뭉친 다음에 계란을 입혀 튀겨낸 주먹밥과 몇 가지 채소 요리가 함께 들어 있었다.

저녁 식사인 것이다.

소년은 그렇게 제 마음을 전했다.

도수백에 대한 감사와 함께 그가 반드시 이기리라는 믿음을 전해준 것이다.

의지할 데가 없는 외로운 소년이었다. 그래서 스스로를 억척스럽게 만들어갔지만, 실은 작은 관심에도 감격하고 기뻐하는 마음을 가지고 있었던 것이다.

감추어두고 드러내지 않았을 뿐이다.

자기 자신을 닫아둘수록 애정에 대한 열망은 커지게 마련 아니던가.

그래서 도수백이 저에게 보여준 작은 관심에 감격하고 고

마워하는 소년.

잊지 않겠다고 말하던 그 소년.

이름도 알지 못하는 작은 소년의 따뜻한 마음이 이제는 도수백을 기쁘게 했다.

물속에서 느꼈던 평화와는 다른 행복이다.

이것이 물속의 세상과 물 밖의 세상이 가지고 있는 차이라고 생각했다.

그리고 지금, 도수백은 뉘엿뉘엿 해가 저물기 시작하는 물 밖의 세상에 있었다.

팽나무 둥치에 등을 기대고 두 다리를 쭉 뻗은 채 편안하게 앉아서 저 아래쪽, 호접천에서 피어오르는 물안개를 바라보고 있다.

그런 도수백의 모습이 한가로운 봄날 잠시 다리를 쉬어가는 나그네 같기도 했다.

날은 어느덧 고요한 어둠에 잠겼고, 하늘에 둥실 떠오른 둥근 달이 부드러운 빛으로 세상을 쓰다듬었다.

어둠이 짙어질수록 달은 더욱 빛난다.

도수백은 나의 존재도 저와 같아져야 한다고 생각했다.


바야흐로, 이 멀고 거친 세상을 홀로 터벅터벅 걸어가려는 나그네가 잠시 몸과 마음을 기대고 있는 커다란 팽나무를 향해 올라오는 자들이 있었다.

도수백은 무심한 눈길로 그자들을 바라보았다.

모두가 낯선 자들이다.

멀리서 팽나무를 보고, 거기 편안하게 앉아 있는 도수백을 보더니 머뭇거린다.

구경꾼들이었다.

벌써 오늘 밤 팽나무 언덕의 일전에 대한 소문이 대리 부중에 널리 퍼졌던 것이다.

도수백은 그들을 무시하기로 했다.

구경꾼은 구경꾼일 뿐이다.

도수백이 그들을 무시하듯, 구경꾼들도 도수백을 특별하게 여기지 않고 있었다.

그들에게 도수백은 그저 '신기한 놈'이거나, '겁없는 놈' 정도로 여겨질 뿐이다.

혼자서 저렇게 앉아 대리 부중의 악당, 모혈랑 패거리를 기다리고 있다는 게 이해되지 않으리라.

그게 그들의 관심을 불러일으켰다.

과연 얼마나 좋은 솜씨를 지닌 자일까? 하는 호기심으로 그들은 도수백보다 초조하게 모혈랑 패거리의 등장을 기다리고 있었다.

도수백이라는, 이름도 없는 저 뜨내기가 과연 혼자서 그 패거리를 상대하여 이길 수 있을까? 하는 건 관심 밖이었다.

누구도 그렇게 생각하는 자가 없기 때문이다.

·

하지만 싸움이 벌어지면 죽는 자가 생길 것이고, 그럴수록 더욱 치열해지게 마련이다.

사람들은 그 과정에 흥미를 가지고 있었다.

과연 도수백이 얼마나 버틸 수 있을지, 모혈랑이 저에게 도전해 온 자를 어떻게 처치할지가 그들의 주된 관심사였던 것이다.

도수백이 지난가을에 왕윤춘의 목을 쳤고, 흑질 나대규와 마두괴 상조를 죽인 자라는 게 사람들의 흥미를 더욱 끌었다.

뜻있는 자들은 증오심까지 품었다.

그래서 도수백이 모혈랑의 쌍도끼에 맞아 처참하게 쪼개지는 걸 기대하고 있기도 했다.

그런 사람들이 계속 늘어나더니, 약속한 시간 무렵이 되었을 때는 어언 백여 명이나 되는 군중이 되어 멀리서 팽나무를 에워쌌다.

그리고 밤이 더욱 짙어졌고, 머리 위의 달이 더욱 밝아졌을 때 드디어 그들이 나타났다.

호접천의 안개를 헤치고 천천히 팽나무 언덕을 향해 올라오기 시작한 것이다.

도수백은 여전히 나무 둥치에 등을 기대고 앉아서 눈으로 그들을 세었다.

하나, 둘, 셋…….

모두 열세 명이다.

‘과연 나 혼자서 가능할까?’

잠깐 그런 의문이 들었다.

그것은 두려움이기도 했다.

도수백은 머리를 힘차게 털어서 제 두려움을 떨쳐 버렸다. 그리고 물속에 잠겨 있던 때를, 그 무심한 평화를 떠올렸다. 그러자 점차 마음이 돌처럼 가라앉았다.

그는 헐렁한 마의 속 알몸을 면포로 단단히 감싸고 있었다.

몸뚱이와 팔은 물론, 허벅지까지 마치 죽은 자를 염하듯 흰 면포를 꽉꽉 조여서 둘렀다.

갑주 대신이었다. 놈들의 칼에 베이고 검에 찔릴 때를 위한 대비인 것이다.

깊이 베인다고 해도 상처가 벌어지지 않고, 지혈의 효과도 있다.

칼을 들었을 때 근육의 긴장을 오래 유지시켜 주는 역할도 한다.

그 위에 낡은 베옷을 걸치고 허리띠를 꽉 묶었다.

그 허리띠 오른쪽에는 다섯 자루의 비수를 꽂아두었는데, 언제든지 뽑을 수 있도록 칼집의 고리를 열어둔 상태였다.

그리고 석 자 두 치 길이의 잘 벼려진 칼이 한 자루.

그게 도수백이 지닌 모든 것이었다. 그것으로 열세 놈을 상대해야 한다.

비수를 오른쪽에 나란히 꽂아둔 건 왼손을 위해서였다.

뽑는 것과 동시에 던질 수 있도록 배려한 건데, 정면보다는 왼쪽 옆에서 다가오는 자를 노릴 것이다.

도수백은 열 걸음 안으로 들어온다면 그 누구도 제 비수를 피하지 못할 거라고 자신했다.

칼이 정면과 오른쪽을 치고 비수는 왼쪽을 노린다.

등 뒤는 생각할 필요가 없었다, 빠르게 움직일 테니까.

도수백이 다시 한 번 그런 움직임을 머릿속에 새겼을 때 그들이 스무 걸음 앞에 버티고 섰다.

열세 개의 그림자가 길게 늘어져 도수백을 덮는다.

도수백이 비로소 칼을 쥐고 천천히 일어섰다.

정면으로 달빛을 받은 그의 얼굴이 더욱 싸늘해 보였다.

도수백은 무리의 한가운데에 버티고 서 있는 자를 바라보았다.

땅딸막하고 다부지게 생긴 몸집을 가진 사내.

무성한 구레나룻으로 덮인 얼굴이 제법 험악해 보인다.

도수백은 직감으로 저자가 바로 모혈랑이라고 불리는 모악봉이라는 걸 알았다.

옆구리에 차고 있는 두 자루의 도끼에 이르러서는 더 의심할 필요가 없다.

그다음으로 그는 오늘 아침 객주가에 왔던 두 놈을 찾았다.

그자들이 내내 마음에 걸렸던 것이다.

괴량천과 호적심.

그놈들은 왼쪽 끝에 있었다.

도수백은 그들과 같은 눈빛을 가진 자가 두 놈 더 있다는 것을 알았다.

오른쪽 끝에 있었는데, 한 놈은 큰 키에 깡마른 것이 마두괴 상조를 보는 듯했다. 검 한 자루를 차고 있다.

다른 한 놈은 제법 화려한 옷차림을 하고 있는 매끄럽게 생긴 자였다.

기생오라비처럼 생긴 얼굴과는 달리 번들거리는 눈동자가 음악한 기운을 품고 있었다.

사람을 여럿 죽인 경험이 있는 자들이나 가질 수 있는 그런 눈빛이다.

나머지 놈들은 모두 낯이 익었다. 흑질 나대규의 패거리들인 것이다.

"혼자냐?"

모혈랑이 몇 걸음 나서며 물었다.

도수백도 팽나무를 등지고 몇 걸음 나섰다.

두 사람 사이는 이제 열 걸음 남짓으로 좁혀졌다.

누구든 한 번 도약하면 상대의 면전에 들이닥칠 수 있는 거리다.

"이게 다냐?"

도수백이 대답 대신 턱짓으로 모혈랑 뒤에 늘어서 있는 열두 놈을 가리키며 거만하게 되물었다.

모혈랑이 부드득, 이를 갈았다. 눈빛이 살기를 띠고 번들거리기 시작했다.

'야차 같은 놈이로군.'

도수백은 온몸에 뜨겁게 전해져 오는 모혈랑의 기운을 느꼈다.

살기를 품으면 인성을 버리고 스스로 야차가 되는 흉포한 놈이라는 걸 절로 알게 된다.

모혈랑과 눈빛이 번들거리는 네 놈.

도수백은 그놈들에게 신경을 집중했다. 오늘 밤의 싸움은 그놈들과의 싸움이라고 단정한 것이다.

나머지 놈들이야 크게 걱정할 것 없다.

"지금이라도 늦지 않았다."

도수백의 면면을 탐색하듯 살펴보던 모혈랑이 그렇게 말했다.

"칼을 던지고 항복하면 숨은 붙이고 살 수 있도록 해주마."

"어떻게?"

"두 팔과 다리의 힘줄을 끊어놓는 걸로 네놈에게 죽은 혹질과 마두괴의 복수를 마무리하지. 어때? 관대한 처사 아니냐?"

그렇게 된다면 손으로는 밥그릇 하나 들기도 힘들 것이고, 두 발로 걸을 수도 없을 것이다.

대리 부중을 기어다니며 빌어먹고 살 수밖에 없을 텐데, 이놈은 그걸 더 원하고 있다는 생각이 들었다.

도수백이 싸늘하게 웃었다.

"원한다면 내가 너를 그렇게 만들어주지. 목을 붙여두는 대가로 말이다."

"으흐흐흐—"

도수백의 말에 모혈랑이 음침하게 웃었다. 눈빛이 더욱 번들거린다.

그가 슬며시 어깨를 틀고 상체를 돌려서 뒤에 있는 수하들을 돌아보았다.

"이놈이 제법 사람을 협박할 줄도 아는데? 재미있는 놈 아니냐? 그냥 죽이기에는 아까워. 그렇지?"

태연하게 농지거리를 하는 것 같더니, 말이 채 끝나기도 전에 휙, 몸을 돌렸다.

흔히 저자의 건달들이 상대의 긴장을 느슨하게 해놓고 기습을 가할 때의 수법이다.

씨잉—

도끼 한 자루가 벼락치듯 날아든다.

열 걸음은 그에게도 자신있는 거리였던가 보다. 그 안에 있는 자라면 누구도 제 도끼를 피할 수 없다고 믿는 게 틀림없었다.

하지만 도수백은 이미 그런 낌새를 눈치 채고 있었다.

모혈랑이 몸을 뒤로 틀고 수하들에게 농을 던질 때 이런 일이 있을 거라고 예상했던 것이다.

그래서 모혈랑이 돌아서는 것과 동시에 훌쩍 뛰어 옆으로 물러섰고, 도끼는 그가 서 있던 곳을 지나가 팽나무 둥치에 깊이 박혀 부르르 떨었다.

나뭇잎 속에 숨어 있던 노랑지빠귀가 놀라서 포르릉거리며 날아간다.

"이얏!"

낮고 힘찬 기합성을 터뜨린 도수백이 칼을 뽑아 들며 땅을 박차고 쳐들어가자 모혈랑이 즉시 옆으로 맴돌아 비켜섰다.

도수백은 수십 번도 더 생각해 두었던 자신의 동선(動線)을 그대로 따랐다.

모혈랑을 지나치더니 곧장 뒤에 늘어서 있던 놈들의 복판으로 부딪쳐 간 것이다.

"갈라서!"

한 놈이 버럭 소리쳤다.

그 즉시 놈들이 정면을 비워두고 좌우로 갈라진다.

도수백은 왼쪽을 노렸다. 다섯 놈 사이로 질풍이 되어 뛰어든다.

"이얍!"

"에잇!"

두 놈이 호들갑스런 기합성을 내지르며 미친 듯 칼을 휘둘렀다.

도수백은 극히 단순한 그것들의 움직임을 외면했다. 몇 번 머리를 기울이고 몸을 트는 것만으로 가볍게 젖히고 여전히 돌진한다.

피잉―

옆에서 비로소 제대로 된 일격이 쳐들어왔다.

칼날이 쏟아내는 바람 소리부터가 다르다.

호적심이었다.

두 놈이 도수백의 진로를 방해하는 사이에 슬그머니 왼쪽으로 다가선 그가 허리 어림을 노리고 힘껏 칼을 휘두른 것이다.

쨍!

날카로운 쇳소리가 터져 나왔다.

도수백의 왼손에는 번쩍이는 비수가 들려 있었다.

그것으로 거뜬히 호적심의 칼을 받아냈고, 동시에 그의 칼은 오른쪽을 노리고 번갯불처럼 떨어졌다.

"으악!"

처음으로 참담한 비명 소리가 밤하늘에 쩌르릉 울려 퍼졌다.

머리통이 쩍 갈라진 자가 천천히 뒤로 넘어간다. 안면이 있던 자로, 나대규를 따르던 놈들 중 하나였다.

도수백은 그자의 성이 동가였다는 걸 언뜻 기억했다. 이름은 생각나지 않는다.

핑—

호적심의 칼을 밀어낸 비수가 어둠을 갈랐다.

유성 하나가 번쩍이며 뻗어나가는 것 같은 쾌속함.

"으악!"

또 한 놈이 가슴을 움켜쥐고 무너졌다.

그때쯤 오른쪽으로 갈라져 나갔던 자들이 마구 고함을 지르며 쳐들어오기 시작했다.

피와 비명이 그들 모두를 흥분시킨 것이다.

도수백이 주춤거리며 물러서는 호적심은 버려둔 채 재빨리 그를 지나쳐 달려갔다.

"이놈!"

괴량천이 저를 향해 곧장 부딪쳐 오는 도수백을 마주 보며 울부짖듯 소리쳤다.

핑—

도수백의 칼이 번쩍이며 날아들고, 괴량천은 도수백의 머리통을 노리고 치켜들었던 칼을 힘껏 내려쳤다.

"으악!"

그리고 찢어지는 비명을 터뜨리며 주춤거렸다.

간발의 차이였다.

도수백이 달려오던 기세를 누그러뜨리지 않은 채 살짝 어깨만 기울여 괴량천의 일격을 흘려보내면서 그의 옆구리를 길게 베어버린 것이다.

쩍 벌어진 옆구리를 움켜쥔 괴량천이 무릎을 꿇었다. 달빛 아래 검붉은 피와 함께 내장이 흘러나오고 있는 게 보인다.

도수백은 돌아볼 새도 없이 벌판을 달리고 있었다.

아우성을 치며 쫓아오고 있는 자들을 열 걸음 뒤에 둔 채다.

팽나무를 끼고 크게 원을 그리며 반 바퀴쯤 돌았을 때 불쑥 튀어나온 몇 개의 돌덩이가 보였다.

이미 눈여겨보아 두었던 것이라 도수백은 그것들을 훌쩍 뛰어넘었지만 그의 뒤통수만 바라보고 미친 듯 쫓아오던 자들에게는 뜻밖의 장애물이었다.

게다가 달빛이 밝다고는 하지만 흐릿한 어둠 속이다.

"어이쿠!"

한 놈이 돌부리를 걸어차고 넘어졌다. 뒤의 놈들이 주춤거린다.

다섯 놈인데, 그놈들 중에 호적심이 있었다.

도수백이 빙글 돌아섰다. 그러더니 성난 멧돼지처럼 달려든다.

"엇!"

"저놈!"

놈들이 당황한 소리를 지를 때, 도수백은 돌덩이를 딛고 훌쩍 뛰어오르고 있었다.

"이얍!"

머리 위에 걸린 그의 기합 소리에 호적심이 본능적으로 몸을 굽혀 맴돌며 칼을 크게 휘둘렀다.

땅!

뾰족한 쇳소리.

눈앞에서 화르륵 날리는 불똥을 본 순간, 호적심은 어깨 깊숙이 파고드는 뜨거운 기운을 느끼고 아찔해졌다.

“으음—”

낮은 신음을 흘리며 물러서는 그의 몸뚱이에서 오른팔이 보이지 않는다.

서걱!

제 몸이 자꾸 왼쪽으로 기우는 이유를 생각하며 부릅뜬 호적심의 눈에 한 놈의 머리통이 둥실 떠오르는 게 보였다.

피잉—

도수백의 칼은 채찍 같았다. 그렇게 보였다.

허공에 창백한 흰 궤적을 그리며 이리저리 꺾여 나가는 칼빛 때문이다.

눈에 그런 잔상이 남았을 만큼 그의 칼은 빠르고 맹렬했다.

“으앗!”

“컥!”

그 칼빛 속에서 짧고 격한 비명이 연이어 터져 나왔다.

뛰어든 순간 도수백은 마음껏 제 칼을 휘둘러 호적심을 포함한 다섯 놈을 모두 찍어버린 것이다.

눈 깜짝할 순간이었다.

그리고 제가 찍은 자들의 등짝이 아직 땅에 닿기도 전에 벌써 그곳을 떠나 왼쪽을 향해 질풍처럼 달려가고 있었다.

# 魔風俠星

## 第三章
### 사천왕(四天王)의 칼

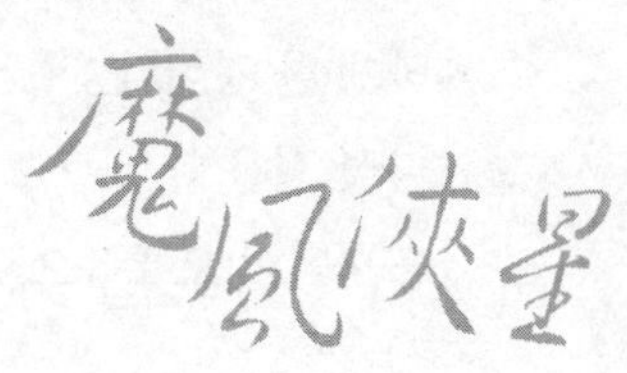

"온다!"

"저쪽이다! 잡아!"

"좌우로 갈라져라! 한꺼번에 들이쳐!"

당황하여 아우성을 치는 자들은 모두 대리 부중에 원래부터 있던 나대규의 수하들이었다.

낯선 두 놈, 마르고 훌쩍 큰 놈과 기생오라비처럼 생긴 놈은 입을 꾹 다물고 있다.

꼼짝 않고 서서 노려보는 그들의 번쩍이는 눈길이 서른 보 떨어진 곳에서도 뚜렷이 보인다.

도수백의 꽉 다문 입술 사이로 차가운 웃음이 스쳐 갔다.

얼굴에 와 닿는 밤바람의 서늘함 때문이다. 그것이 그를 유
쾌하게 한 것이다.

다섯 걸음 앞.

도수백이 오른쪽으로 급히 꺾어지며 허리춤을 더듬었다.

싯—

왼손을 옆으로 힘껏 뿌리자 비수 하나가 날카로운 바람 소
리를 끊으며 날았다.

"으악!"

무작정 왼쪽에서 달려들던 자가 가슴을 움켜쥐고 푹 고꾸
라졌다.

도수백은 모두의 시선이 그놈을 스치는 촌각의 시간을 놓
치지 않았다.

훌쩍 뛰어 다가서며 깡마른 자를 향해 벼락같은 일격을 날
린다.

"흥!"

그놈이 검을 흔들어 마주쳐 오며 코웃음을 날렸다.

따다당—

흔들리는 검봉을 도수백의 칼에 붙이자 낭랑한 쇳소리가
연거푸 쏟아졌다.

큰 힘을 쪼개서 세 번으로 나누어 급히 두드리는 솜씨가 보
통이 아니다.

도수백의 칼이 힘을 잃고 처졌다.

"죽엇!"

기회를 잡은 놈이 소리치며 가볍게 손목을 꺾었다.

휘잉, 하는 바람 소리를 뒤에 매달고 장검이 큰 원을 그리며 떨어졌다.

눈부시게 빠르고 현란했다.

놈은 손목의 움직임만으로 검봉을 때로는 크게, 때로는 작게 움직여 후려치고 찔러대는 수법에 능했다.

검봉이 가볍고 정교하게 움직여 파고든다.

거기에 어깨와 허리의 힘이 실린다면 그 위력이 바위라도 뚫을 만큼 커질 것이다.

놈은 자신의 그런 검법에 만족한 듯 여유를 보이고 있었지만 도수백은 상관하지 않았다.

그가 처음부터 노린 것은 허여멀건하게 생긴 놈이었기 때문이다.

키 큰 자는 단지 목표의 주의력을 분산시키기 위한 이용물에 불과했다.

"엇?"

놈이 깜짝 놀라서 소리쳤다.

자신의 검봉을 받아칠 것이라고 믿었는데, 도수백이 갑자기 오른쪽으로 훌쩍 뛰었기 때문이다.

급히 검을 멈추자 그것이 제 힘을 감당하지 못하고 허공에서 부르르 떨었다.

도수백은 어느새 원래의 목표에 달라붙을 것처럼 다가서고 있었다.

얼굴 흰 사내가 당황하여 급히 뒷걸음질치며 두 자루의 단봉을 풍차처럼 휘둘렀다.

따다다당—

그것이 연달아 도수백의 칼 몸을 후려치며 귀 따가운 쇳소리를 냈다.

도수백은 단봉의 가격을 무시했다. 그대로 더욱 맹렬하게 파고든다.

펙!

어깨에 떨어지는 충격으로 등줄기가 시려오지만 이를 악물고 참았다.

사내의 단봉에는 원래의 힘이 반도 채 실려 있지 못했다.

급히 물러서며 휘둘러 친 때문이기도 하고, 도수백의 칼을 후려치고 돌아 나온 것이기 때문이기도 하다.

사내가 도수백의 무모한 돌진에 질린 얼굴을 했을 때, 도수백의 칼은 그자의 팔꿈치를 깊이 찍어놓고 있었다.

"억!"

사내가 왼손의 단봉을 떨어뜨리며 비명을 터뜨렸다. 그리고 더욱 파고든 도수백의 왼손이 사내의 목을 훑듯이 스치고 지나갔다.

서걱, 하는 소리가 들렸을 때 비수는 사내의 목을 길게 가르고 빠져나와 으스스한 한기를 뿜으며 허공에 멎어 있었다.

"이놈! 이 죽일 놈!"

팽나무 아래 우뚝 서서 퉁방울 같은 눈을 뒤룩거리며 그 모든 일들을 바라보던 모혈랑이 쿵쿵거리고 달려왔다.

모혈랑은 미칠 것처럼 분노했다.

싸움이 시작되고, 불과 서너 번 크게 숨을 들이마시고 내쉬는 동안에 열 명의 수하가 변변히 싸워보지도 못하고 쓰러졌다는 게 믿어지지 않았다.

믿었던 괴량천과 호적심마저 당했고, 막 또 한 명의 심복이 당했다.

이제 남은 건 키 큰 사내와 대리 부중의 패거리 한 명뿐이었다.

도수백은 먹이 사냥을 끝낸 야수처럼 보였다.

팽나무 언덕을 어지럽게 이리 뛰고 저리 달리더니 이제는 한곳에 우뚝 멈추어 서서 느긋하게 숨을 고르고 있다.

'모든 게 끝장이다.'

그런 도수백을 보며 모혈랑은 치솟는 분노 속에서 절망도 함께 느껴야 했다.

저 한 놈에게 이처럼 어이없이 농락당했으니 이 싸움에서 이긴다고 해도 체면은 땅에 떨어지고 말 것이다.

다시는 회복할 수 없으리라.

남천방의 꿈을 키웠건만 그것도 오늘 밤, 이 순간에 산산이

깨져 버렸다.

열 명이나 되는 수하가 피를 흘리며 쓰러져 있는데, 저놈은 저렇게 멀쩡한 모습으로 우뚝 서 있다.

그런 모든 일들이 모혈랑을 미쳐 버릴 만큼 화나게 했다.

머리카락이 곤두서고 구레나룻이 풀 먹인 것처럼 빳빳하게 일어선다.


도수백이 사나운 표범처럼 이리저리 날뛸 때마다 함성과 탄성을 터뜨리며 긴장하는 군중과 뚝 떨어진 곳에 세 사람이 서 있었다.

흑의 경장 위에 헐렁한 흑의 장포를 걸치고 있는 자들인데, 종아리까지 올라오는 검은 가죽신을 신었으니 온통 검은색 일색이었다.

"제법이군요."

왼쪽에 있던 얼굴 둥근 사내가 그렇게 말했다.

지난여름, 우기에 접어들어 며칠 동안 쉬지 않고 비가 퍼붓던 안남의 토옥림에 나타났던 자였다.

통통한 몸집에 얼굴이 둥글넓적한 공손랑(孔孫郞)이다.

동창의 번역(番役)이라는 자리에 있으니 두려울 게 없는 신분이었다.

"음."

가운데 있던 흑의인이 머리를 한 번 끄덕였다.

역시 안남의 토옥림에 찾아왔던 자, 손적풍(孫赤風)이었
다.

그는 동창에 있다는 일백 명의 당두(檔頭) 중 한 명이었다.
수하에 열 명의 번역을 거느리는 자인 것이다.

번역이 거느리고 있는 일반 무사가 열 명이니, 당두는 창
위(廠衛)로 불리는 동창의 무사 일백 명을 휘하에 두고 있는
셈이었다.

그만큼 뛰어난 고수인 것이다.

그는 유심히 도수백을 바라보고 있었다.

어디에선가 본 듯한 얼굴인데, 기억이 날 듯 말 듯했다.

달이 밝다고 하지만 한밤중이다. 그것도 멀리서 보는 것인
데도 도수백의 면면을 알아볼 만큼 안력(眼力)이 뛰어난 자였
다.

왼쪽에 있던 쥐눈의 흑의인이 거뭇거뭇하게 수염이 나 있
는 제 턱을 쓰다듬으며 음침한 얼굴로 중얼거렸다.

"제대로 된 도법 같지는 않습니다. 멋대로 휘두르는 칼인
데, 무시무시한 위력을 보이는군요. 수많은 실전의 경험을 쌓
은 놈이 틀림없습니다."

평수달(平樹達)인데, 공손랑과 마찬가지로 번역이라는 지
위에 있는 자이고, 손적풍의 휘하에 있었다.

그들이 보기에도 도수백의 빠르고 맹렬한 움직임은 다수
의 적 속에서 그 이상 효과적일 수 없을 만큼 치밀했다.

그건 배워서 되는 일이 아니라는 것쯤은 그들 세 명의 흑의
인 모두가 잘 알고 있었다.

오랜 경험으로 몸에 배인 본능만이 저런 움직임을 보여줄
수 있다.

"흥미로운 놈이야."

손적풍이 평수달의 말에 공감한다는 듯 머리를 다시 한 번
끄덕이고 빙긋 웃었다.


"과연 대단한 녀석이었어!"

그렇게 감탄하는 사람이 또 한 명 있었다. 여자였다.

팽나무 언덕 동쪽에 서서 구경하는 사람들 속이다.

"기백이 매우 좋다. 그건 너희들도 본받아야 할 점이야."

말끝에 낮은 탄식이 뒤따랐다.

수수하고 헐렁한 장의(長衣)를 어깨에 걸치고 모자를 써서
얼굴을 가렸지만, 은은히 풍겨 나오는 기품은 일반 여염집의
아낙이 아니라는 걸 누구나 느끼게 해주는 여인이었다.

강호에서 백화선고라고 불리는 단목향이다.

그녀 곁에는 점창파의 두 제자가 수행하고 있었는데, 사모
의 말에 공손히 머리를 숙여 받들었지만 얼굴에는 불만이 깃
들어 있었다.

'저까짓 야수 같은 놈의 무지막지한 도법쯤이야.'

'저건 도법이라고 할 수도 없어. 그냥 칼질일 뿐이지.'

그런 마음인 것이다.

도수백의 치열하고 맹렬한 움직임에 대해서, 그리고 그가 해 보인 것에 대해서 질투하는 마음이 든 탓이기도 했다.

그들이 보기에 도수백의 칼에는 멋이라고는 조금도 없었다. 웅장한 기풍은 말할 것도 없고, 치밀한 도세(刀勢)도 없다.

그저 살벌함만이 넘쳐 날 뿐이다.

그건 오직 죽이기 위한 칼이었고, 그래서 일격필살의 잔인함으로 번쩍이는 칼이었다.

그들이 혐오해 마지않는 마도(魔刀)의 냄새가 짙은 칼인 것이다.

하지만 그 칼의 위력과 의외성에 대해서는 그들 또한 놀라지 않을 수 없었다.

만약 내가 저 칼과 마주한다면 어떻게, 어떤 초식으로 대응해야 할까, 하는 생각을 하지 않을 수 없다.

"와아―"

사람들의 함성이 높이 치솟았다.

각자 상념에 빠져 있던 점창파의 제자들이 깜짝 놀라 바라본 곳에 그들이 경멸해 마지않는 도수백의 칼이 흰 빛을 뿌리고 있었다.

"이얍!"

키 큰 사내, 여강의 귀검(鬼劍)으로 불리는 막여춘(莫餘春)

이 비명 같은 기합성을 터뜨리며 맹렬하게 검을 휘둘렀다.

그러면서 뒤꿈치로 땅을 쿵쿵 찍으며 정신없이 물러서고 있다.

그의 검봉이 달빛을 튕겨내며 허공을 온통 하얗게 뒤덮었다. 수십 개의 흰 무지개가 걸린 것 같다.

상황의 위급함과는 상관없이 그것은 아름답고 신기한 광경이었다. 그래서 구경꾼들은 탄성을 터뜨렸지만 막여춘은 두려움으로 새파랗게 질려 있었다.

무지막지하게 쳐들어오는 도수백의 칼 때문이다.

마지막까지 남았던 대리 부중의 악당 한 놈은 도수백의 비수에 목이 꿰뚫려 쓰러졌고, 이제는 그와 모혈랑이 남았을 뿐인데, 도수백은 모혈랑은 무시하고 오직 막여춘에게만 악착같이 달려들고 있었다.

핑—

마지막 비수가 유성처럼 난다.

"엇!"

도끼를 휘두르며 험악하게 달려들던 모혈랑이 기겁을 하고 주저앉았다.

정수리 위를 아슬아슬하게 스쳐 지나가는 서늘한 바람에 등골이 으스스해진다.

잠시 그를 붙잡아둔 도수백은 다시 온 힘과 정신을 모아서 막여춘을 몰아붙였다.

허공에 윙윙거리는 칼 울음소리가 가득해진다.

막여춘은 번쩍이는 도수백의 두 눈에 사로잡혀 있었다. 그렇게 끔찍한 것을 본 적이 없고, 느낀 적이 없다.

그래서 그는 두려움의 포로가 되었다. 도수백의 살기를 감당할 수 없게 된 것이다.

처음 싸움을 시작했을 때는 여유가 있었는데, 한 번 그렇게 두려움을 느끼자 그건 걷잡을 수 없이 그를 옭아맸다.

손발을 마음대로 움직일 수 없고, 무엇을 어떻게 해야겠다는 생각도 떠올릴 수가 없었다.

막여춘은 제가 늘 자랑하던 검법도, 누구보다 지독하고 잔혹하다는 자신의 성품도 다 잊어버렸다.

두려움에 사로잡힌 순간 그는 오직 살고 싶다는 생각뿐이었는데, 순수한 본능이었다.

이렇게 무지막지한 싸움에서는 두려움을 극복하는 자에게 기회가 오게 마련이다.

도수백은 이미 그런 일에 단련될 만큼 단련되었고, 막여춘은 부족했다. 그 차이가 두 사람의 투지를 하늘과 땅처럼 벌려놓았다.

아차, 하는 잠깐의 순간 막여춘은 그렇게 되어버렸고, 그래서 죽음의 손아귀를 벗어나지 못했다.

퍽!

도수백의 칼이 한 점의 연민도 없이 그의 정수리 위에 떨어졌다.

비명을 지를 새도 주지 않는 빠르고 맹렬한 일격이었다.

꽈드득—

칼날이 뼈를 쪼개며 박혀드는 끔찍한 소리가 어둠을 뒤흔들었고, 막 몸을 일으킨 모혈랑의 얼굴이 딱딱하게 굳었다.

향 한 자루도 채 타지 않았을 시간이 지났을 뿐인데, 팽나무 언덕에 서 있는 자는 모혈랑과 도수백 두 사람뿐이었다.

여기저기 어지럽게 흩어져 있는 열한 구의 주검이 달빛 아래 더욱 처참하기만 하다.

살아난 자는 또 한 명이 있었다. 저쪽에서 엉금엉금 기어 달아나고 있는데, 돌부리에 채여 자빠지며 발목을 삔 자였다.

더 이상 싸울 수 없게 되었으므로 그는 도수백의 칼을 맞지 않았던 것이다.

팔이 잘린 호적심 또한 아직은 살아서 꿈틀거리고 있었지만 과도하게 흘린 피로 인해서 위태로운 지경이었다.

누가 구해주지 않는 이상 목숨을 부지할 수 없을 것이다.

하지만 그들의 악행에 시달려 온 대리 부중의 사람들 중 나서서 그를 구해줄 사람은 아무도 없을 테니 그는 죽은 것과 마찬가지였다.

"너, 너……."

모혈랑이 도끼를 들어 도수백을 가리키며 무어라고 말을 하려 했다.

하지만 그는 제대로 된 한마디의 말도 하지 못했다. 도수백을 바라보는 눈에 두려움이 번지고 있었다.

도수백의 마음은 이해의 깊고 푸른 물처럼 가라앉아 있었다.

십여 차례나 살을 베고 뼈를 가른 충격으로 손아귀가 얼얼하고 팔목이 저려왔지만 아직 힘은 충분히 남아 있다.

"싸울 테냐?"

무심한 도수백의 말에 모혈랑이 부르르 몸을 떨었다. 사방을 휘둘러본다.

보이는 건 온통 참혹한 주검뿐, 이제는 저 혼자 남았을 뿐이라는 게 더욱 절실하게 느껴진다. 그 두려움이 모혈랑을 사로잡았다.

그는 더 이상 자신감에 넘치던 악당도, 야심만만하던 두목도 아니었다.

더 이상 포악한 모혈랑이 아니다.

그는 팽나무 언덕에서 가장 초라하고 가엾은 자로 전락해 있었다.

'다 끝났어.'

그런 절망감이 두려움을 더 크게 했다.

절망감은 보통 두 가지 형태로 사람의 심성을 움직인다.

자포자기하는 마음이 되어서 주저앉거나, 오히려 악에 치받쳐서 광기를 품게 만드는 것이다.

모혈랑은 자포자기하는 마음이 되었다.

극단의 상황에 내몰리면 누구나 제 본성을 드러내게 마련인데, 모혈랑의 본성은 나약했던 것이다.

그는 심성이 나약한 자였다. 그것을 감추기 위해서 더욱 흉포하고 잔인하게 굴었던 건지도 모른다.

그러던 것이 지금 본성을 드러내자 세상에서 가장 불쌍하고 초라한 몰골로 변해 버렸다.

모혈랑이 도끼를 놓아버렸다. 그리고 털썩, 무릎을 꿇는다.

"사, 살려…… 줘……."

도수백의 무심한 눈길을 올려다보며 그는 필사적이 되었다.

무릎걸음으로 기어오더니 도수백의 두 발을 덥석 끌어안고 발등에 이마를 비벼댔다.

"대협, 집에는 팔순의 노모가 있고, 병든 아내와 자식들이 있답니다. 제발 목숨만……."

한심한 일이다. 그래서 도수백은 말을 잃었다.

끝까지 남아서 이 대결을 지켜보던 모든 사람들도 할 말을 잃어버린 채 멍하니 서 있었다.

흉포하기로 이름 높았던 모혈랑 모악봉이 저와 같이 비굴한 자였다는 게 믿어지지 않아서다.

도수백이 칼에 맺혀 있는 핏방울을 털어내고 말없이 돌아섰다.

이미 전의를 잃어버렸고, 저렇게 비굴해져 버린 자는 더 이상 베어야 할 상대가 아니었기 때문이다.

*　　*　　*

"그래? 당신도 참 한가한 사람이구려. 그런 싸움을 다 구경하러 가다니 말이오."

오십대 중반에 접어든 청수한 인상의 편옥수가 빙긋 미소지었다.

백화선고 단목향으로부터 팽나무 언덕의 싸움에 대한 이야기를 들은 것이다.

"그래도 궁금하잖아요. 도수백이라는 놈이 싸운다니 말이에요."

"하긴, 나도 그놈이 대체 어떤 놈인지 한 번 보고 싶었지."

"그것 봐요, 당신도 궁금했으면서."

하지만 편옥수는 팽나무 언덕으로 도수백의 싸움을 구경하러 갈 수가 없었다.

점창파라는 한 문파의 장문인 신분으로 그런 싸움에 관심을 갖는다는 것 자체가 우스운 일이었던 것이다.

그러나 도수백이라는 자에 대해서만은 관심을 갖지 않을 수 없었다.

바로 그놈 때문에 사랑하는 제자 왕소령이 사문을 뛰쳐나 갔기 때문이다.

편옥수는 아내 단목향이 얼굴을 가리고 팽나무 언덕으로 갔던 것도 그런 까닭이라고 이해했다.

왕소령의 원수이고, 원도 화상의 제자라는 놈이 과연 어떤 놈인지 봐두고 싶었던 것이다.

그들은 물론 점창파의 제자들 모두가 도수백을 원도 화상의 제자라고 단정하고 있었는데, 그건 도수백도 원도 화상도 그에 대해서 한마디의 해명도 해주지 않은 채 창산을 떠났기 때문이다.

단목향은 남편인 편옥수와 마찬가지로 원도 화상의 정체를 짐작하고 있는 몇 안 되는 사람 중 한 명이었다.

원도 화상은 창산 기슭에 엎드려 있던 커다란 이무기였다.

그것이 이제 창산을 떠나 강호라는 넓고 넓은 물속으로 가버린 것도 따지고 보면 도수백이라는 놈 때문이었다.

그로 인해 강호에 어떤 풍파가 일지 지금으로서는 알 수 없었지만, 그래서 더 마음이 조마조마해지기도 한다.

"그래, 그놈의 칼이 그렇게 사나웠다고?"

"그래요. 어찌나 무섭던지 내 가슴이 다 떨리더군요."

"흠, 그래요? 소림사의 초식이 보입디까?"

"초식도 무엇도 없었어요. 그냥 사나운 칼이었지요."

"허, 그건 이상하군."

편옥수가 살짝 눈살을 찌푸렸다.

원도 화상으로부터 소림사의 도법을 배웠다면 당연히 드러났어야 한다.

'다른 절기를 배웠나?'

그런 의문이 들었지만 그러려니 여길 뿐 더 이상 생각하지 않았다.


도수백의 그런 칼 솜씨에 대해서 의아하게 여기는 자는 중이도에도 있었다.

손적풍과 공손랑은 중이도의 무너져 버린 모옥 앞에 서 있었다.

벌써 칠 개월 전이다. 그때는 주검들이 즐비했었지만 지금은 다 사라지고 무너져 버린 모옥만이 기울어가는 달빛 아래 적막하게 남아 있었다.

"그놈의 칼 솜씨라면 몇 명의 금군 무장들쯤이야 우스웠을 거야."

묵묵히 모옥만 바라보던 손적풍이 도수백의 싸우던 모습을 떠올리며 그렇게 운을 뗐다.

"게다가 함께 왔던 나대규와 상조까지도 인정사정없이 베어버렸다니 지독한 놈이다."

"상금을 독차지하려고 그랬겠지요. 짐승 같은 놈입니다."

공손랑의 얼굴에 싸늘한 비웃음이 떠올랐다.

다시 침묵을 지키던 손적풍이 불쑥 말했다.

"그나저나 음흉한 늙은이였다."

이곳에서 도수백의 칼에 목이 잘린 왕윤춘을 생각한 것이다.

"어린 딸을 이 먼 곳에 떼어놓다니. 그러고도 그동안 감쪽같이 시치미를 떼고 있었다. 주변의 사람들은 그에게 어린 딸이 있었다는 것조차 잊어버릴 지경이었어."

"점창파에 딸을 숨겨놓은 건 무슨 뜻이었을까요?"

"글쎄……."

머리를 갸웃거리던 손적풍이 혼잣말처럼 중얼거렸다.

"어쩌면 최후의 수단으로 생각하고 있었던 건지도 모르지."

"강호의 세력을 끌어들일 셈이었단 말입니까?"

"짐작할 뿐이지. 그렇지 않았다면 굳이 이 먼 곳에 딸을 숨겨두었을 리가 없고, 또 여기까지 도망쳐 왔을 리가 없지 않겠느냐?"

"흠, 손 당두의 말씀이 그럴듯하군요."

그들은 얼마 전에야 왕윤춘의 딸이 점창파에 있다는 걸 알고 그 일을 조사하기 위해 급히 달려온 길이었다.

왕윤춘의 혈육이 살아 있다면 반드시 찾아서 죽여 버려야 한다.

그게 동창이 일하는 방식이었다. 장차 후환이 될 만한 건 무엇이 되었든 남겨두지 않는 것이다.

'어쩌면 영복왕과도 연계되었던 건 아닐까?'

운남성과 귀주성은 서로 붙어 있다. 곤명에서 귀양부까지 수천 리 길이라고 하지만 북경에서 보면 곤명과 귀양부는 지척 간이라고 할 만하다.

손적풍의 머릿속에 불쑥 불길한 느낌이 스쳐 갔다.

그는 직관과 감각이 잘 발달한 자였던 것이다.

귀주의 왕부에서 영복왕은 꼼짝하지 않고 있었다.

하나 남아 있는 아들, 주소룡을 징집했을 때도 아무런 반응을 보이지 않았다.

그게 손적풍과 그 윗선의 사람들에게는 더 수상쩍은 일이기만 했다.

당연히 노해서 길길이 날뛰었어야 옳은데 그렇지 않으니 의혹을 살 만하지 않은가.

아무리 동창의 힘이 막강하다고 해도 번왕을 마음대로 할 수는 없었다.

자칫 황제의 노여움을 샀다가는 모두가 살아남지 못할 것이기 때문이다.

지금의 황제는 방사 왕금에게 홀딱 빠져서 정사를 돌보지 않았고, 모든 정무를 재상 엄숭(嚴嵩)에게 맡겨두고 있었지만 그래도 하나뿐인 제 혈육에 대한 정은 깊었다.

영복왕이 비록 이복동생이라고 해도 아직 후사가 없는 가정제에게는 그가 유일한 핏줄인 것이다.

　하지만 동창은 그래서 더욱 영복왕을 경계하고 그 수족을 자르기 위해 머리를 쥐어짤 수밖에 없었다.

　그러던 중에 왕윤춘의 난이 터졌고, 이제 손적풍은 그것과 영복왕과의 연관에 대해서까지 의심하게 되었다.

　"어쩌면 모든 의문의 열쇠를 그 딸년이 가지고 있을지 모른다."

　손적풍은 그렇게 단정했다.

　그게 그가 두 명의 번역을 대동하고 이곳까지 달려온 이유이기도 하다.

　어둠 저쪽에서 또 한 명의 번역인 평수달이 빠른 걸음으로 다가왔다.

　손적풍에게 굽실 허리를 숙여 예를 표한 그가 쥐눈을 반짝이며 말했다.

　"확실히 점창파에 딸년이 있었습니다. 왕소령이라더군요."

　"있었다고?"

　"며칠 전에 점창파를 뛰쳐나갔다더군요."

　손적풍이 눈살을 찌푸렸다.

　"확실한 거냐?"

　"수하들을 풀어 빈틈없이 알아보게 했으니 틀림없습니다."

“그들은?”

“창산 밑에 모여 있습니다.”

“알았다.”

손적풍이 손을 흔들었고, 다시 깊이 허리를 숙인 평수달이 올 때와 마찬가지의 빠른 걸음으로 사라졌다.

손적풍이 두 명의 번역을 대동하고 왔다는 건 그들에게 속해 있는 창위들도 동행해 왔다는 의미다.

그러므로 대리 부중에는 이름만으로도 나는 새를 떨어뜨린다는 동창의 무사 스무 명이 잠복해 있는 중이었다.

대리부가 생긴 이래 이와 같은 일은 없었다.

“내가 직접 가봐야겠군.”

중얼거린 손적풍이 천천히 떠났다.


그 무렵, 도수백은 노를 잡고 작은 쪽배를 저어 달빛 부서지고 있는 이해를 가로질러 가고 있었다.

팽나무 언덕을 내려오자 더 망설이지 않고 대리부를 등진 것이다.

대리 부중의 악당 패거리는 이번 싸움으로 괴멸된 것과 마찬가지였다. 다시는 모여서 악행을 저지르고 애꿎은 민초들을 짓밟지 못할 것이다.


“세상이 어지러워지면 부처님께서는 사천왕을 보내 마귀들을 짓밟아 버리시느니라."

  문득 원도 화상의 말이 생각났다.
  팽나무 언덕에서의 일은 작은 일이다. 천하를 놓고 보자면 손톱만큼도 되지 못한다.
  하지만 스스로 사천왕 중의 하나가 되어서 대리 부중의 마귀들을 쳐 없앴다고 생각하자 자부심으로 가슴이 뿌듯해졌다.
  왜구들을 토벌하고 개선할 때 길가에 나와 환호하던 민초들의 모습이 떠오른다.
  그는 자신의 칼에 대한 자부심을 가졌다.
  그것이 더 무서워졌다는 게 아니라, 제 칼이 행한 일에 대한 것이었다.
  다른 사람들의 눈에는 무자비하고 냉혹한 것으로 보였을지 모르지만, 그 칼이 악당들을 쳐죽였으니 정의로운 것이기 때문이다.
  마귀를 때려잡는 사천왕의 주먹이 어찌 자비로울 것인가.
  그런 생각으로 노를 저어 가는데 맞은편, 중이도 방향에서 쪽배 한 척이 내려왔다.

魔風俠星
第四章
드러난 정체

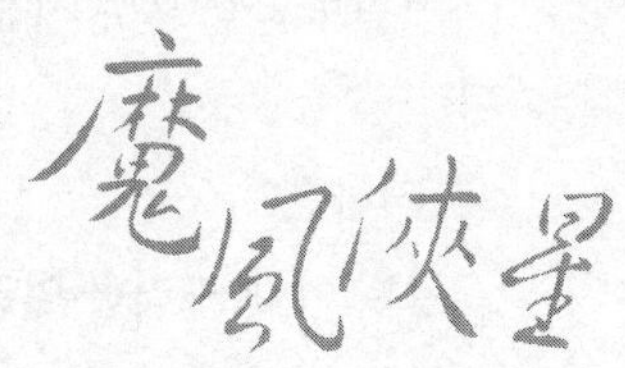

달빛이 가득 풀어져 있는 호수 위를 천천히 노 저어 오는
배.

다가오는 그것을 보며 도수백은 어쩌면 풍류를 아는 선비
가 도도한 흥이 일어 배를 띄운 건지도 모른다고 생각했다.

무심히 바라보는 동안 두 배는 점점 가까워졌다.

흑의인 한 명이 노를 저었고, 배에는 갈대 덮개를 씌워서
안이 보이지 않았다.

십여 장의 거리를 두고 두 척의 배가 엇갈려 지나갔다.

도수백은 노를 젓고 있는 흑의사내가 저를 바라보는 눈길
을 따갑게 느꼈다.

저절로 그쪽으로 시선이 갔고, 도수백 또한 눈에 힘을 주었다.

'저놈은?

달빛 아래 드러난 얼굴이 낯이 익다.

문득 귓전에 지겹도록 쏟아지던 빗소리가 들렸다.

넓은 나뭇잎을 두드려 대는 그 시끄러운 소리와 눅눅하게 감겨오던 습한 기운이 생생하게 살아난다.

'그놈이다!'

토옥림의 밀림이 떠오르고, 당운평의 군막이 떠올랐다.

투덜거리며 휘장을 젖히고 들어서는 제 모습도 생생하게 보였다.

습기로 눅진거리는 군막 안에 둘러서 있던 낯선 자들.

겁먹은 눈을 이리저리 굴리던 한 소년 병사와 두 명의 흑의인을 지금도 기억하고 있다.

그중의 한 놈이었다.

'분명하다.'

도수백이 단번에 그때의 기억을 떠올렸을 때, 노를 젓고 있던 공손랑은 고개를 갸웃거렸다.

십여 장의 거리를 두고 엇갈려 지나가는 배에 있는 자가 팽나무 언덕에서 싸우던 바로 그놈이라는 건 금방 알겠는데, 이 밤중에 이해를 건너가고 있으니 의아해졌기 때문이다.

다시 생각해 보면 그가 어디로 가든 상관할 일이 아니었다.

하지만 공손랑은 내내 마음에 꺼림칙한 무엇이 남았다.

그건 팽나무 언덕에서 그를 처음 보았을 때부터 받은 느낌이었다.

어디선가 본 듯도 하고 아니기도 한 모호함이다.

그리고 잠시 잊었는데, 이렇게 다시 보게 되자 꺼림칙한 느낌이 되살아났다.

공손랑은 느릿느릿 멀어져 가는 도수백의 뒷모습을 보고 또 보았다.

＊　　　＊　　　＊

"그대는 관의 힘을 등에 업고 나를 업신여기는 건가?"

편옥수의 청수한 얼굴에 은은한 노여움이 깃들었다.

손적풍이 찻잔을 내려놓으며 빙긋 웃었다.

"그럴 리가 있습니까? 강호에서 편 장문의 위명이 어떠한지 잘 알고 있는데 제가 어찌 감히……."

"으음—"

편옥수가 불쾌한 기색을 감추지 못하고 슬며시 손적풍을 외면했다.

"저는 다만 역적의 핏줄이 점창파에 있는지 없는지를 확인하려는 것뿐입니다. 조금도 장문인과 그 제자는 물론 문도들에게 해를 입히고 싶은 마음은 없습니다."

손적풍의 그 말속에는 은근한 위협이 감추어져 있었다. 그 걸 눈치 채지 못할 편옥수가 아니다. 그래서 심기가 더욱 불편해졌다.

하지만 눈앞에 있는 자가 동창의 인물이고, 당두라는 직함을 가지고 있는 자라니 함부로 대하기도 껄끄러웠다.

잠시 생각하던 편옥수가 가볍게 한숨을 쉬고 나서 말했다.

"얼마 전까지 그 아이는 분명히 이곳에 있었지. 하지만 지금은 어디로 갔는지 알 수 없네."

"설마 그럴 리가 있습니까? 산 아래에서 듣기로 왕소령은 편 장문과 부인께서 친혈육처럼 사랑하는 제자라고 하던데요?"

"자식이 장성하면 부모의 품을 떠나듯 제자들도 그렇지. 언젠가는 떠나게 마련인데, 그 아이는 갑자기 아무런 말도 없이 훌쩍 떠난 거야. 나도 지금까지 그걸 서운해하는 중일세."

손적풍이 입가에 야릇한 웃음을 떠올렸다.

편옥수를 바라보는 눈빛이 의미심장하다.

"편 장문께서는 강호를 떠나 창산에서 한가로이 노니는 분이시니 산 아래의 복잡한 세상사야 관심 밖일 것입니다. 하지만 역적에게는 황상께서 어떠한 자비도 베풀지 않으신다는 건 아시겠지요? 그 역적을 숨겨주거나 비호하는 무리 역시 똑같은 처벌을 받는다는 것도 아시리라고 믿습니다."

편옥수가 불쾌한 얼굴로 퉁명스럽게 대꾸했는데, 말투마

저 변했다.

"나는 국법을 두려워한 적이 없지만 그것을 무시한 적도 없다. 오직 떳떳한 마음으로 묵묵히 살아왔지."

"그러셨겠지요."

"내가 두려워하는 건 불의가 정의를 핍박하는 그런 세상이 찾아오는 것일 뿐, 권력과 권세가 아니다. 그러니 그런 말로는 나에게 조금도 위협이 되지 못할 것이다."

네가 동창의 위세를 빌어 협박하더라도 나는 눈 하나 깜짝하지 않는다는 것이고, 지금의 황제와 대신, 관료들이 모두 불의한 자들이라는 걸 꾸짖는 말이었다.

이번에는 손적풍이 눈살을 찌푸렸다.

편옥수의 말은 그것만으로도 충분히 죄를 물을 수 있는 위험한 발언인 것이다.

하지만 동창의 위세가 아무리 막강하다고 해도 편옥수를 잡아갈 수는 없었다.

그의 무공이 손적풍으로서는 감당할 수 없는 것이기도 하려니와, 강호의 명망있는 문파를 적대하기도 꺼림칙하기 때문이다.

강호의 힘은 관의 힘과는 또 달랐다. 대군을 동원해 짓밟을 수는 있어도 그들을 뿌리 뽑는다는 건 불가능했다.

관의 핍박이 가해지면 고수들은 이 넓은 천하에 뿔뿔이 흩어져 숨어 있다가 세상이 잠잠해지면 다시 나오는데, 복수를 협의지도(俠義之道)로 삼는 그들의 칼을 피할 수 있는 사람은 없다고 해도 과언이 아니었다.

고관대작이라고 해도 마찬가지고, 장군부의 대장군이라고 해도 그렇다.

언제나 골칫거리인 존재.

일반 백성처럼 다스릴 수도 없고, 마냥 풀어놓을 수도 없는 그런 존재들을 상대하는 방법은 하나밖에 없었다.

일정한 선을 넘지 않는 이상 모르는 척하는 것이다.

강호의 무리도 관과 대적해 봐야 얻는 건 적고 잃는 건 많다는 걸 잘 아는 터라 무심함으로 일관했다.

소가 닭을 보듯, 닭이 소를 보듯 서로 무시하면서 아슬아슬한 균형을 유지해 나가고 있었던 것이다.

손적풍은 제가 아무리 동창의 당두라고 해도 제 힘으로는 그런 균형을 깨뜨릴 수 없다는 걸 잘 알고 있었다.

게다가 황제의 신뢰를 한 몸에 받으면서 막강한 권력을 행사하고 있는 방사 왕금은 강호의 무리가 발호하는 걸 가장 경계하고 있었다.

그 자신이 한때 강호에 몸담고 있었던 터라 그곳의 생리를 잘 아는 탓이다.

낯을 찌푸린 채 잠시 생각하던 손적풍이 다시 말했다.

"좋습니다. 편 장문의 생각이 그와 같으시다니 어쩔 수 없지요. 장문의 말을 믿고 이대로 돌아가겠습니다."

“······.”

“하지만 동창에서는 역적의 여식을 끝까지 추적하여 반드시 찾아낼 것입니다. 이건 황법에 의한 일이니 편 장문께서는 저희의 일에 개입하지 말아주셨으면 합니다.”

그 말에는 편옥수 또한 선뜻 대답할 수가 없었다.

읍하고 물러서는 손적풍을 묵묵히 바라볼 뿐인데, 마음속 가득 왕소령에 대한 걱정으로 침통해졌다.

동창에서 한번 추적하기로 마음먹었다면 왕소령은 그들에게서 벗어날 수 없을 게 뻔했다.

게다가 그녀는 아직 강호의 경험도 없는 풋내기 아닌가.

아끼는 제자의 안위가 걱정되지만 역적의 혈육이라는 오명을 뒤집어쓰고 있는 이상 적극적으로 나서서 보호해 줄 수도 없었다.

편옥수는 이러지도 저러지도 못하는 곤란한 상황이 마음에 들지 않았다.

동창의 당두라는 자가 찾아와 협박하고 돌아간 것도 마음에 걸린다.

“감히 창산에 올라와 함부로 지껄이고 가다니. 이 편옥수가 그렇게 만만해 보였단 말인가? 점창파가 우습게 보인단 말인가?”

중얼거리는 눈 속에 불길이 이글거렸다.

　　　　　*　　　　*　　　　*

　손적풍이 잔뜩 눈살을 찌푸리고 있으므로 공손랑과 평수달은 긴장한 채 눈치만 보았다.

　대리 부중과 창산 사이에 있는 허름한 객잔의 후원이다.

　손적풍 일행은 복건에서 온 상인으로 가장하고 다섯 개의 방이 있는 객사 한 채를 통째로 빌려 사용하고 있는 중이었다.

　창문을 굳게 닫았고 휘장마저 쳤으므로 손적풍의 방은 밀실처럼 밀폐되었다.

　방 안에서의 소리가 바깥으로 새나가지 않도록 하기 위한 것인데, 그 반대로 바깥의 소리도 방 안에서는 잘 들을 수 없었다.

　“아무래도 마음에 걸려.”

　손적풍의 말에 공손랑이 물었다.

　“무슨 말씀입니까?”

　“팽나무 언덕에서 싸우던 그놈 말이다.”

　공손랑과 평수달은 손적풍이 점창파에 다녀온 일 때문에 심기가 불편한 줄 알고 긴장했는데 그가 뜬금없이 팽나무 언덕에서 싸우던 놈을 말하니 어리둥절해졌다.

　“도수백이라고 한다지?”

　“그렇습니다만…….”

“아무래도 낯이 익은 놈이야. 그런데 어디에서 보았던지 생각이 나지 않는다.”

그때, 당운평의 군막 안에 있던 도수백은 갑주를 받쳐 입은 병사의 복장에 긴 머리를 상투처럼 묶었고, 수염이 더부룩해서 거칠고 우악스러운 모습이었다.

하지만 팽나무 언덕에서 본 도수백은 흰 얼굴에 밤송이 머리였으니 손적풍 또한 낯이 익은 듯 아닌 듯 모호했던 것이다.

공손랑이 비로소 제가 본 것을 말했다.

“중이도를 떠났을 때 이해에서 그놈이 배를 저어 스쳐 갔습니다.”

“그래?”

공손랑도 도수백이라는 자에 대하여 느끼고 있는 꺼림칙함은 손적풍과 같았다.

그가 조심스럽게 그런 제 느낌을 말하자 손적풍이 평수달에게 물었다.

“너는 생각나는 게 없느냐?”

평수달은 도수백을 본 적이 없다. 그가 머리를 가로저었다.

“저는 그놈을 팽나무 언덕에서 처음 보았습니다. 그전에는 확실히 본 적이 없는 놈입니다.”

“그래? 그렇다면 나와 공손랑의 기억 속에만 가물거리는 놈이라는 얘긴데…….”

그렇다면 공손랑과 함께 그놈을 보았던 것이리라.

‘내가 공손랑과 함께 갔던 곳이 어디더라…….’

손적풍은 가만히 지난날들을 더듬어 기억해 보았다.

공손랑과 둘이 행동했던 날들이 많았으므로 일일이 다 떠올릴 수는 없었다.

하지만 두 사람이 모두 희미하게나마 기억하고 있다면 그놈은 무언가 중요한 일에 관계되었던 게 틀림없다고 생각했다.

머리를 갸웃거리던 평수달이 주저하며 물었다.

“그런데 손 당두께서 굳이 그놈을 자꾸 생각하시는 이유를 저는 모르겠습니다. 우리 일에 상관있는 놈도 아닌데 말입니다.”

“그건…….”

손적풍은 이렇다고 명확하게 말해줄 수 없었다.

저도 자꾸 도수백이라는 놈을 떠올리는 이유를 잘 알지 못하니 그렇다.

그저 느낌이라고 밖에는 말할 수 없었다.

무언가 불길하고 꺼림칙한 그런 느낌이 도수백을 떠올리면 덩달아 찾아왔던 것이다.

그게 무엇인지, 그 이유를 찾기 위해서 손적풍은 저도 모르게 도수백에게 집착하고 있었다.

그리고 그 기억을 떠올리게 해주는 계기는 너무도 싱겁게 찾아왔다.

"모든 배치를 완료했습니다."

평수달의 수하 무사 한 명이 문밖에서 공손하게 보고했다.

창산에서 내려온 손적풍은 평수달에게 명해서 그가 데리고 온 수하 무사 열 명을 창산 주위에 잠복하도록 했다. 점창파의 동향을 감시하려는 것이다.

평수달은 즉시 두 명의 조장에게 각기 명령을 하달했고, 그중 갑조의 조장이 보고하기 위해 찾아온 것이다.

평수달이 방문을 열었다.

짙은 어둠과 안개에 잠겨 있는 뜰에 부슬부슬 이슬비가 내리고 있었다.

문밖에 공손히 서 있는 무사의 옷이 온통 젖어 있는 것이, 오래전부터 비가 내리고 있었던 모양이다.

"각취는?"

평수달의 물음에 무사가 읍하고 공손히 대답했다.

"을조를 데리고 대리 부중에 거처를 마련하기 위해 떠났습니다."

"수고했다."

무사가 다시 한 번 방 안의 인물들에게 공손히 읍하고 물러갔다.

물끄러미 이슬비 속으로 사라지는 무사를 바라보던 손적

풍의 얼굴이 조금씩 일그러졌다.

그건 공손랑도 마찬가지였다.

무사가 떠나고 평수달이 방문을 닫자 다시 아무 소리도 들리지 않았다.

"왜 그러십니까? 혹시 속하가 일을 잘못 처리한 거라도……."

평수달이 의아한 얼굴로 물었다.

"비가 오고 있지?"

손적풍의 엉뚱하고 빠르며 긴장한 물음에 평수달은 더욱 어리둥절해졌다.

"그렇습니다만……."

"비!"

공손랑도 무엇을 떠올렸는지 깜짝 놀랐다.

"그놈이다!"

손적풍과 공손랑이 동시에 소리쳤다.

그들은 장대비가 쏟아지던 토옥림을 떠올린 것이다.

당운춘의 군막 안에 들어왔던 놈.

주소룡을 데리고 척후로 나가라는 말에 씩씩거리며 대들던 그놈.

도수백이 바로 그때의 그 병사였다는 걸 비로소 생각해 내고 흥분했다.

"이건…… 도대체……."

　뭐라고 해야 할지 모르겠다는 듯 공손랑이 머리를 설레설레 흔들었다.

"그놈이 살아 있다면 그 어린놈도 살아 있을 것이다."

손적풍이 입가에 야릇한 웃음을 매단 채 번쩍이는 눈으로 두 사람을 바라보았다.

"바로 그놈이었어. 흐흥, 겁도 없이 천하를 활보하고 있었군. 죽일 놈 같으니."

일을 매끄럽게 처리하지 못했다고 윗전으로부터 얼마나 혼이 났던가.

첩형(貼刑) 엽건신(葉乾信)의 노여움을 사 자칫 목이 떨어지는 신세가 될 뻔했다.

손적풍은 그때의 일을 생각하면 지금도 등골이 서늘해졌다.

동료 당두들의 만류에 겨우 목숨을 건졌지만, 엽건신은 손적풍이 그동안 세운 공과 토옥림에서의 실패를 서로 상쇄해 버렸다.

손적풍으로서는 목숨을 보존하는 대신 동창에 몸담은 이래 죽을힘을 다해 쌓아왔던 공이 한순간에 수포로 돌아갔으니 허망하기 짝이 없는 일이었다.

엽건신은 그 자리에서 손적풍에게 새로운 명령을 내렸다. 왕윤춘의 여식을 잡아오라는 것이었다.

이번 일마저 실패한다면 그때는 정말 목이 떨어지고 말 것이다.

손적풍은 명을 받은 즉시 북경을 떠났다.

토옥림에서의 실패를 만회할 생각으로 이를 악물고 운남까지 달려왔는데, 왕소령은 그림자도 보지 못했고 엉뚱하게 도수백을 보게 된 것이다.

손적풍에게는 두 마리의 토끼를 잡고 엽건신의 신임을 회복할 좋은 기회였다.

그놈을 찾으면 주소룡을 찾을 수 있게 될 것이니 화가 변하여 복이 된다.

그런 생각이 손적풍을 서두르게 했다.

"점창파를 감시하는 일은 평수달에게 일임한다. 너는 즉시 왕소령이라는 깜찍한 계집의 뒤를 쫓아라. 그놈의 일은 내가 직접 처리하겠다."

명을 받은 공손랑이 밖으로 달려나갔고, 평수달은 어리둥절하기만 했다.

주소룡의 일은 동창 내에서도 극비에 속했으므로 명령을 받은 손적풍과 공손랑만 알고 있었던 것이다.

손적풍은 운이 아직 저에게 있다고 믿었다. 대리 부중에서 도수백을 보게 된 것이 증거다.

공손랑은 먹이를 쫓는 일에 단연 뛰어난 솜씨를 지닌 자였다. 머지않아 왕소령을 찾아내리라.

그것보다 더 크고 시급한 일은 주소룡을 잡는 건데, 도수백이라는 놈이 나타났으니 그것도 문제없다고 생각했다.

"그들을 투입하는 것도 좋겠지."

손적풍의 중얼거림이 고요한 방 안에 음울하게 흘렀다.

그는 이번에는 색혼마편 문필교와 하안독검 곽부염보다 뛰어난 자를 투입해야겠다고 생각했다.

그들 두 명이 주소룡의 목을 가져다줄 것으로 믿었다가 낭패를 당한 경험이 있기 때문이다.

강호에는 암중에서 동창에 협조하는 고수들이 꽤 있었다.

평소에는 조금도 드러내지 않고 있지만 동창의 요구가 있을 때는 제 일을 팽개치고 나서는 자들이다.

백도로 불리는 정파에도 그런 인물이 있었고, 사마외도(邪魔外道)는 물론 방문좌도(傍門左道) 쪽에도 그런 자들은 있었다.

절정고수로 꼽히는 자도 있고, 하류를 면치 못하는 자들도 있었는데, 동창에서는 강호의 고수가 개입된 사건에는 자신들이 전면에 나서지 않고 그들의 힘을 이용하는 일이 많았다.

손적풍은 이번 일에도 그들을 이용해야겠다고 생각했다. 북경에서 또 한 명의 번역이 수하들과 함께 내려오려면 열흘은 걸릴 텐데, 그 안에 일을 끝낼 수 있으면 더 좋을 것이기 때문이다.

대리부 남쪽 성 밖에 낡은 묘(廟)가 하나 있다.

관공(關公)을 모시던 곳인데, 한때는 영화로웠겠으나 지금은 향화객의 발길이 뚝 끊어진 채 오래 버려져 있어서 을씨년스러웠다.

여전히 부슬부슬 내리는 이슬비가 추녀를 타고 떨어진다. 규칙적으로 들리는 그 소리는 버려진 관제묘(關帝廟)의 적막한 분위기를 더 쓸쓸하고 음침하게 했다.

반쯤은 무너진 묘 안에 손적풍이 짙은 남색 옷을 입은 한 사람과 마주 서 있었다.

적환도수(赤環屠手) 염충서(廉充瑞)라는 자였다.

눈꼬리가 쭉 찢어졌고 매부리코를 했으며, 입술이 얄팍해서 더욱 냉혹해 보이는 사십대 중반의 사내였다.

그는 소설산파(小雪山派)로 불리는 구룡문(九龍門)이 배출한 걸출한 인물이다.

강호에는 두 개의 설산이 있는데, 사천에 있는 대설산맥(大雪山脈)의 주산(主山)인 공알산(貢嘎山)을 대설산(大雪山)이라 하고, 운남 여강(麗江)에 있는 옥룡설산(玉龍雪山)을 소설산(小雪山)이라고 했다.

그 두 개의 설산에는 각기 강호의 기인이 은거하여 자신의 문파를 세웠는데, 사천의 대설산에 있는 문파를 일러 설산파라 했고, 여강의 소설산에 있는 문파를 소설산파라고 불렀다.

하지만 소설산파의 원래 이름은 구룡문이었다.

곤륜파(崑崙派)에서 수련한 손문량(孫文良)이 말년에 옥룡설산에 정착하여 세웠던바, 구룡노사(九龍老師)로 불리던 그의 외호를 따 구룡문이라고 했던 것이다.

그 구룡노사 손문량은 후덕하고 온후한 종사였다.

하지만 삼 대째에 이르면서 구룡문은 어느새 음침하고 이기적인 방파로 변질되고 말았다.

당대의 문주인 설산검괴(雪山劍怪) 갈소무(葛紹武)가 음침한 성품에 야심이 많은 인물이기 때문이었다.

그 밑에서 배출된 제자들 또한 그런 사부의 영향을 받아서인지 강호에 나와 활동하면서 오직 자신들의 이익에 따라 수시로 행로를 바꾸었다. 때로는 협행을 했고, 때로는 악행마저도 서슴지 않았던 것이다.

그래서 지금에 이르러 설산검괴 갈소무의 구룡문은 정사 중간의 문파로 인식되고 있었는데, 적환도수 염충서는 그런 구룡문이 배출한 걸출한 고수였다.

대강 남북의 중원 무림에도 그의 명성이 널리 알려졌지만, 운남에서는 점창파의 몇몇 명숙들을 제외하고는 가히 독보적인 존재로 꼽히는 거물이다.

하지만 그런 염충서도 지금 마주하고 있는 사내에 대해서만은 함부로 대할 수 없었다.

“그래서……”

염충서가 음험한 눈길로 이리저리 탐색하듯 바라보며 느릿느릿 입을 열었다.

“나에게 한낱 떠돌이 무사 한 놈을 처리해 달라는 부탁을 하는 것인가?”

“그렇소.”

“동창에 이 정도의 일도 처리할 사람이 없어서 나에게 부탁한다는 건 부끄러운 일이지.”

“강호의 일에는 역시 당신과 같은 사람이 나서는 게 어울리지 않겠소?”

서로의 말속에 노골적이거나 은근한 비웃음이 담겨 있다.

“흥!”

염충서가 눈을 흘기며 코웃음을 쳤지만 성질을 부리지는 못했다.

“궂은일은 내가 하고 생색은 당신이 내겠군?”

“나는 생색을 낼 뿐, 이익은 당신에게 돌아가지 않겠소?”

염충서는 손적풍이 역시 녹록한 자가 아니라고 생각했다.

동창에서 당두라는 위치에 오르는 게 결코 쉬운 일은 아니다. 그러니 손적풍이 어떤 자인지 짐작할 수 있었는데, 몇 마디의 말로 확인한 셈이었다.

더 이상 저울질하는 건 시간 낭비에 지나지 않다.

“그놈의 이름이 도수백이란 말이지?”

"그렇소."

"팽나무 언덕에서의 일은 나도 들었지."

"나는 직접 보았다오. 대단한 솜씨를 보여주었소."

"흥, 고작 대리 부중의 건달들을 상대로 말인가?"

도수백의 일은 이미 대리 부중에서 모르는 사람이 없을 정도로 널리 퍼져 있었다.

하지만 염충서에게 그런 일은 코웃음거리로밖에는 여겨지지 않았다.

모혈랑이라는 자 자체가 상대할 가치도 없는 삼류배라고 여겨왔기 때문이다.

도수백이 그런 자의 무리와 싸워서 이겼다는 게 염충서에게는 조금의 관심거리도 될 수 없었다.

"목을 가져다주면 되나?"

"아니, 산 채로 데려와 주기를 바라오."

"그건 좀 비싸게 받아야겠군."

"곤명의 운남전장(雲南錢場)에 이천 냥을 맡겨두겠소."

"흐흐, 어지간히 급한 모양이군?"

이천 냥이라는 거금을 선뜻 내놓겠다는 말이 의외였다.

염충서는 한낱 떠돌이 무사라는 놈에게 그런 거액을 거는 손적풍의 속셈이 이해되지 않았다.

하지만 물어도 소용없는 일이라는 걸 그는 잘 알았다. 눈앞의 시커먼 놈이 절대로 비밀을 털어놓지 않을 것이니 그렇다.

"좋아, 기한은?"

"빠르면 빠를수록 좋소."

"어젯밤에 이해에서 보았다고 했지?"

"동쪽으로 배를 저어가고 있었소이다."

"동쪽이라……."

곤명(崑明)으로 갔을 게 틀림없다. 하루가 지났으니 일백 리, 멀어야 이백 리쯤 더 갔을 것이다.

"좋아, 닷새 안에 데려다 주지."

염충서는 그만하면 충분하다고 생각했다.


손적풍이 염충서를 만나고 있을 무렵, 이슬비 속에 인적마저 끊어진 대리 부중의 어두운 골목을 빠른 걸음으로 걷는 자들이 있었다.

죽립을 썼고 도롱이를 걸친 다섯 명의 사내들이다.


*　　　*　　　*


으드득—

어둠 속에서 이 가는 소리가 끔찍하게 들려온다.

남천문 밖 등롱가의 만천금장인데, 불도 밝히지 않은 텅 빈 도박장에 모혈랑 혼자 앉아 있었다.

차를 가져다주는 자도 없고, 잘 보이기 위해 그렇게 아양을

떨어대던 계집들과 죽으라면 죽는시늉까지 했던 등롱가의 건
달패들도 그림자조차 얼씬거리지 않았다.

늘 도박꾼들로 시끌벅적하던 만천금장이 무덤 속처럼 적
막해진 것이다.

그 속에 홀로 웅크리고 앉아서 모혈랑은 지금의 제 처지에
대한 비탄과 절망에 잠겨 있었다.

도수백 앞에 무릎을 꿇고 목숨을 애걸하던 제 모습이 지워
지지 않는다.

사람들을 억누르던 위엄은 그 순간에 검불처럼 날려가 버
렸고, 이제는 비루한 자로만 남았을 뿐이라는 생각이 그를 후
회하게 했다.

그때 차라리 죽어버렸다면 더 좋았을 거라는 뒤늦은 후회
다.

하지만 이렇게 살았고, 사람들의 경멸과 비웃음이 귀에 들
리는 것 같아서 모혈랑은 꼼짝할 수 없었다.

더 이상 대리에도 여강에도 발붙이고 살 수 없다.

이 넓은 천하에서 갑자기 갈 곳이 모두 사라져 버린 것 같
은 절망감은 그 무엇보다 두려운 것이었다.

모혈랑은 제 인생이 이렇게 끝나 버렸다는 두려움에 와들
와들 떨었다.

그런 제 처지를 생각하자 도수백에 대한 원한으로 머리끝
이 곤두선다.

어둠 속에 쫓겨난 개처럼 웅크리고 앉아서 그는 제 신세를 이렇게 만든 도수백을 원망했다. 그에 대하여 새삼 타오르는 증오와 복수심을 느끼고 치를 떤다.

도수백이 제 목숨을 살려주었다는 건 까맣게 잊었다.

오직 어떻게 하면 그놈에게 이 치욕을 복수할 수 있을까, 하는 일념뿐이었다.

할 수만 있다면 산 채로 매달아놓고 살점을 조금씩 저며서 죽을 때까지 고통에 몸부림치는 꼴을 보고 싶었다.

하지만 어떻게? 무슨 수로?

모혈랑은 복수심과 자기 자신에 대한 부끄러움 때문에 와들와들 떨면서 소리 죽여 울었다.

그때 만천금장의 문이 벌컥 열리더니 낯선 자들이 우르르 들어섰다. 죽립에 도롱이를 걸친 다섯 명의 흑의인이었다.

그들은 두리번거리지도 않고 곧장 모혈랑에게 다가왔다.

"동창에서 나왔다."

그 한마디는 가뜩이나 위축되어 있는 모혈랑에게 청천벽력 같은 소리였다.

동창이라는 말만 들어도 사색이 되는 게 요즘의 세상이었다.

모혈랑은 그들이 왜 자기를 찾아왔는지 생각해 볼 여유도 없었다.

와들와들 떠는 그를 딱하다는 듯 바라보던 사내, 공손랑이 부드럽게 말했다.

"두려워할 것 없어. 너를 어떻게 하려고 찾아온 게 아니니까."

"하오면……."

"너는 대리와 여강, 곤명 일대에서 제법 이름을 날렸지?"

"……."

지금의 제 꼴을 잘 아는지라 모혈랑은 차마 그렇다고 말할 수가 없었다.

공손랑이 빙긋 웃었다.

"하지만 딱한 신세가 되고 말았군. 쯧쯧……."

모혈랑의 고개가 절로 무릎 사이로 파고들었다. 쥐구멍이 없는 게 한이다.

공손랑이 다시 말했다.

"우리는 사람 한 명을 찾고 있는데, 이 일대의 지리는 물론 찾는 자의 얼굴도 알지 못하고 있다. 하지만 너라면 알 수 있을 거야. 그래도 이 일대가 너의 텃밭 같은 곳이었으니까 말이다. 어때? 우리를 도와준다면 너에게 그만한 보답을 해주겠다."

"예?"

모혈랑은 제 귀를 의심했다.

멍하니 공손랑을 바라보았는데, 제가 지금 헛것을 보고 있는 건 아닌가, 하는 얼굴이었다.

"왜? 싫으냐?"

모혈랑의 얼굴에 조금씩 희열이 어렸다.

그들은 사신(死神)이 아니라 자기에게 찾아온 구원자였던 것이다.

그가 즉시 철푸덕 소리가 나도록 땅에 엎드렸다.

"무엇이든지 하겠습니다. 제 소원 한 가지만 들어주십시오."

"말해봐."

"저도 동창의 무사가 되고 싶습니다. 그렇게만 해주신다면 몸이 가루가 된다고 해도 아끼지 않고 충성을 다 바치겠습니다."

"쯧쯧, 내가 이거 꽤나 귀찮은 놈을 만났나 보다."

공손랑이 말과는 달리 히죽 웃었다.

"점창일화라는 계집애를 알고 있느냐?"

"예?"

"이름이 왕소령이라던데, 본 적이 있어? 얼굴을 알아볼 수 있느냔 말이다."

"예, 예, 알고 있습니다."

"그래? 네가 여강에서 대리로 온 게 불과 칠 개월 전이었고, 그때는 그년이 창산에 없었을 텐데?"

"여강에 있을 때도 의형 나대규를 찾아 대리에 자주 놀러 왔었습지요. 창산일화가 워낙 유명했던지라 그녀가 제 동문

들과 함께 대리 부중에 나타났다는 소식만 들리면 득달같이 달려가 먼발치에서나마 훔쳐보곤 했었는걸입쇼?"

"으흐흐흐, 네놈 주제에 감히 점창파의 홍일점을 두고 흑심을 품었더란 말이냐?"

"소인이 어찌 감히…… 그저 훔쳐보기만 했을 뿐입니다요."

"흐흐, 됐다. 네가 우리를 도와서 그년을 찾을 수 있게 해 준다면 네 소원을 한 번 생각해 보지."

"감사합니다, 감사합니다!"

모혈랑은 저에게 찾아든 이 뜻밖의 행운에 진심으로 감사했다.

"서둘러야 해. 먼저 곤명으로 가자. 빠른 길을 알고 있겠지?"

"물론입지요! 제가 모시겠습니다!"

언제 죽을상을 지었느냐는 듯 모혈랑이 씩씩하게 대답하고 벌떡 일어났다.

魔風俠星
第五章
악연(惡緣)도 인연(因緣)일 뿐

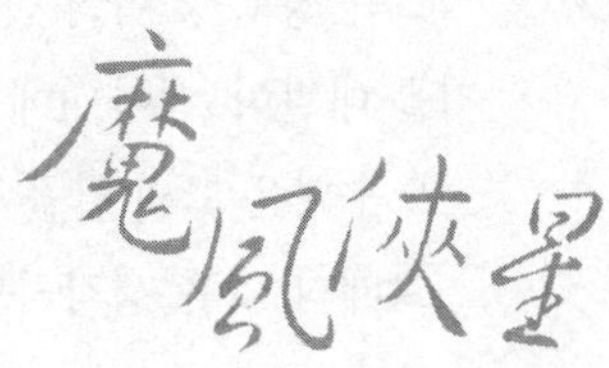

　그 무렵 도수백은 빈천(賓川)을 지나 납조(拉鳥)를 향해 가고 있었다.

　밤중에 이해를 벗어나 산속의 바위틈에서 비를 피하며 하루 밤을 보내고 오늘 꼬박 걸은 것이다.

　이해에서 동쪽으로 일백오십 리 떨어진 산중이니 염충서의 예상대로였다.

　도수백은 척계광 장군이 있는 절강성으로 돌아가고 있는 중이었다.

　군문으로 복귀하려는 게 아니라 오랜 동료였던 정칠명의 부탁을 들어주기 위해서였다.

그는 용축령 위의 산정평원에서 죽기 전 반 냥짜리 금가락지를 내밀며 제 아내에게 전해달라고 했었다.

도수백은 그의 말을 한시도 잊어본 적이 없었다.

그때의 일을 생각하면 지금도 그들의 얼굴이 생생하게 떠오른다.

장두위, 왕노삼, 이가춘, 정칠명.

그들은 죽고 사는 걸 우습게 아는 자들이었다.

전장(戰場)에 나가면 그들만큼 용맹하게 싸우는 자들을 찾아보기 힘들었다.

'그런 그들이 나에게 빠져나갈 시간을 벌어주기 위해서 기꺼이 죽음 속으로 뛰어들었다.'

참혹한 죽음을 맞던 그들의 모습이 아직도 눈에 선하다.

"제기랄, 모두 개죽음이었어!"

도수백이 울컥 화가 치밀어 허공에 주먹질을 하며 소리쳤다.

그들의 희생도 소용없이 당운평의 별동대는 목책 안에서 몰살당하지 않았던가.

이쪽을 두려워해서 눈치만 보던 토옥림의 만족들이 왜 갑자기 그렇게 용감해졌던 건지 의아하다.

그 빗줄기 속에서 저를, 아니, 주소룡이라던 소년 병사를 잡기 위해 악착같이 쫓아오기도 했다.

'오평의 사주를 받아서?

그렇게 스스로에게 물어보았다. 그리고 머리를 가로저었다.

그놈들이 오평과 한통속이 된 건 사실이지만, 오평을 위해서 그런 무모한 짓을 저지를 만큼 미련하지는 않았다.

그런데 그렇게 했다.

'왜? 무엇 때문에?'

도수백에게 새삼 그런 의문이 들었다.

하지만 이제는 그것마저 소용없는 일이었다.

그들은 다 죽었으니까.

오직 자신과 기요성만 살아서 그곳을 떠나지 않았던가.

그런 저런 생각들로 때로는 화를 내고 때로는 슬퍼하면서 걷는 동안 날이 저물었다.

빈천이 작은 촌마을이듯 납조 또한 그렇다.

그곳으로 가는 길은 산은 첩첩하고 골이 깊은 데다가 험해서 왕래하는 자도 드물었다.

당연히 쉬어갈 객잔이 있을 리 없다.

날이 어둑어둑해 오는데 인가 하나 보이지 않는다.

시장기가 돌았다. 아침부터 아무것도 먹지 못했던 것이다.

머리 위 하늘에는 어느덧 은하수가 반짝이며 흐르고, 간간이 유성이 별 사이를 가로지르며 빠르게 지나갔다.

가끔 숲에서 우는 밤 부엉이 소리만 들려올 뿐인 괴괴한 적막.

도수백은 그것이 오히려 정겨웠다.

원도 화상과 둘이 지내던 법화사가 떠올랐기 때문이다.

화상을 생각하자 귓속에 웅웅 울리는 말이 있었다.


"인생이 별거냐? 나서 먹고 입고 자라다가 때가 되면 시집, 장가 가서 애 낳는다. 그러면 제 부모가 저에게 했듯이 제 새끼들을 먹이고 입히고 가르치느라고 등골이 휘게 일한다. 그러다가 늙어서 숨 할딱거리지. 그리고 뒈져 버리는 거, 그게 인생이야."

"쳇, 어디 그것뿐이겠습니까?"

"흘흘, 불만이냐? 왕후장상이든 백정이든 다 그렇게 사는 거야. 그게 속세의 인생이다."

"……."

"가치? 의미? 야망? 성공? 권세? 홍, 죄다 개뿔 같은 거지. 개한테 뿔나는 거 봤느냐? 못 봤지? 다 헛소리라는 얘기다. 인생, 그거 죄다 헛거야. 거짓이지."

"인생이 거짓이라면, 이 세상도 거짓이겠군요?"

"흘흘, 이놈이 이게 생긴 것 하고는 다르게 아주 빨리 깨우친단 말이야? 그렇지. 죄다 거짓이다. 너도 거짓이고 네가 해온 일들도 죄다 거짓이야."

"그럼 무엇이 참이고 진실이라는 겁니까?"

"저 하늘을 봐라. 별이 참 많지?"

"……."

"오늘 본 저 별이 내일은 사라지고 보이지 않겠느냐?"

"……."

"별은 그냥 저렇게 있지. 천 년, 만 년 전에도 그랬고, 천 년, 만 년 뒤에도 그럴 것이다. 우주의 조화가 깨지지 않는 이상 늘 그 자리에 그렇게 있지."

"그게 참입니까?"

"미련한 놈. 별이 참이면 네 똥도 참이겠다."

"참 알 수 없는 말씀을 하십니다그려."

"별을 보라는 게 아니야. 그걸 담고 있는 하늘을 보라는 거다. 달을 가리키는데 왜 달은 안 보고 내 손가락을 보누?"

"그럼 저 하늘이 참입니까?"

"흘흘, 비슷하지. 적어도 개뿔은 아닌 게야. 하지만 진짜 참은 그것도 아니다."

"……?"

"무변광대한 불법만이 참이고 진리이니라. 그러니 제대로 된 인생을 살려면 저 별처럼 살아야 하는 게야."

"별처럼……."

"그것을 담아두는 하늘이 있으니 늘 변하지 않는다. 사람이 불법 안에 머문다면 영원히 변하지 않는 참 인생을 살게 되는 거지. 별이 되는 거야."

"……."

"세상이 거짓이고 인생이 거짓임을 알았는데, 잘 먹고 잘 입는

게 대단하겠느냐? 권세를 누리고 고매한 학식을 자랑하는 게 대단
하겠느냐? 그야말로 죄다 개똥이라는 걸 알게 되지. 커흠."

도수백은 그때 원도 화상이 나고 죽고 다시 나는 윤회의 수
레바퀴에서 벗어나 영원히 참인 존재가 되는 걸 말했다고 이
해했다.
별처럼 변하지 않는 존재.
별처럼 반짝이는 존재.
그런 존재들이 수없이 모여서 산다면 이 세상의 삶은 저 밤
하늘처럼 아름답고 고요하며 영원할 것이다.
"별이 된다는 것……."
도수백의 입가에 쓸쓸한 미소가 맺혔다.
원도 화상은 불법에 귀의해야 그렇게 될 수 있다고 했다.
하지만 도수백은 중이 되고 싶은 생각이 조금도 없었다.
열심히 부처님을 섬기고 그 말씀을 좇아 살고 싶지도 않다.
이 자리에서 스스로 별이 될 수 있다면 그보다 더 완벽한
게 있을까? 하는 엉뚱한 생각을 하며 느릿느릿 산모퉁이를 돌
았다.
얼기설기 얽힌 나뭇가지 사이로 저 멀리 불빛이 보였다. 반
마장쯤 떨어진 아래쪽이다.
반가운 마음이 왈칵 일었다.
민가라면 밥을 얻어먹을 수 있고, 헛간일망정 하룻밤 신세

를 질 수도 있으리라는 생각 때문이었다.

서둘러 성큼성큼 걸어가는데, 불빛과 가까워질수록 조금씩 실망이 되어갔다.

민가에서 흘러나오는 불빛이 아니었던 것이다.

발아래 끊임없이 재잘거리고 졸졸거리며 흐르는 개울물 소리가 들렸다. 그리고 불빛은 그 개울가에서 흘러나오고 있었다.

모래와 자갈이 섞인 개울가에 모닥불을 피워놓고 두 사람이 앉아 있었다.

고기를 굽는 구수한 냄새가 바람에 실려온다.

도수백은 민가가 아니라도 상관없다고 생각했다. 고기 굽는 냄새를 맡자 더욱 시장기가 돌아서 참을 수 없을 지경이 되었다.

한 점이라도 얻어먹을 수 있으면 밤새 이슬에 젖으며 한뎃잠을 잔다고 해도 괜찮을 것 같았다.

더욱 서둘러 걸음을 떼어놓던 도수백이 우뚝, 멈추어 섰다.

뾰족한 여인의 호통 소리를 들었기 때문이다.

"글쎄, 이사형이 뭐라고 해도 내 마음은 변하지 않아! 내 손으로 그놈을 죽이기 전에는 돌아가지 않겠어!"

"사매!"

남자도 화가 난 듯 소리쳤다.

"그렇게 무작정 떼만 쓴다고 될 일이 아니잖아! 이제는 철이 들 때도 되었는데 대체 언제까지 그렇게 응석만 부릴 거야?"

"응석을 부린다고? 내가? 흥! 이사형이 내 입장이 되어봐! 그때도 그런 말을 할 수 있을까?"

"그건……."

사내가 풀이 죽어서 무어라고 웅얼거린다.

도수백의 얼굴이 딱딱하게 굳었다.

'그녀다.'

도수백은 그녀의 얼굴은 물론 음성도 뚜렷하게 기억하고 있었다.

왕소령.

제 손에 죽은 왕윤춘의 딸이자 점창파의 여제자인 그녀.

그녀가 이 밤중에 이곳에 있다는 게 믿어지지 않았다.

도수백은 천천히, 그리고 은밀하게 그들을 향해 다가갔다.

개울을 사이에 두고 건너편의 무성한 억새 속에 몸을 웅크린다.

두 남녀는 이글거리는 불 위에 토끼 고기를 구우며 말없이 앉아 있었다.

서로 다른 곳을 바라보며 침묵하는 것이 어색해 보였다.

그들은 도수백의 존재를 조금도 눈치 채지 못했다. 그들이 아니라 다른 누구라고 해도 마찬가지일 것이다.

수많은 싸움터를 전전하면서 척후병으로 잔뼈가 굵어온

그 아니던가.

도수백이 제 자신을 숨기려고 마음먹으면, 더구나 그것이 이처럼 깊은 밤이라면 귀신이라도 알지 못할 것이다.

그는 나를 감추고, 적의 기척을 느끼는 데에는 더 이상 오를 수 없는 경지에 올라 있는 사람이라고 해도 과언이 아니었다.

개울 건너의 모닥불까지는 스무 걸음 남짓.

이글거리는 불빛이 두 사람의 모습을 확연히 드러내 준다.

남자는 점창파의 둘째 제자인 지검이룡 단호림이고, 소녀는 역시 운검칠화 왕소령이었다.

근 보름 만에 그들을 다시 보는 건데, 그녀의 아름답던 얼굴이 초췌해져 있어서 도수백은 마음이 짠해졌다.

제 가슴에 복수의 검을 꽂았던 소녀이지만 그때의 일은 마음에 담아두지 않았다.

자기가 그녀의 입장이 되었더라도 그렇게 했을 것이기 때문이다.

침묵을 지키던 왕소령이 다시 말했다.

"나는 이제 사형이 걱정할 만큼 그렇게 나약한 여자가 아니야. 가슴속에 한을 품은 여자가 얼마나 지독한지 사형은 모를걸?"

"당연히 모르지. 하지만 네가 사부님과 사모님의 마음을 아프게 하고, 그분들에게 심려를 끼치고 있다는 건 안다."

"그건……."

"사부님께서는 나에게 너를 찾아서 잘 보호해 주라고 하셨지. 하지만 이 넓은 강호에서 내가 끝까지 너를 보호해 줄 자신이 없다. 역시 사부님 곁에 있는 게 가장 안전할 거야. 사모님도 그걸 바라고 계시다."

"그놈이 아직 대리 부중에 있다는 걸 알았는데 포기하라고?"

"곤명에서 그 말을 들었을 때가 벌써 어제다. 그놈이 팽나무 언덕에서 싸운 건 사흘 전이야. 아직까지 대리에 있다고 어떻게 장담하지?"

"그러니까 서두르자고 했잖아! 사형이 자꾸 방해하지 않았으면 벌써 대리에 도착했을 거야!"

도수백은 그들의 말속에서 그녀가 자기를 찾아 곤명으로 갔었다는 걸 짐작했다.

하지만 헛걸음을 했고, 거기에서 팽나무 언덕의 일을 들은 모양이었다.

소문이라는 게 바람보다 빠르다고 하더니 하나도 틀린 말이 아니다.

단호림이 그녀를 뒤쫓아왔고, 그녀는 사문으로 데려가려는 그와 실랑이를 하느라 지체했을 것이다.

그래서 반나절쯤 늦게 대리로 향하고 있는 중인데, 지름길을 택해 이 길을 달려오고 있던 중이었으리라.

도수백 자신도 곤명으로 가는 지름길을 택해 이 길을 지나가고 있던 중이었으니 반나절이 늦어졌거나 빨랐더라면 노상에서 그녀와 마주칠 뻔했다.

두 사람 사이에 다시 무거운 침묵이 흘렀다.

그들을 훔쳐보며 도수백은 갈등했다.

이대로 스쳐 지나가면 왕소령이나 단호림은 조금도 눈치채지 못할 것이다. 하지만 그는 그렇게 하지 못하고 있었다.

자꾸만 발목을 붙잡는 어떤 힘 때문이었다.

그게 무엇인지, 도수백은 그 정체를 밝히기 위해 묵묵히 생각에 잠겼다.

'악연이다.'

아무리 생각해도 그렇게 결론지을 수밖에 없었다.

왕윤춘의 목을 친 것도, 그래서 그녀와 얽히게 된 것도 악연 때문이다.

하지만 그것도 인연이었다.

원인이 있으니 결과가 있다는 건 악연이 되었든 선연이 되었든 다름이 없다.

결국 모두 인연인 것이다.

도수백은 자신도 모르는 사이에 어느덧 인연에 대해서 생각하게 되었고, 불법이라는 것에 대해서 생각하게 되었으니 원도 화상의 영향을 받은 탓이었다.

그것이 한낱 야수와 같았던 도수백을 놀랍게 변화시켰으

나 정작 도수백 자신은 의식하지 못하고 있었다.

이제 두 사람은 묵묵히 고기를 저며서 나누어 먹고 있었다. 식사마저 거른 채 급히 길을 나섰다가 이 외진 곳에서 밤을 맞았으니 그 처지는 도수백과 같았다.

도수백은 그녀의 모습을 뚫어지게 바라보았다.

초췌해진 얼굴에 근심이 어려 있어서 아름답고 영롱하던 모습이 꺼칠하게 변했다.

나 때문이라고 생각하자 다시 연민의 감정이 솟구쳤다. 그래서 그는 더욱 그 자리를 떠나지 못하고 웅크리기만 했다.

그때 개울 저쪽에서 저벅거리는 발소리와 함께 두런거리는 사람들의 음성이 들려왔다.

왕소령과 단호림이 긴장하여 바라본다.

"과연 저기에 사람들이 있었구나."

"우리처럼 서둘러 길을 떠났다가 쉴 곳을 찾지 못한 사람들일 거야."

"이건 고기 굽는 냄새인데? 죽여주는군."

왁자하니 떠드는 사내들의 걸걸한 음성에 모닥불 가의 두 사람이 바짝 긴장했다.

슬그머니 검을 끌어당겨 무릎 아래 둔다.

불빛 속에 다섯 사람이 드러났다.

상인 복장을 하고 있는 세 명과 경장 차림에 검을 들고 있는 두 명이었다. 서른 살 남짓 되어 보이는 건장한 자들이다.

상인을 호위하는 무사들처럼 보였다.

심상치 않다는 느낌을 받은 도수백이 찬찬히 상인과 무사들을 살펴보았다.

모두 낯선 자들인데, 불가로 다가와 염치없이 털썩 주저앉는 사내를 보고는 제 혀를 꽉 깨물어야 했다.

자칫 놀람의 탄성을 터뜨릴 뻔했던 것이다.

불빛에 얼굴이 뚜렷이 드러난 자는 공손랑이었다.

그가 넓적한 얼굴 가득 웃음을 띠고 왕소령과 단호림을 향해 마주 잡은 손을 절레절레 흔들었다.

"실례하오, 실례해. 보시다시피 장사꾼인데 멋모르고 길을 서두르다가 이처럼 오도 가도 못하는 신세가 되었구려. 마침 불빛이 보이기에 서둘러 왔소이다."

"그러시군요."

단호림이 건성으로 대꾸했지만 공손랑은 개의치 않았다. 얼굴 가득 사람 좋아 보이는 웃음을 띤 채 더욱 너스레를 떤다.

"게다가 구수한 고기 냄새를 맡았으니 어찌 그냥 지나갈 수 있겠소? 그래서 염치불구하고 왔다오. 그런데 보아하니 두 분은 강호의 협사들이신 것 같구려?"

"과한 호칭이오."

"천만에, 천만에. 내가 사람 볼 줄을 안다오. 먼 길을 오가고 수많은 사람들을 만나는 장사꾼의 눈썰미란 보통이 아니지. 웬만한 관상쟁이보다 정확할 거요."

말을 하면서 왕소령과 단호림의 얼굴을 유심히 살펴본다.

왕소령이 불쾌한 듯 낯을 찌푸리자 그가 감탄성을 터뜨리고는 다시 너스레를 떨었다.

"두 분의 기상이 활달하고 정기가 충만한 것이 아마도 명문가의 자제이거나 이름 높은 고인의 제자일 것이오. 내 말이 틀렸다면 이 손가락에 장을 지지겠소."

그의 너스레에 어느 정도 긴장이 풀렸는지 단호림이 피식 웃었고, 왕소령도 얼굴을 폈다.

공손랑이 은근한 눈길로 왕소령을 바라보며 수작을 건다.

"이 여협께서는 이처럼 출중한 용모를 지닌 데다가 기상 또한 빼어나니 참으로 보기 드문 일이오. 내가 운남에 와서 듣기로 점창산에 한 송이의 꽃이 있다고 하던데, 아마도 그 꽃 또한 이 여협을 보면 부끄러워 고개를 숙일 듯하군."

칭찬은 그것이 거짓일지라도 듣는 사람의 마음을 기쁘게 하고 상대에게 호감을 갖게 한다.

하물며 왕소령은 아직 세상을 모르는 열아홉 살의 순박한 소녀 아닌가.

공손랑의 말에 그녀의 볼이 은은히 붉어졌다. 입가에 보일 듯 말 듯 미소가 어려 있기도 하다.

그것을 본 공손랑이 머리를 갸웃거리며 다시 말했다.

"그런데 이것 참…… 한 가지 마음에 걸리는 게 있구려. 뭐랄까…… 발 앞에 함정이 있는데 그걸 모르고 있는 아이를 보는 것 같다고나 할까…….”

왕소령이 눈꼬리를 치켜올렸고, 단호림도 긴장하여 몸을 기울였다.

“무슨 말씀이오? 사매에게 안 좋은 일이 있을 것 같다는 거요?”

“그게 아니고…… 그냥 그런 생각이 들었다는 건데…… 에이, 그만둡시다. 내가 관상쟁이도 아닌데 어찌 알겠소?”

“조금 전에는 관상쟁이 못지않게 사람을 잘 본다고 하지 않으셨소?”

“좋은 일은 잘 보지만 나쁜 일은 잘 보지 못한다오. 그냥 헛소리를 했다 여기고 잊어버리시오. 그나저나 그 고기가 남는 것 같은데 좀 나누어 줄 수 없겠소? 대신 나에게 좋은 술이 있으니 그걸 맛보여 드리리다.”

술이라는 말에 단호림이 군침을 삼켰다.

도수백은 억새 풀숲에 숨어서 그들의 수작을 지켜보며 의아해했다.

공손랑이 일부러 두 사람을 찾아온 것 같다는 느낌을 받았기 때문이다.

왕소령과 단호림이 공손랑의 정체를 모르는 건 당연하다 치고, 공손랑도 그들 두 사람의 정체를 모르고 있어야 하는데 하는 수작을 보니 그렇지 않은 것 같았다.

안다면 모르는 척 너스레를 떠는 게 수상하고, 모른다면 아는 척 살갑게 구는 것도 수상하다.

게다가 동창의 인물 아닌가.

도수백은 온갖 음험한 술수에 능통해 있는 게 그들이라는 부정적인 이미지를 갖고 있었다.

당운평의 군막 안에서 그들을 처음 보았을 때의 느낌도 좋지 않았다.

어쩌면 저놈이 무언가 목적을 가지고 두 사람에게 접근한 건지도 모른다는 생각이 들었다.

도수백은 조금 더 지켜보기로 했다.

그러는 사이에 두 사람의 상인이 끼어 앉았고, 왕소령은 그들에게 자리를 내주기 위해 공손랑 쪽으로 더 붙어 앉을 수밖에 없었다.

두 명의 무사는 상인들을 호위하려는 듯 자연스럽게 남북으로 나누어 섰다. 왕소령과 단호림의 뒤쪽이었다.

"자, 젊은 협사께서는 조금 기다리시오. 첫 잔은 아무래도 이 아름다운 여협에게 올리는 게 예의 아니겠소?"

공손랑이 옥병과 옥잔을 꺼내놓으며 히히, 웃었다.

옥병의 마개를 뽑자 향긋한 주향이 주위를 진동시켰다. 과연 좋은 술이라는 걸 그 향기만으로도 짐작하기에 충분하다.

술을 좋아하는 단호림이 참기 힘든 듯 입술을 핥았다. 그에게 기다리라는 눈짓을 한 공손랑이 수건으로 옥잔을 한 번 닦더니 왕소령에게 내밀었다.

"별이 총총한 밤에 개울가에 앉아 맑은 물소리를 들으니 세상의 근심이 절로 씻겨가는구나. 옥병에 담은 취옥주(翠玉酒)를 옥잔에 따라 마시니 신선의 풍류가 부럽지 않네. 한 잔은 월궁의 선녀님께 또 한 잔은……."

노래하듯 흥얼거리며 맑은 술을 넘치도록 따라 왕소령에게 건넨다.

왕소령은 그가 장사꾼치고는 제법 풍류를 아는 듯하여 기뻤다. 게다가 투명한 옥잔에 담긴 벽옥빛 술이 어찌나 향기로운지 저도 모르게 손을 내밀어 그것을 받았다.

술잔이 그녀의 손으로 넘어가는 순간.

공손랑이 손가락을 쭉, 뻗더니 덥석 왕소령의 완맥을 잡아버렸다.

"아!"

"앗!"

왕소령과 단호림이 깜짝 놀랐지만 그때는 이미 늦어서 공손랑의 다섯 손가락은 갈퀴처럼 왕소령의 완맥을 단단히 옥죄고 있었다.

"으음—"

옥잔이 땅에 떨어져 날카로운 소리를 내며 깨졌고, 왕소령은 반신이 마비되는 고통에 신음을 흘리며 괴로워했다.

"이게 무슨 짓이오!"

단호림이 소리치며 검을 움켜잡았지만 그대로 굳어버리고

말았다.

어느새 공손랑이 날카로운 비수를 꺼내 왕소령의 목에 붙이고 있었던 것이다.

"호호호, 손가락 하나만 까닥해도 너의 이 아름다운 사매는 목이 잘릴 것이다."

"이, 이, 비열한 수작!"

단호림이 분노로 부들부들 떨며 악을 쓰지만 공손랑은 여유만만했다.

"히히, 이 어르신이 말하지 않았더냐? 한 발 앞에 함정이 있다고 말이다. 어린것들은 그저 한 살이라도 더 먹은 사람의 말을 귀담아들어야 하는 거야. 그게 다 피가 되고 살이 되는 것이거든."

말하는 동안 그의 눈짓을 받은 무사가 달려들어 재빨리 단호림의 몇 군데 혈도를 찍었다.

단호림은 감히 반항할 수가 없었다.

워낙 갑작스런 일이라 어안이 벙벙하기도 했고, 눈앞에서 고통스런 신음을 흘리며 진땀을 뻘뻘 흘리고 있는 왕소령 때문에도 그렇다.

그는 사매의 목에 닿아 있는 시퍼런 비수를 뚫어지게 노려볼 뿐, 마혈이 제압당하여 꼼짝할 수 없게 되어버리고 말았다.

이가 갈리도록 분하지만 아무리 후회해도 늦은 일이었다.

강호의 경험이 없는 탓이다. 왕소령도 그렇고 단호림도 그랬기에 맥없이 당하고 만 것이다.

"대체 이게 무슨 짓이오? 우리는 당신들과 아무런 원한도 맺지 않았소. 돈을 원한다면 모두 다 주겠소. 그러니 사매를 놓아주시오."

단호림이 애원하듯 말했지만 그건 오히려 공손랑이 승리의 기쁨을 누리도록 해주는 것에 불과했다.

그가 득의양양하여 무리들 돌아보며 말했다.

"하하, 이 길로 가면 좋은 일이 있을 거라고 내가 말했었지? 어때? 이만하면 이 어르신에게 신통력이 있다고 할 만하지 않으냐?"

"호호, 어떻게 찾을까 속으로 걱정했는데 이렇게 쉽게 일이 해결될 줄은 몰랐습니다."

"그래도 확인은 해봐야지."

왕소령의 목에서 비수를 뗀 공손랑이 그녀의 마혈을 짚었다. 왕소령이 맥없이 쓰러진다.

완맥을 파고들던 고통은 사라졌으나 이제 나무토막처럼 꼼짝할 수 없는 몸이 된 것이다.

"이런 치사한 짓을 하다니, 그러고도 네가 강호의 도의를 아는 자란 말이냐?"

그녀가 원독이 풀풀 날리는 눈길로 노려보며 이를 갈지만 공손랑은 오히려 더욱 기뻐했다.

"하하, 이 어르신이 언제 강호의 도의를 안다고 했더냐? 그리고 어르신은 강호에 떠도는 몸이 아니거든. 너희들이 말하는 도의 따위와는 아무 상관도 없지.”

“대체 너의 정체가 뭐냐?”

“흐흐, 곧 알게 될 테니 앙탈 부리지 마라.”

말하며 왕소령의 볼을 쓰다듬는다. 그녀가 뱀이 달라붙은 것처럼 진저리를 쳤다.

왕소령은 너무 분하고 원통해서 굵은 눈물만 뚝뚝 떨어뜨릴 뿐, 이제는 더 말하지 않고 입을 꾹 다물었다.

음욕이 번뜩이는 눈으로 그런 왕소령을 내려다보며 흐흐, 웃은 공손랑이 어둠 속을 향해 손짓을 했다.

“이제 나와도 좋다. 틀림없겠지만 그래도 와서 과연 이 계집이 점창파의 그년인지 확인해 봐.”

어둠 속에서 한 사람이 쭈뼛거리며 나왔다.

‘저놈은?

그때까지도 억새풀 속에 숨어서 꼼짝하지 않고 있던 도수백이 그자를 보고 잔뜩 눈살을 찌푸렸다.

팽나무 언덕에서 살려달라고 애원하던 대리 부중의 두령 모혈랑 모악봉이었던 것이다.

여전히 허리춤에 두 자루의 도끼를 찔러 넣은 채였고, 여전히 우락부락 거친 용모를 하고 있었다.

하지만 모악봉에게는 살벌하게 살아 있던 기세가 없었다. 풀 죽은 모습으로 이리저리 눈치를 보고 있다.

“이년이 창산일화라는 왕소령인가 하는 그 계집애가 맞느냐?”

다가와 구부정하게 허리를 굽히고 왕소령을 내려다본 모혈랑이 머리를 크게 끄덕였다.

“틀림없습니다. 제가 몇 번 본 적이 있어서 잘 압지요.”

그리고는 여전히 쭈뼛거리며 묻는다.

“이제 소인의 소원을 들어주시는 거지요?”

느긋해진 공손랑이 허리를 펴고 한껏 거드름을 피우며 말했다.

“누구나 동창의 무사가 될 수 있는 게 아니야. 원래는 신분이 확실해야 하고 배경도 든든해야 한다. 하지만 어쨌든 네가 이번 일을 해결하는 데 조금이나마 공을 세운 셈이니 내가 손당두님께 잘 말씀드려 보겠다.”

“감사합니다, 감사합니다.”

모혈랑이 죽은 제 조상이라도 만난 듯 연신 머리를 조아리며 감사하다는 말을 연발했다.

억새풀 속에서 그 모든 일들을 지켜본 도수백은 저간의 상황을 대충 짐작할 수 있었다.

동창에서는 처음부터 왕소령을 노리고 있었던 것이다.

魔風俠星
第六章
내가 간다

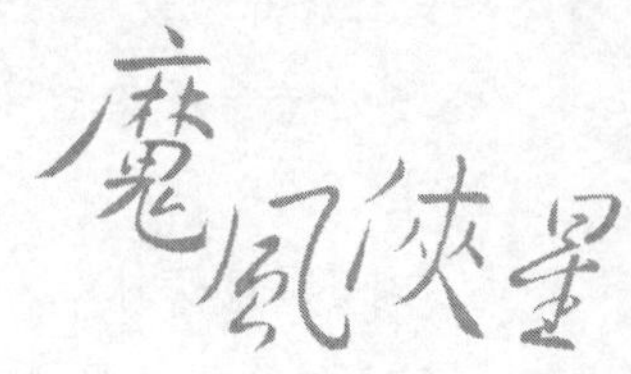

도수백은 저놈들이 결코 그녀를 해치지 못하도록 해야 한다고 생각했다.

보지 못했다면 어쩔 수 없는 일이겠지만, 이렇게 제 눈으로 똑똑히 본 이상 외면해서는 안 되는 것이다.

왕윤춘에 대한 속죄의 의미도 있다.

그가 가만히 칼을 움켜쥐었을 때, 개울가에서는 공손랑이 드디어 참고 참았던 음욕을 드러내고 있었다.

"히히, 요것이 정말 예쁘긴 예쁘구나. 이 어르신께서 귀여워해 주지 않을 수 없지."

"그 손 치우지 못해!"

단호림이 악을 쓰지만 공손랑은 개의치 않았다. 두툼한 손을 뻗어 슬슬 왕소령의 볼을 어루만지더니 목덜미를 쓰다듬는다.

'깨끗하게 죽자.'

왕소령이 혀를 물고 있는 이빨에 지그시 힘을 주었다.

"죽으려고? 그러면 이 좋은 밤이 아깝잖아."

입을 꽉 다물고 있는 비장한 모습에서 그녀의 의도를 눈치챈 공손랑이 재빨리 아혈(啞穴)을 짚었다. 그러자 당장 턱과 목이 뻣뻣하게 굳어버려서 왕소령은 아무것도 할 수 없게 되었다.

공손랑이 그런 그녀의 목덜미를 간질이다가 손을 아래쪽으로 슬슬 내리며 수하들에게 눈을 부라렸다.

"구경하는 놈은 저기 저 멍청한 점창파의 애송이 한 놈으로 충분할 것 같은데?"

"히히, 저희들에게도 돌아오는 게 조금은 있겠습죠?"

"썩을 놈들 같으니. 알았으니 저리 꺼져 있기나 해."

상인 복장을 한 두 놈과 무사 복장의 두 놈이 땅에 반듯이 누워 있는 왕소령을 힐끔거리며 자리를 뜨기 시작했다. 모혈랑도 입맛을 다시며 마지못한 듯 자리를 뜬다.

그들이 저만큼 멀어져 가자 공손랑이 두 손으로 왕소령의 볼을 감쌌다. 우선 입을 맞추려는 것이다.

"요것아, 너같이 예쁜 계집에가 뇌옥에 끌려오면 간수 놈들이 어떻게 하는지 알아? 어차피 그렇고 그렇게 될 일이니 그전에 이 어르신께 네 몸뚱이를 바치는 게 조금은 이로울 거다. 북경으로 압송되어 가는 동안 편히 갈 수 있도록 내가 잘 보살펴 주지.”

그녀의 볼에 제 볼을 비비며 중얼거리는 소리가 도수백에게도 들려왔다.

공손랑의 수하들이 이십여 걸음 저쪽 어둠 속으로 멀어진 걸 확인한 도수백이 비로소 불쑥 몸을 일으켰다.

잠잠하던 억새풀들이 와사삭거리고, 그 소리에 막 왕소령의 옷섶을 헤치려던 공손랑이 손을 뚝, 멈췄다.

도수백은 한 번 도약해서 열 걸음 앞의 개울가에 떨어져 내렸다. 다시 한 번 도약하면 곧장 공손랑을 덮칠 수 있다.

몸을 펴며 두 번째 힘찬 도약을 하는 도수백의 손에는 어느새 새파란 비수 한 자루가 들려 있었다.

피잉—

개울을 건너뛰며 그것을 힘껏 뿌린다.

공손랑은 아직 얼떨떨하기만 했다.

열에 들뜬 눈으로 저쪽 어둠 속에 둥실 떠 있는 시커먼 무엇과, 곧장 뻗어오는 창백한 빛 한줄기를 본다. 마치 번갯불이 떨어지는 것 같았다.

그 순간 색정으로 후끈 달아올랐던 가슴이 싸늘하게 식었다.

"저것!"

공손랑이 사태를 파악하고 반응했다. 재빨리 왕소령에게서 떨어지며 몸을 굴렸지만 도수백이 뿌린 비수로부터 완전히 벗어나기에는 찰나의 순간만큼 늦었다.

퍽!

비수가 자루만 남긴 채 옆구리에 깊이 박혀 버린다.

그리고 도수백이 곁에 가볍게 내려앉았다.

고통에 떨며 올려다본 공손랑이 찢어지게 눈을 부릅떴다.

"너는……?"

도수백의 무표정한 얼굴을 알아본 것이다. 등줄기로 전류 같은 공포가 흘렀다.

"개 같은 놈."

퍽!

공손랑이 뭐라고 말을 꺼낼 새도 없이 도수백의 발끝이 그의 명치에 박혀 버렸다.

"헉!"

옆구리에 비수가 꽂힌 것보다 열 배는 더 큰 고통으로 정신이 아뜩해진다.

그가 헛숨을 내뱉으며 눈을 까뒤집고 널브러졌을 때, 어둠 저쪽으로 물러나던 자들이 비로소 사태를 알아채고 소리 지르며 달려왔다.

스무 걸음은 그들에게도 두 번의 도약으로 좁힐 수 있는 거리다.

"이놈!"

호통 소리가 들렸을 때, 지척에서 힘껏 도약한 네 놈이 그물처럼 도수백의 머리 위로 떨어져 내렸다.

도수백은 여전히 무표정했다. 석상 같은 얼굴로 어금니를 악문다. 가슴속에 온통 지독한 살기를 가득 채웠을 때의 그의 모습이었다.

"죽엇!"

가장 먼저 닥쳐든 놈이 맹렬하게 검을 뿌렸다.

씨잉—

살기와 함께 찔러오는 날카로운 바람 소리.

도수백의 손이 칼자루에 닿았고, 그것이 뽑혀 나오며 그대로 검을 쳐올렸다. 발(拔)과 격(擊)이 동시에 이루어진 쾌도(快刀)인데, 강맹한 힘이 실려 있다.

땅!

격한 쇳소리와 함께 새파란 불똥이 날렸다.

"엇!"

놈이 부러져 날리는 제 검편(劍片)을 보며 당황한 외침을 터뜨렸다.

동시에 빠르고 힘차게 휘돌아온 도수백의 칼이 한 점의 인정도 없이 그놈의 목덜미에 박혔다.

"끄아악—"

참혹한 비명성이 터져 나왔을 때, 도수백은 이미 그 자리에서 꺼지듯 사라지고 없었다.

나머지 세 놈 속으로 제 몸을 던져 넣는 것처럼 부딪쳐 간 것이다.

아직 허공에 반짝이는 검편이 걸려 있을 때다.


핏발 선 눈이 와락 다가온다.

한 놈이 그것을 피하듯 재빨리 옆으로 몸을 기울였다. 하지만 밑에서 소리없이 쳐 올라오는 칼은 미처 보지 못했다.

부욱—

그 대가는 옷과 살이 한꺼번에 갈라지는 끔찍한 소리였다.

"끄으으—"

신음과 비릿한 피 냄새가 뒤따르고, 도수백의 칼은 다시 왼쪽으로 낙뢰처럼 떨어져 세 번째 놈의 정수리를 쪼개놓고 있었다.

빠악—!

마른 장작에 도끼가 박히는 것 같은 소리.

대나무를 쪼개듯, 놈의 정수리를 쪼개고 콧잔등까지 내려온 칼이 단단히 박혀 버렸다.

악에 치받친 마지막 놈의 검이 벼락처럼 뒷덜미를 쓸어온다.

도수백은 망설임없이 제 칼을 놓아버렸다.

몸을 둥글게 말고 자갈 위를 구르는 순간, 그의 옆구리에서 또 한 번 창백한 빛이 번쩍, 하고 빛났다.

퍽!

얇고 예리한 비수. 그것이 그대로 마지막 놈의 목을 꿰뚫었다.

"끅, 끄윽—"

목줄이 끊긴 놈의 입에서 기묘한 신음 소리가 흘러나왔다. 주춤거리고 몇 걸음 더 나가더니 얼굴 복판에 칼이 박혀 있는 놈을 얼싸안듯 하며 풀썩 엎어졌다.

번갯불이 번쩍한 것처럼 한순간에 지나가 버린 일이었다. 눈 깜짝할 사이에 그 모든 일들이 벌어졌고 끝나 버렸다.

첨벙—

부러져 허공을 날던 첫 번째 놈의 검편이 비로소 개울에 떨어졌다.


대여섯 걸음 떨어진 곳에서 천천히 몸을 일으킨 도수백이 저쪽 어둠을 향해 우뚝 멈추어 섰다.

"이리 나와!"

건조하게 갈라지는 음성.

어둠 속에서 모혈랑이 주춤거리며 다가왔다. 잔뜩 겁먹은 얼굴이고, 이리저리 흰창이 드러나도록 눈을 굴리고 있다.

도수백이 죽은 놈의 머리통 속에 단단히 박혀 버린 제 칼을 뽑았다.

한 발로 그놈의 낯짝을 짓밟은 채 아래위로 칼을 흔들 때마다 끼익, 끼익, 하는 역겨운 소리가 나고, 선연한 핏줄기가 왈칵왈칵 뿜어진다.

저쪽에서 그 모든 일들을 바라보던 단호림이 눈을 감아버렸다. 온몸에 소름이 돋지만 귀를 막을 수도 없다.

그 끔찍한 모습에 얼어붙어 버린 건 모혈랑도 마찬가지였다.

잔인하고 흉포하기로 악명을 떨쳤던 그였지만 이와 같은 광경은 처음 보는 것이다.

도수백이 저런 자였다는 걸 진작 알지 못한 자기 자신의 멍청함이 죽이고 싶도록 미워진다.

그건 곧 도수백에 대한 씻을 수 없는 공포가 되었다.

털썩.

모혈랑이 무릎을 꿇었다. 두 번째다.

"대, 대, 대협……."

제대로 말이 되어 나오지 않는다.

"소인은 어쩔 수 없이…… 협조하지 않으면 죽인다고 해서……."

코앞에서 도수백이 칼을 턴다.

투두둑거리며 떨어지는 핏방울이 얼굴에 튀었지만 모혈랑은 와들와들 떨기만 할 뿐, 바닥에 처박은 머리통을 돌리지도 못했다.

"제발…… 살려주십시오…… 처자식이 있고, 팔순의 노모가……."

두 번째 똑같은 말로 목숨을 구걸하고 있다.

그의 머리통을 내려다보면서 도수백은 이것도 악연이라고 생각했다.

그것이 얼마나 질기고 지독한 악연인지 꿈에도 알지 못했다.

"가라."

"감사합니다. 감사합니다, 대협!"

정신없이 머리를 찧어댄 모혈랑이 재빨리 일어나더니 뒤도 돌아보지 않고 마구 달려갔다. 두려워하던 마음이 어느덧 사라지고 증오가 다시 찾아온다.

도수백으로부터 두 번 목숨을 건졌지만 그는 감사하는 마음 대신 더 커진 원한을 가졌다.

'개새끼, 악종, 마귀 같은 놈. 두고 봐라. 언젠가는 반드시 이 치욕을 천 배, 만 배로 갚아주고 말 테다! 그렇게 하지 못하면 내가 사람 새끼가 아니다.'

그가 이를 부득부득 갈며 사라졌을 때, 도수백은 무기력하게 늘어진 공손랑을 일으켜 앉히고 있었다.

개울을 건너뛰어 한바탕 혈겁을 일으켰을 때는 물론, 그 후로도 왕소령과 단호림에게는 눈길 한 번 주지 않았다.

아직도 살기가 남아서 번들거리는 그의 눈이 공손랑의 풀어진 동공 속으로 파고든다.

"말해. 그때 토옥림에서 당 장군의 목책이 불타 버린 건 너희들의 소행이지?"

"어, 어……."

공손랑이 입을 우물거렸다. 지독한 고통 때문에 아직도 정신이 오락가락하는 것이다. 하지만 도수백은 상관하지 않고 제가 하고 싶은 짓을 했다.

짝! 짝!

좌우로 모질게 뺨을 후려치자 공손랑의 눈이 비로소 초점을 맞추어온다.

"무슨 짓을 한 거지? 왜?"

"뭐, 뭘 말이냐……."

"왜 만족을 꾀어서 당 장군의 목책을 불사르고 그들을 몰살시켰지?"

넘겨짚어 보는 것이다. 그렇게 짐작했기 때문이다.

그 말에 반쯤 얼이 빠져 있는 공손랑이 잠꼬대하듯 중얼거렸다.

"그 꼬마, 꼬마 놈 때문이었어."

"주소룡 말이냐?"

"우리가 그를 죽이려 한다는 걸 당운평이 눈치 챘거든."

"그까짓 게 뭐가 대단하다고 그 먼 곳까지 원정 나온 병사들을 몰살시켰단 말이냐?"

"영복왕은 죽어야…… 한다. 그 핏줄을…… 끊어야만 해."

"그래? 그렇단 말이지? 흐흐, 그렇다면 나도 그들의 한을 풀어주지 않을 수 없지."

"주소룡을 어디에다…… 숨겨놓았지?"

넋이 나간 와중에도 공손랑은 그걸 물었다. 그만큼 이 일이 그들에게 중요한 일이라는 걸 도수백에게 다시 확인시켜 준 셈이다.

도수백이 악문 어금니 사이로 스산하게 말했다.

"영복왕이 누군지 모른다. 본 적도 없지. 주소룡? 그놈이 어떻게 되든 나하고는 상관없어. 하지만 너희들이 한 짓은 그렇지 않다. 이제부터는 내가 한 놈씩 차례차례 목을 쳐주지. 흐흐흐, 너희들은 죽을 때까지 끔찍한 악몽에 시달리게 될 거다."

"히히, 너는 곧 잡힐걸? 네 뒤를 쫓고 있으니까…… 동창의 그물에서 빠져나갈 자는… 아무도 없어……."

"나머지 놈들이 어디 있는지 말해라."

"몰라. 손적풍…… 손 당두는 너를 잡으러 갔다. 곧 네 목을 가지러 올…… 거야."

"그때 함께 왔던 그놈이 손적풍인가? 당두라고?"

"너는…… 손 당두에게 잡힌다. 그리고… 죽어……."

"으흐흐흐—"

도수백이 음산하게 웃었다.

번쩍이는 비수를 목에 대지만 공손랑은 느끼지 못하는 듯 멍한 눈으로 바라보기만 했다.

도수백이 천천히 그의 목 속으로 비수를 박아 넣었다.

“그전에 네놈부터 죽여주지. 손적풍이라고? 흐흐, 그놈에게 경고를 해주는 거야.”

그의 비수가 대동맥을 잘랐는지 붉은 핏줄기가 분수처럼 뿜어져 나왔다.

하지만 도수백은 손을 멈추지 않았다. 천천히, 고기를 썰 듯 비수를 더욱 깊이 박아 넣은 채 움직인다.

공손랑은 비명도 지르지 못했다.

뚜둑.

목뼈가 잘리고, 공손랑의 목이 어깨에서 떨어져 나왔다.

도수백이 죽은 자의 옷을 찢고, 그것에 핏물을 찍어 무어라고 쓰는 동안 단호림은 감은 눈을 뜨지 못했다.

“어떻게 해야 하지?”

쓰기를 마친 도수백이 그제야 단호림에게 물었다.

“……?”

“네 몸 말이다.”

“아!”

단호림은 그가 폐쇄된 혈도를 푸는 방법을 묻는다는 걸 알았다.

"먼저 내 등 뒤의 명문혈을 세게 치시오."

그를 일으켜 세워 뒤에서 안은 도수백이 손바닥으로 명문혈을 치자 단호림이 몇 번 밭은기침을 했다.

"무릎으로 양룡천(陽龍泉)을 누르며 왼 손바닥으로 옥당(玉堂)을 문지르는데, 지그시 힘을 주어야지 갑자기 밀면 안 되오. 그러면서 오른손으로는 엄지손가락을 펴서 기문(期門)을 갑자기 찌르시오. 일 촌 서 푼이오. 너무 깊이 들어가도 안 되고 너무 얕아도 안 되며, 너무 힘을 주어도 안 되고 너무 힘이 없어도 안 되오."

그의 말은 알아듣기 힘들고 복잡했다.

하지만 도수백은 그가 설명해 주는 대로 혈도의 위치를 찾아서 그가 가르쳐 준 방법대로 행했다.

그가 엄지손가락을 세워 기문혈을 찌를 때는 힘이 약간 과했던지 단호림이 비명을 터뜨렸다.

허리를 숙이고 기침과 함께 두어 모금의 피를 토해낸 그가 창백해진 얼굴을 까닥해 보이는 걸로 인사를 대신했다.

몇 번 심호흡을 해서 기력을 찾은 단호림이 왕소령을 일으켜 앉히고 점창파 독문의 해혈법(解穴法)으로 그녀의 아혈과 마혈을 풀어주었다.

왕소령은 혈도가 풀렸는데도 움직이지 않았다. 넋이 나간 사람처럼 멍한 얼굴로 도수백을 바라보고, 참혹하게 널브러져 있는 주검들을 바라본다.

제 몸에 닥쳤던 일 때문에 충격을 받은 것이다.

단호림은 그런 사매와 도수백을 번갈아 바라보면서 어찌할 바를 모르고 있었다.

"충격이 심했던 모양이군. 하긴, 처녀의 몸으로 그런 수치를 당했으니……."

혀를 찬 도수백이 죽은 자들의 몸뚱이에서 비수를 뽑아 갈무리하고 땅바닥에 떨어진 토끼 고기를 집어 들었다.

대충 흙을 털어내고 으적으적 씹어 먹는다.

그 소리가 끔찍한 상상을 불러일으키는 것이어서 단호림이 외면하고 부르르 몸을 떨었다.

손가락에 묻은 기름기를 옷자락에 쓱쓱 문질러 닦은 도수백이 턱으로 왕소령을 가리키며 단호림에게 말했다.

"데리고 창산으로 돌아가라. 그게 목숨을 부지하는 길이다."

그들 두 사람을 위해 진심으로 해주는 충고였다.

솜씨가 아무리 좋다고 해도 그런 담력과 멍청한 눈썰미, 느려터진 반응으로는 개죽음당하기 십상이다.

복수를 한답시고 강호를 떠도는 것보다 제 목숨을 부지하는 일에 더 신경을 써야 할 것이다.

왕소령이 돌아서는 도수백을 잡으려는 것처럼 손을 뻗었다.

"기다려."

“…….”

“이것으로 빚이 사라졌다고 생각하는 건 아니겠지?”

검을 집어 들더니 비틀거리며 일어선다.

“사매.”

단호림이 그런 왕소령을 붙잡았지만 소용없다.

그의 손을 뿌리친 왕소령이 검을 뽑아 도수백을 가리켰다.

“너를 죽이고 말 테다. 아버님의 원수를 갚을 거야.”

“사매, 너는 아직 기운을 회복하지 못했어.”

“상관없어!”

왕소령이 다시 붙잡는 단호림의 손을 매정하게 뿌리친다.

그녀를 물끄러미 바라보던 도수백이 피식 웃었다.

“다음에도 기회는 있지. 다시 만난다면 상대해 주마. 그때
까지 과연 네가 살아 있을지 모르겠지만 말이다.”

한 손에는 잘라낸 공손랑의 머리통을 들고, 한 손에는 핏물
을 찍어 무엇이라고 적은 옷자락을 든 채 도수백이 성큼성큼
걸어 개울을 건너갔다.

“기다려!”

왕소령이 다급하게 소리치고 쫓아갔지만, 몇 걸음 떼어놓
지 못하고 제풀에 풀썩 쓰러졌다.

“기다리란 말이야, 이 나쁜 놈. 악당…… 와앙—”

소리치는 중에 저도 모르게 울음이 터져 나온다.

그녀가 젖은 땅에 털썩 주저앉은 채 목놓아 울었다.

제가 당한 그 믿기 싫은 일과 눈앞에서 펼쳐졌던 끔찍한 살육의 장면과 도수백…….

그 모든 것들이 기억하고 싶지 않은 두려움과 설움이 되어서 북받쳐 올라온 것이다.

세상일과는 상관없이 산골짜기의 개울물은 여전히 맑은 소리로 졸졸거리며 흘러갔다.

얼마나 시간이 지났을까.

먼 동쪽 하늘에 희뿌연 새벽빛이 비쳐들고 있었지만 개울가에 퍼질러 앉아서 왕소령은 그칠 줄 모르고 흐느껴 울고 있었다.

　　　　*　　　　*　　　　*


"끄아악!"

오십여 호의 집들이 골짜기 안에 옹기종기 모여 있는 작은 마을 납조촌.

그곳의 아침은 마당을 쓸기 위해 주가(酒家)의 문을 열고 나온 점소이 마소삼이 터뜨린 비명으로 시작되었다.

보지 못하던 대나무 장대 하나가 주가의 낡은 담에 기대어 박혀 있기에 무심코 바라본 마소삼은 기겁을 하고 말았다.

장대 끝에는 핏물이 말라붙은 머리통 하나가 박혀 있고, 그 아래에 찢어진 옷자락이 깃발처럼 펄럭이고 있었던 것이다.

마소삼의 비명 소리에 놀란 마을 사람들이 쏟아져 나오더니 이내 온 마을이 텅 비어버렸다.

사람들이 죄다 주가로 몰려나왔지만 주인 왕씨는 물론 마소삼도 볼 수 없었다.

그들은 주가의 문을 굳게 닫아걸고 안에서 벌벌 떨고 있는 것이다.

"동창의 무사래."

"뭐라고?"

"에이, 설마……."

"봐, 저기 깃발에 그렇게 적혀 있잖아."

"뭐라고 했는데?"

"동창지구(東廠之狗) 공손랑(孔孫郞)."

"동창의 개 공손랑이라고?"

"큰 글자 아래 작은 글자로 그렇게 적혀 있다."

제법 글 읽은 티를 내는 사내 주위에서 귀를 기울이던 자들이 일제히 비명에 가까운 탄성을 터뜨렸다.

"동창의 무사라니…… 누가 그런 짓을……."

동창의 위세가 어떤지는 이 후미진 촌마을의 농투성이들도 다 알고 있었다.

그만큼 악명이 높은 것이다.

"도수백이라는군."

깃발의 글자를 읽어주었던 중년의 사내가 다시 말했다.

"큰일이다, 큰일이야."

"이 일을 어쩌면 좋을꼬……."

"금년 봄에 산신제를 건성건성 드린 화야. 그래서 마을에 이런 재앙이 닥친 거지. 암, 그렇고말고."

노인들은 사색이 되어서 그런 말들을 속삭였고, 젊은것들은 호기심으로 눈을 반짝이며 깃발과 그 위에 박혀 있는 머리통을 바라본다.

"그런데 저 큰 글자는 뭐라고 쓴 거냐?"

"내가 간다는데?"

"뭐라고?"

"정말이야. 그렇게 써져 있다."


내가 간다.


깃발에는 그 한마디가 핏물로 큼직하게 적혀 있었다.

마을 사람들의 불안한 술렁거림은 오후까지 계속되었다.

그들은 깃발을 떼지도, 공손랑의 목을 내려놓지도 못했다. 장대 근처에 아예 접근하려 하지 않았던 것이다.

후환이 두렵기 때문이었다.

동창에서 무슨 트집을 잡을지 모르고, 그랬다가는 마을 전체가 쑥대밭이 되어버릴 게 뻔하다.

가까운 대려현(大呂縣)의 아문(衙門)에서 나졸 두 명이 허겁

지껏 달려온 건 오후 늦게였다.

하지만 그들도 깃발에 적혀 있는 글귀를 읽고는 난감해할 뿐 손을 써볼 엄두를 내지 못했다.

그리고 노을이 져갈 무렵 한 무리의 흑의무사들이 쏟아져 들어왔다.

그렇게 두려워하는 동창의 무사들이 이 작은 촌마을에 들이닥친 것이다.

다섯 명의 무사를 이끌고 달려온 자는 평수달이었다.

장대에 꿰어 있는 것이 정말 공손랑의 수급이라는 걸 확인한 그가 호통부터 쳤다.

"저렇게 해놓다니, 지독하구나!"

수하들이 달려들어 공손랑의 수급을 끌어내리고 깃발을 떼어 바친다.


내가 간다.


"이건 재미있는 놈이로군."

평수달의 차돌 같아 보이는 얼굴에 희미한 웃음이 떠올랐다.

손 당두가 이 깃발을 보면 과연 어떤 얼굴이 될지 그게 궁금해진다.

해가 지기 전인데 소문은 벌써 대려현 내에까지 파다하게 퍼져 있었다.

다른 날보다 일찍 현성의 성문이 꼭꼭 닫혔고, 거리에는 사람들의 인적도 끊어졌다.

현성이라고는 하지만 대려는 척박한 땅 구석에 처박혀 있는 조그만 곳이었다.

성에 주둔하고 있는 관병이 반이고 성민이 반이다.

성에는 그 관병과 성민들의 여홍을 위한 몇 곳의 주루와 객잔이 있고, 두 개의 기루와 한 곳의 도박장이 있었다.

지나다니는 외지인이 적은 탓에 여각(旅閣)은 동현가로(東賢街路) 구석에 외떨어져서 하나가 있을 뿐이다.

그곳은 여타의 객잔이나 주루와 달라서 술과 밥은 팔지 않고 묵어갈 손님들만 받는 곳이니만큼 조용하고 아늑한 대신 심심한 곳이었다.

일찍 성문이 닫혔고, 흉흉한 소문이 도는 탓에 가뜩이나 한산하던 동홍안관(東興安館)은 텅 비어버렸다.

정원을 가운데 두고 사방으로 빙 둘러선 객사에 모두 열두 개의 크고 작은 객방이 있는데, 단 두 곳에만 두 사람의 손님이 들어 있을 뿐이었다.

한 사람은 불진(拂塵)을 든 나이 지긋한 노도사(老道士)이고 또 한 사람은 탈속한 모습의 아가씨였다. 그녀는 남색의 경장에 검은 평단화(坪單靴)를 신었고, 바짓자락을 접어 사폭(邪

幅)으로 단단히 조여 감고 있었다.

언제든지 나서서 먼 길을 갈 수 있도록 준비하고 있는 복장인 것이다.

어제 느지막이 그들이 찾아왔을 때, 입구에 걸상을 내놓고 앉아 꾸벅꾸벅 졸고 있던 점원 황모동은 크게 놀라 제 눈을 아픈 줄도 모르고 비벼댔었다.

신선과 선녀가 동행해 온 줄 알았기 때문이다.

그만큼 노도사의 풍채가 좋았고, 아가씨는 미모가 속되지 않았다.

등에 황금빛 수실이 늘어진 보검 한 자루를 지고 있으며, 긴 머리를 말아 올려 검은 일자건(一字巾) 속에 감추었는데, 화장기없는 통통한 볼에는 은은한 홍조가 배어 있었다.

그들은 두 개의 객사를 빌려서 든 이후 바깥출입을 하지 않고 오늘도 종일 무료하게 정원만 구경했다.

누군가를 기다리는 것도 같았지만 황모동은 감히 물어볼 엄두도 내지 못했다. 그저 잔심부름을 해줄 뿐이다.

그리고 그날 저물녘에 또 한 사람이 동홍안관에 찾아왔다.

도수백이었다.

# 魔風俠星

## 第七章
### 뜻밖의 만남

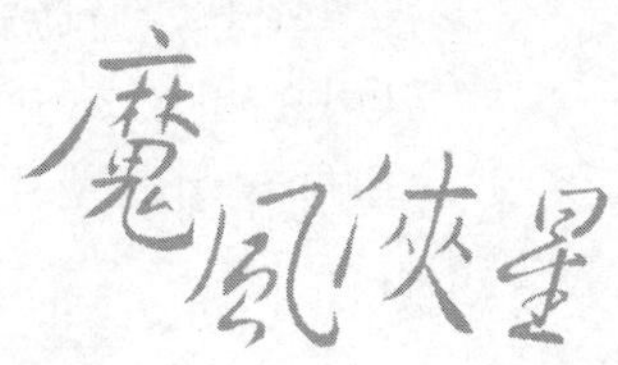

**"그** 사람은 좀 수상하지 않아요?"

아가씨.

도사라고 하기에는 어딘지 부족해 보이고, 아니라고 하기
에는 너무 탈속해 보이는 그녀가 고개를 갸웃거리다가 그렇
게 물었다.

차를 마시던 노도사가 빙긋 웃었다.

"무엇이 말인고?"

"그냥 느낌인데…… 뭐랄까……."

스물두어 살쯤 되어 보이는 고운 얼굴을 잔뜩 찌푸린다. 적
당한 말이 떠오르지 않는 모양이었다.

“살벌하다는 게냐?”

“맞아요, 바로 그거예요. 사부님도 그렇게 느끼셨나요?”

손뼉마저 치며 좋아하는 그녀의 모습이 소녀처럼 천진난만했다.

노도사가 여전히 온화한 미소를 띤 채 말했다.

“칼을 쥐고 강호를 떠도는 자라면 살벌해지지 않을 수가 없지.”

“그래도 그 사람에게서는 좀… 그게…….”

“독특하다고?”

“맞아요, 맞아. 사부님은 제 속을 환히 들여다보시나 봐요.”

“이것아, 네 속이 너무 맑아서 그런 게야. 깊은 곳까지 훤히 들여다보이니 너는 평생 거짓말을 하지 못할 것이다.”

“쳇, 칭찬인지 놀리는 건지 모르겠네.”

아가씨가 입을 삐죽거리며 빠르게 종알거리고는 배시시 웃었다.

“정말 독특해요. 그렇지 않아요?”

“어떻게 말이냐?”

“음, 뭐랄까…… 그러니까…… 아이, 왜 있잖아요?”

이번에는 제가 떠올리지 못하는 말을 대신 해주지 않는 사부가 야속한 듯 눈을 흘긴다.

노도사의 얼굴에 웃음이 가득 번졌다.

이 철없는 녀석이야말로 그가 말년에 거둔 유일한 기쁨인 것이다.

"아이, 저는 왜 이렇게 적당한 말이 잘 떠오르지 않는 걸까요? 머리가 나쁜가 봐요."

시무룩해져서 울상을 짓는다.

"그럴 리가 있는고? 그럼 나는 바보를 제자로 받아들인 바보 도사란 말이냐?"

"제자가 바보이면 사부도 바보인가요?"

사부를 놀리는 말이 아니라 정말 궁금해서 묻는 것이다.

노도사가 짐짓 엄한 얼굴을 했다.

"고얀 녀석이로다. 세상천지에 제 사부를 바보라고 하는 제자가 어디 있더란 말이냐? 어허, 이것 참……."

"잘못했어요. 다시 물을게요. 그럼 사부가 바보이면 제자도 바보인가요?"

말을 해놓고 나자 저도 이상한지 머리통을 톡톡 두드리며 잔뜩 눈살을 찌푸린다.

"아이 참. 나는 정말 왜 이러나 몰라. 나는 정말 바보인가 봐."

울상이 된다.

노도사가 빙그레 웃었다.

"그렇지 않다. 너는 바보가 아니고, 네 사부도 바보가 아니니 걱정할 것 없느니라."

"그렇죠?"

금방 기쁜 얼굴이 되어서 환하게 미소 짓더니 다시 물었다.

"그런데 왜 나는 이렇게 말에 어두운 걸까요?"

"그거야 네가 세상을 알지 못하니 그럴 수밖에."

"그래요?"

"세상 사람들의 말을 죄다 알게 된다면 너도 막힘없이 말할 수 있을 게다. 하지만 그만큼 네가 알고 있는 자연의 말들은 잊어버리겠지."

"왜요?"

"세상은 험악하고 자연은 온화하니, 세상이 가까워지면 자연은 두려워하여 멀찍이 달아나느니라. 사람이 가까이 오면 새들이 죄다 달아나지 않던?"

"하지만 사람은 사람과 살아야지 새와 함께 살 수 없잖아요? 어떤 게 좋은지 전 잘 모르겠어요."

"네가 열심히 도력을 닦아 그 모든 걸 품을 수 있는 커다란 마음을 가지면 되겠지."

"저는 언제나 사부님처럼 그렇게 큰 마음을 갖게 될까요?"

"지금 가지고 있는 너의 본성을 잃어버리지만 않는다면 너는 나보다 훨씬 높은 도력을 쌓게 될 것이다. 저절로 그렇게 될 것이니 그거야말로 무위지치(無爲之治)라는 말에 가장 잘 맞겠지. 나는 네가 부럽구나."

노도사의 말끝에 한숨이 묻어난다. 아가씨는 얼굴을 활짝 펴고 배시시 웃었다.

"그런데, 사부님. 그 사람은 정말 독특하지 않아요?"

"그런 것 같더구나."

"왜 그럴까요?"

"독특한 삶을 살아온 때문이겠지."

"쳇."

아가씨가 입을 삐죽 내밀고 돌아앉았다. 사부가 저렇게 건성으로 대답해 줄 때는 더 이상 말하지 않겠다는 뜻임을 잘 아는 것이다.

사부로부터 도호(道號)를 받아 운지(雲知)라고 불리는 그녀는 말도 하지 못하던 어린 아이일 때 도문(道門)에 들었다.

그곳에서 도고(道姑)들의 보살핌을 받으며 자라다가 일곱 살이 되던 해에 노도사의 제자가 되었다.

그로부터 십삼 년간 노도사의 곁에 그림자처럼 항상 있으면서 도를 배우고 무공을 수련했는데, 그동안 한 번도 세상 구경을 한 적이 없었으니 속된 말들에 어눌할 수밖에 없었다.

"저기…… 저녁 식사를 올릴깝쇼?"

문밖에서 점원 황모동이 조심스럽게 말하는 소리가 들렸다.

그들은 매끼 식사를 황모동을 통해 해결하고 있었던 것이다.

그가 귀찮은 걸 마다하지 않고 반 마장 떨어진 객잔까지 가서 음식을 사다 주는 데는 이유가 있었다.

한 번이라도 더 가까이에서 운지를 훔쳐보기 위해서다.

문을 열고 들어온 황모동의 시선이 가장 먼저 향하는 곳은 역시 운지의 얼굴이었다.

바구니 속의 음식을 식탁에 주섬주섬 꺼내놓으면서도 그의 시선은 운지의 얼굴에서 떠나지 않았다.

기뻐하면서 공경하고 행복해하는 표정이고 눈빛이었다.

세상에 닳고 닳은 황모동이었지만 그녀를 바라보는 시선에는 불경한 음욕이 조금도 담겨 있지 않았다.

독실한 신자가 보살상을 바라보듯이 한다.

운지의 해맑은 얼굴에는 그런 힘이 깃들어 있었던 것이다.

그녀를 보는 사람들은 누구나 혼탁한 세상의 공기 속에 있다가 갑자기 맑은 물과 숲이 있는 자연과 접한 것 같은 그런 감동을 받을 것이다.

노도사와 운지가 늦은 저녁 식사를 하는 동안 황모동은 두 손을 공손히 모으고 한쪽에 서 있었다. 황홀한 듯, 지극한 기쁨으로 운지의 얼굴을 뚫어지게 바라보고 있다.

"저물녘에 한 손님이 들어오지 않았나?"

"예? 예……."

노도사의 갑작스런 질문에 황모동이 화들짝 놀라 얼굴을 온통 붉혔다.

"어디에서 오는 길이라던가?"

“그게 잘……..”

“그럼 어디로 가는 길이라던가?”

“죄송합니다, 노사부님. 제가 미처 물어보지 못했습니다.”

“어째서?”

우물쭈물하던 황모동이 한참 뒤에야 기어들어 가는 목소리로 겨우 말했다.

“무서워서입지요.”

“무엇이 그렇게 무섭더냐?”

“그냥 그랬습니다. 오랜 경험에서 온 느낌이라는 것 있지 않습니까요.”

“그래?”

노도사가 빙긋 웃고 몸을 물렸으므로 황모동은 허둥지둥 빈 그릇들을 주워 들고 나갔다.

“특이한 놈이 맞는 것 같구나.”

노도사의 중얼거림에 운지가 곱게 눈을 흘겼다.

“그럼 제가 헛소리를 했겠어요?”

“괜히 궁금해지는걸?”

“나가 보실래요?”

“왜? 너는 아까 그자가 들어올 때 봤다면서?”

“그래도 또 보고 싶어요.”

“어째서?”

“그냥요. 왠지 호기심이 생기는걸요? 왜 그런지는 나도 모르겠어요."

노도사는 아이가 처음 보는 물건을 신기해하듯, 운지 또한 그렇다는 걸 알았다.

자기를 따라 처음 세상 구경을 나왔는데, 그동안 많은 사람들을 보았지만 동쪽 객사에 든 자 같은 사람은 처음 보는 것이다.

그자가 두르고 있다는 특이한 분위기 때문일 것이다.

그리고 노도사는 지금 자기 또한 그자를 궁금해하고 있다는 걸 가만히 생각해 보았다.

'그렇다면 그자에게는 다른 사람의 마음을 끌어당기는 묘한 무엇이 있는 모양이군.'

타고난 기질일 수도 있고, 후천적으로 생긴 것일 수도 있다.

어쨌든 사람들에게는 저마다의 기질이 있는데, 간혹 그게 독특한 자들도 있었다.

강하다는 것이겠고, 흡입력이 있다는 것이겠으며, 인화력일 수도 있다.

그리고 때로는 지극히 사악해서 누구에게나 꺼림칙하고 두려운 느낌을 갖게 하는 검은 기운을 풍기는 자도 있었다.

그래서 그자의 천성을 그의 기운을 통해 능히 짐작할 수 있으며, 그가 살아온 환경과 사고방식을 추측해 볼 수도 있다.

벌써 이틀째, 하는 일 없이 무료하던 참이라 노도사는 그자를 한 번 만나볼 작정을 했다.

지독한 신고를 했으니 어디에 있든지 그놈들은 나를 찾아
올 것이다.

내가 수고스럽게 찾아다닐 필요가 없다는 느긋함으로 도
수백은 팔베개를 하고 침상에 누워 있었다.

굳이 길을 빨리할 생각이 없고, 숨어 다닐 생각도 없다.

"동창 놈들."

생각할수록 이가 갈린다.

특히 손적풍이라는 놈에 대해서는 더 그랬다.

"당두라고 했지?"

그의 중얼거림 속에 진득한 살기가 실렸다.

"제법 솜씨가 있는 놈이겠군."

입가에 냉소도 떠오른다.

동창의 당두라면 쉽게 얻을 수 있는 자리가 아니라는 것쯤
은 누구나 다 아는 일이었다.

그만큼 실력이 있고 통솔력도 있는 자라는 얘기이고, 그것
은 또 그만큼 결단력이 좋고 머리도 핑핑 돌아가는 자라는 것
이다.

창위로 불리는 동창의 무사 일백 명을 거느리는 당두쯤 되
는 자라면 강호에 나와도 일류고수의 대열에 끼기에 충분한
것이었다.

동창에 두 명이 있을 뿐이라는 첩형(貼刑)은 더 말할 것도
없다.

하지만 도수백은 조금도 두렵지 않았다. 오히려 그자들의
솜씨가 어떨지 겪어보고 싶어진다.

그는 법화사에서 원도 화상으로부터 소류신공(逍流神功)이
라는 것을 전해 받은 이후 제 몸놀림이 이전보다 훨씬 빠르고
힘차게 되었다는 걸 느끼고 있었다.

기운도 충만해져서 좀체 지치는 일이 없다.

칼을 쥐면 온몸에 자신감이 넘쳐 난다.

처음에는 혈맥을 태워 버릴 듯 뜨겁게 용숫음치는 기운에
놀라고 두려워하기도 했지만, 이제는 그것이 제 힘의 원천이
라는 걸 충분히 이해했다.

소류신공 비급에서 익힌 호흡법을 행하면 사나흘 잠을 자
지 않아도 피곤한 줄 몰랐고, 일곱 걸음의 보법을 운용하면
적들의 도검이 빗발처럼 쏟아지는 속에서도 여유있게 움직일
수 있었다.

이미 어젯밤 개울가에서 동창의 무사라는 것들을 상대로
한차례 시험해 보지 않았던가.

그런 저런 생각으로 스스로 뿌듯해하는 한편, 손적풍이라
는 놈을 어떻게 잡아서, 어떻게 죽여야 당운평 장군과 동료
병졸들의 원수를 갚는 게 될까, 하는 생각으로 뒤척일 때였
다.

톡.

무엇인가 작고 가벼운 것이 창문을 때렸다.

톡.

두 번째에 이르러서는 그게 누군가가 자신에게 보내는 신호라는 걸 알 수 있었다.

훌쩍 침상에서 뛰어내린 도수백이 갑자기 창문을 열어젖혔다.

은은한 달빛만 가득할 뿐, 텅 비어 있는 마당 한복판에 시커먼 자가 우뚝 서 있었다.

한밤중인데도 갓 넓은 갈대 모자를 쓰고 있다는 게 이상했다.

'동창?'

시커먼 그자의 모습에서 도수백은 불쑥 그 생각을 떠올렸다.

'빠르게도 찾아왔군.'

절로 피식거리는 웃음이 새 나온다.

칼을 움켜쥔 도수백이 문을 박차고 나갔다. 그걸 본 사내가 어둠 속에서 흰 이를 드러내고 소리없이 웃었다.

도수백이 걸걸한 음성으로 물었다.

"네가 손적풍이냐?"

어둠 속에 갈대 모자를 쓰고 있으니 얼굴을 알아볼 수 없었기에 확인하려는 것이다.

"쉿."

사내가 손가락으로 제 입을 가린다.

"흥! 역시 동창에 있는 놈들은 죄다 떳떳한 일을 하지 못하군. 그렇지 않으면 무엇이 두려워서 소곤거린단 말인가."

도수백이 비웃었지만 사내는 그저 흰 이를 드러내고 소리 없이 웃을 뿐이었다.

그가 낮은 음성으로 느릿느릿 말했다.

"다들 잠들었을 한밤중이다. 사람들이 놀라서 깨면 되겠느냐?"

"상관없어. 여기는 텅 빈 여각이다."

"그래? 그렇다면 잘됐군."

사내가 다시 히죽 웃는다.

도수백은 그게 기분 나빴다.

"다시 묻겠다. 네가 손적풍이냐?"

"아니."

"아니라고?"

그럼 왜 이처럼 한밤중에 자기를 찾아온 건지 의아해진다.

그러고 보니 이자가 동창에서 나온 놈일 거라고 짐작한 것도 성급했다는 생각이 들었다.

저를 잡기 위해서 온 자라면 굳이 작은 돌 조각을 던져서 알릴 필요가 없었을 것이기 때문이다.

도수백이 머리를 갸웃거리는 걸 본 사내가 예의 흰 이를 드러내며 소리없이 웃었다. 그리고 역시 조용조용 말한다.

"나는 염충서라고 한다."

"염충서?"

도수백으로서는 알 수 없는 이름이다.

그가 곤혹스럽다는 표정을 짓자 염충서가 실망한 얼굴이 되더니 다시 말했다.

"강호의 친구들이 적환도수라는 별호를 지어줬지."

적환도수(赤環屠手) 염충서(廉充瑞).

그의 명성이 운남에서 얼마나 쟁쟁한지 조금도 알지 못하는 도수백이다.

제 이름만 대도 지레 겁을 먹고 웅크릴 거라고 생각했던 염충서의 기대와는 달리 그는 여전히 뻣뻣하고 고압적이었다.

"그래서? 이 밤중에 나를 불러낸 게 고작 네 이름을 가르쳐주기 위해서인가? 그렇다면 돌아가라, 나는 관심이 없으니까."

도수백이 한 번 흘겨주고 돌아서자 뒤에서 염충서가 음충맞은 웃음을 흘렸다.

"흐흐흐. 그놈, 성미 한번 급하군. 개울가에서의 일은 잘 봤다. 아주 감명 깊었어. 납조촌의 주가에서도 훌륭하게 일 처리를 했더군."

"응?"

도수백이 우뚝 멈추어 섰다.

개울가에서 죽은 자들을 보았고, 납조촌의 주가에도 들렀으며, 오늘 밤 이곳에 이렇게 찾아온 자라면 내내 자신의 뒤를 밟아온 게 틀림없기 때문이다.

하지만 동창의 무리는 아니다.

'그렇다면 왜?'

그런 궁금증을 품고 도수백이 다시 돌아섰다. 사내가 어깨를 으쓱해 보인다.

"동창의 창위 놈들이 아주 화가 났을 거야. 너를 잡으면 갈가리 찢어 죽이려고 할걸? 두렵지 않으냐?"

"대체 너는 누구냐?"

"기억력이 나쁜 놈이구나. 조금 전에 말했다, 적환도수 염충서라고."

"왜 나를 찾아온 거지?"

염충서가 그 말에 대해서는 대꾸하지 않고 묵묵히 도수백을 바라보았다. 어둠 속에서 그의 눈빛이 비수처럼 번쩍인다.

보일 듯 말 듯 턱을 끄덕인 염충서가 다시 낮은 음성으로 느릿느릿 말했다.

"네가 도수백이라는 놈이지?"

"그렇다. 내가 도수백이다."

"그렇다면 역시 잘 찾아온 것이로군."

"할 말이 있다면 어서 하고 가버려. 나는 들어가서 자야겠다."

"그럴 필요 없다. 너는 나와 함께 가야 하거든."

"뭐라고?"

뜻밖의 말이다. 도수백이 어리둥절해서 바라보자 염충서
가 손을 내밀었다.

"자, 어서. 바쁘니까 서두르자."

"어디로 가자는 거냐?"

"너를 원하는 사람에게로. 조금 전에 들어보니 너도 그자
를 많이 원하는 것 같더군. 잘된 일이야."

"대체 누구를 말하는 거지? 그것부터 밝혀라."

"손적풍."

"뭣이?"

도수백이 깜짝 놀라 한 걸음 물러섰다. 염충서는 여전히 느
긋했다.

"너는 조금 전에 그자를 찾지 않았느냐?"

도수백은 염충서가 동창의 사주를 받고 온 자라는 걸 확실
히 알 수 있다.

그가 어금니를 악물고 차갑게 웃었다.

"흐흥, 그놈을 대신해서 온 거로군. 그렇다면 헛걸음했다.
가서 손적풍 그놈에게 직접 오라고 해."

염충서가 히죽 웃고 말했다.

"아니, 너는 나와 함께 가야 한다. 달아날 수 없어."

"달아난다고?"

도수백이 발끈해서 노려보지만 염충서는 여전히 느물느물
했다.

"얌전히 따라갈 테냐? 아니면 고통을 맛본 다음에 끌려갈
테냐? 네가 결정해라. 나는 후자가 더 마음에 들지만 말이
다."

"다 귀찮다."

도수백이 더 말하기 싫다는 듯 손등을 밖으로 하여 두어 번
흔들고 돌아섰다.

손적풍 외에는 상대하지 않겠다는 것인데, 그의 그런 행동
이 염충서에게는 참을 수 없는 모욕이었다.

그가 보기에 도수백은 하룻강아지나 다름없었다. 강호에
서 쌓아온 자신의 명성에 비추어보면 도수백은 제 이름을 들
은 순간 꿇어 엎드려야 옳았다.

그런데 이처럼 무례할 수 있는 건 역시 범이 무서운 줄 모
르는 하룻강아지이기 때문일 것이다.

그렇게 이해하고 놀려먹는다는 심정으로 여태까지 대꾸해
주었지만 이제는 아니었다.

"놈, 한 발짝만 더 떼면 두 다리를 분질러서 질질 끌고 갈
테다."

"그래?"

등 너머로 힐끔 돌아본 도수백이 피식 웃었다.

그가 보기에 염충서는 그저 많은 사람들 중 한 명일 뿐이었

다. 적환도수라는 별호와 그것이 강호에서 어떤 비중을 차지하고 있는지 관심도 없고, 상대하고 싶지도 않았다.

나와는 상관없는 자라고 생각했기 때문인데, 염충서에게는 그렇지 않다.

"마음대로 해봐."

도수백이 코웃음을 치고 태연히 걸음을 옮겼다.

끝까지 무시당했다.

그 노여움에 염충서는 더 이상 참지 못했다.

"이놈!"

낮고 격하게 외친 그가 땅을 박찼다.

유성이 흐르듯 가볍고 쾌속하게 달려들며 일장을 뿌린다.

기격(氣擊).

도수백은 그것을 처음 당해보는 터였다.

등줄기에 서늘한 느낌이 와 닿자 그의 신경들이 곤두서며 위험하다고 아우성을 쳐대는 것이어서 도수백은 깜짝 놀랐다.

재빨리 옆으로 비켜서며 홱, 돌아선 순간 뜨거운 무엇이 가슴으로 왈칵 밀려들었다.

펑!

고막이 터져 버릴 듯 제 몸 안에서 커다랗게 울리는 폭발음.

도수백은 순간적으로 정신이 아뜩해졌다. 그래서 제가 허공을 훌훌 날고 있다는 것도 몰랐다.

와지끈, 쿠당탕거리는 요란한 소리가 고요한 밤의 적막을 뒤흔들었지만 그것도 듣지 못했다.

일 장이나 뒤로 날려간 도수백은 난간을 부수고 세차게 나무 바닥에 내동댕이쳐졌다.

어깨며 등짝, 정수리에 와 닿는 고통이 참을 수 없을 만큼 크다.

"훙!"

귓가에 염충서의 냉랭한 코웃음이 아득하게 와 닿았다.

"으으음—"

도수백은 저도 모르게 신음을 흘렸다. 이를 악물었지만 지독한 고통은 여전했고, 그게 그의 가물거리던 정신을 두드려 깨웠다.

"지독하군."

안간힘을 다해 일어선 그가 한 모금의 탁한 선혈을 토해내고 입가를 문질러 닦았다.

아직 염충서는 두어 장 밖에 서 있었다. 그가 어떻게 자기를 때렸는지 도수백은 도저히 이해할 수 없었다.

하지만 가슴에 와 닿던 그 뜨거운 기운은 잊을 수 없다.

'이런 것이 기격이라는 건가?'

내공이 높은 고수들은 그것만으로도 충분히 상대의 숨통을 끊어놓는다고 들었다. 상대의 몸에 손을 대지 않고서도 그렇게 한다지 않던가.

기요성에게서 그런 말을 들었을 때는 믿지 않았는데, 이렇게 경험하고 나자 비로소 그 말이 거짓이 아니었다는 게 절실히 느껴진다.

"제법 튼실한 놈이구나. 나의 일장을 맞고서도 꼿꼿이 설 수 있다니 말이다. 하지만 이제는 마음이 바뀌었겠지? 어때, 순순히 나를 따라갈 마음이 생겼느냐?"

비웃으며 말하고 있었지만 염충서는 내심 의아하게 생각하고 있었다. 당혹스럽기도 하다.

그 일장으로 도수백을 충분히 항거불능의 상태로 만들 수 있을 것이라고 믿었는데 그렇지 않았기 때문이다.

어지간히 내력을 쌓은 자라고 해도 자신의 오성 공력이 실린 설산구룡장(雪山九龍掌)을 제대로 맞으면 성할 리가 없다.

그가 아는 도수백은 내공의 고수가 아니었다. 병영에서 오랜 세월 목숨을 건 싸움을 하며 스스로 단련시킨 도법이 있을 뿐이다.

거칠고 지독한 놈이지만 일류고수로 꼽히는 자신에게는 아이 같을 뿐이라고 여겼는데, 일장을 맞고도 거뜬히 버티는 도수백을 보고는 생각을 달리할 수밖에 없었다.

크게 심호흡을 한 도수백이 칼을 움켜쥐고 부서진 계단을 건너뛴다.

그 모습이 조금도 부상을 입은 자 같지 않아서 염충서는 다시 한 번 의아하게 여겨야 했다.

"놈, 잘도 쳤겠다! 좋아, 이번에는 내 칼 맛을 보여주지."

지그시 노려보며 천천히 칼을 뽑아 드는 도수백의 모습이 크게 보인다.

'이건 뭔가?'

염충서는 곤혹스러웠다.

조금 전까지 마주 서서 이야기했고, 자신의 일장에 연처럼 날아가 처박히던 그놈이 과연 지금의 이놈인가? 하는 의문이 절로 들었기 때문이다.

그만큼 도수백의 온몸에서는 넘치는 투지가 뿜어져 나왔고, 노려보는 눈길에 실린 살기와 집념이 무서웠다.

그건 도수백과 칼을 들고 마주 선 자들이면 누구나 느끼는 두려움이지만 염충서에게는 생소한 경험일 뿐이다.

원도 화상이 한눈에 알아보고 말했듯이, 그와 같이 넘치는 투지와 일격필살의 의지는 도수백만의 내공이나 다름없었다.

그렇게 본다면 도수백의 내공은 오히려 염충서보다 높다고 해도 과언이 아니었다.

기세에서 눌린다는 것.

칼을 들고 마주 선 자들에게 그건 곧 승패와 직결되는 것이고, 살고 죽는 게 갈리는 일이다.

염충서의 실력이 도수백보다 뛰어나다고 해도 그의 기세

에 눌린다면 제 힘을 다 발휘할 수 없게 된다.

칼을 세워 든 도수백이 먹이를 노리는 야수의 눈빛을 번쩍이며 반 보 앞에 내딛은 왼발을 조금씩 밀었다. 미끄럼을 타는 것처럼 소리없이, 조심스럽게 거리를 좁혀간다.

"으음―"

염충서가 잔뜩 낮을 찌푸렸다.

자신의 독문병기인 한 쌍의 적환(赤環)을 꺼내 들어야 하나 말아야 하나 갈등이 생겼다.

하지만 염충서는 끝내 적환을 꺼내지 않았다. 이런 야수 같은 놈 하나를 상대하는 데 병장기까지 사용한다는 건 자신의 명성과 체면에 누가 되는 일이라고 생각한 것이다.

"와라!"

그가 쓰고 있던 철립을 벗어 던졌다.

냉혹해 보이는 얼굴이 흐린 달빛을 받아 더욱 차갑게 느껴진다.

후우웅―

염충서가 두 팔을 크게 엇갈리며 휘젓자 그를 둘러싼 공기가 은은한 소리를 내며 진동했다.

그것이 기를 끌어 모으는 것임을 도수백은 눈치로 짐작했다.

도수백은 칼을 든 순간 평상시의 호흡을 버리고 소류신공에서 익혔던 호흡법을 따르고 있었다. 수백, 수천 번 외우고 익혀서 자연스럽게 몸에 배어 있는 것이기에 의식하지도 못한다.

"사부님, 말려야 하지 않을까요?"
문가에 서서 바라보고 있던 운지가 떨리는 음성으로 그렇게 소곤거렸다.
도수백이 염충서와 마주 섰을 때부터 그들은 문을 활짝 열고 바라보고 있었다. 당연히 도수백과 염충서도 그것을 알았지만 신경 쓰지 않았다. 제 일과 상관없는 자들이라는 공통된 생각에서였다.
사랑하는 여제자의 걱정 어린 말을 들은 노도사가 가만히 머리를 흔들었다.
"하지만 저 사람은 내공을 모르고 있는 것 같아요."
염충서가 기력을 끌어 모으는 건 강력한 장력을 치기 위해서이다. 그런데 도수백은 오직 칼을 들고 조금씩 다가올 뿐, 상대의 내공에 대항할 방법을 전혀 알지 못하고 있는 것 같았다.
그들이 있는 곳에서 염충서는 등만 보였으나 도수백은 정면으로 잘 보였다.
멀리서 보기에도 칼을 겨누고 있는 도수백의 기세가 가슴이 떨릴 만큼 사나워 보였다. 하지만 그의 칼이 아무리 사납다고 해도 내공을 연마하고, 제대로 무공을 익힌 고수와 맞설 수는 없다.

그래서 지켜보고 있는 운지는 불안해졌는데, 노도사는 태연하기만 했다.

"저건 정말 특이한 놈이로구나."

아까 했던 말을 반복한다. 운지가 눈을 흘겼다.

그걸 모르는 듯, 노도사가 긴 수염을 쓰다듬으며 중얼거렸다.

"어쩌면, 어쩌면……."

"예?"

"흘흘, 재미있는 구경을 하게 될지도 모른다는 말이다. 그러니 조용히 하고 있으렴."

웃으며 말하고 있었지만 도수백을 훔쳐보는 노도사의 눈 속에는 여태까지 볼 수 없었던 정광이 번쩍이고 있었다.

魔風俠星
第八章
심야(深夜)의 일전(一戰)

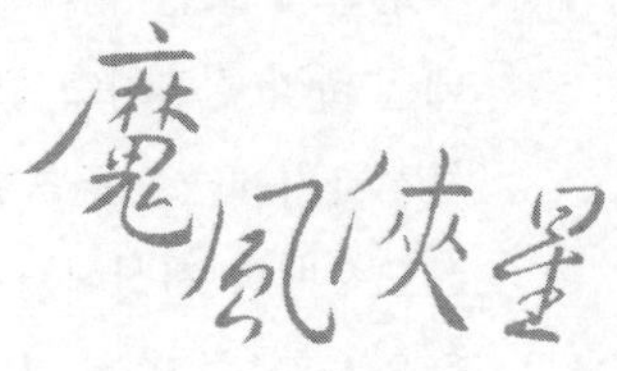

‘이놈은 다르다.’

도수백은 그렇게 인정하지 않을 수 없었다.

마주 서서 노려보는 동안 염충서에게서 뿜어져 나오는 도도하고 오만한 기운에 조금씩 젖어가고 있었던 것이다.

그건 여태까지 싸웠던 자들 누구에게서도 받아보지 못한 느낌이었다.

어둡고 음습하면서 커다란 힘이 느껴지는 상대.

도수백은 제가 제대로 된 고수와 맞섰다는 걸 절감했다.

지고 싶지 않다.

‘이놈은 다르군.’

염충서 또한 번쩍이는 눈길을 도수백에게서 떼지 않으며 내심 바짝 긴장하고 있었다. 한낱 들짐승 같은 놈이라 여기고 무시하기에는 꺼림칙했던 것이다.

도수백의 전신에서 뿜어져 나오고 있는 강렬함은 다른 사람은 느낄 수 없는 것이었다. 그의 칼 앞에 선 자만이 온몸으로 느낀다.

염충서는 그동안 수많은 싸움을 해왔고, 매번 이겼다. 하지만 지금 그는 자신이 싸워왔던 그 어떤 때보다 더 긴장하고 있었다.

'이럴 수가 있나?

그런 의문도 든다.

도수백의 칼이 점점 몽롱하게 보이고, 그의 온몸에서 아지랑이 같은 기운이 뻗어 나오는 것 같았다.

착각인데, 지나친 긴장과 조금씩 쌓여가는 상대에 대한 두려움이 염충서의 정신을 피곤하게 한 탓이었다.

염충서는 저도 모르는 사이에 점점 도수백이 내뿜는 필살의 의지에 녹아들어 가고 있었던 것이다.

'어쩌면 죽을지도 몰라.'

불쑥 그런 생각도 들었다. 처음 있는 일이다.

치켜든 저놈의 칼이 제 목을 날려 버릴 것만 같은 느낌. 그래서 그는 소름이 끼치도록 긴장했다. 정력(定力)이 점점 더 흔들린다.

고수들은 싸움에서 부동심(不動心)을 지킨다. 흔들리면 지는 것이다. 그건 기세의 또 다른 모습이기도 하다.

염충서는 저의 그러한 부동심이 흔들리고 있다는 걸 깨닫고 당황했다.

그가 '욱!' 하고 내력을 더욱 끌어올리며 자꾸 위축되어 가는 정신에 힘을 실은 순간, 도수백은 피부에 와 닿는 느낌으로 그것을 알았다.

두 사람 사이에 팽팽하게 압축되어 있는 공기의 떨림이 매 순간의 상황을 소리쳐 알려주고 있는 것이다.

상대의 심리가 변하고 흔들리는 게 고스란히 느껴진다. 이쪽의 심리 상태도 상대에게 그대로 전해지고 있을 것이다.

그러므로 끝까지 투지를 잃지 않는 자가 기 싸움에서 이길 수밖에 없다.

수많은 싸움으로 단련된 도수백의 날카로운 본능이 바로 지금이라고 소리쳤다.

"끼욧!"

도수백이 굉장한 기합성을 터뜨리며 힘껏 몸을 밀어 넣었다.

희끗한 것이 흔들린 것 같은 순간에 벌써 코앞에 들이닥치는 도수백의 일격.

염충서가 이를 악물고 표풍난설(飄風亂雪)의 절정 신법으로 휘돌았다.

반격의 엄두도 내지 못한다.

오직 머리 위에 떨어지는 도수백의 일격에서 벗어나야 한다는 생각만 가득할 뿐, 그 많던 초식과 살수를 모두 잊어버렸다.

씨잉—

옆머리를 아슬아슬하게 스치며 떨어지는 바람 소리.

'됐다!'

염충서는 마음속으로 그렇게 환희의 외침을 터뜨렸다.

놈의 일격을 무사히 피한 것이다.

일격필살의 첫 칼에서 살아났으니 기회는 나에게로 넘어왔다는 기쁨으로 날아갈 것 같다.

"놈!"

염충서가 벼락처럼 쌍장을 쳐냈다.

구룡쇄심장(九龍碎心掌) 중 쌍두교룡(雙頭交龍)의 수법인데, 그의 사문에 전해지는 장법 중에서도 악독하기로 이름난 것이었다.

좌수가 도수백의 어깨를 미는 동시에 우수는 그것과 엇갈려 옆구리를 노렸다. 도끼를 힘껏 휘둘러 고목을 찍는 듯하다.

"흐읍—"

도수백이 급히 숨을 크게 들이마시며 왼쪽으로 흘러간 칼을 비틀었다.

손목을 뒤집는 순간 칼이 그의 손에서 빠져나갈 것처럼 맹렬하게 그어 올라왔다.

땅—

낭랑한 쇳소리가 밤하늘에 울려 퍼졌다.

염충서의 좌수가 허벅지에서부터 가슴을 향해 치달아 오르는 도수백의 칼을 두드린 것이다.

위잉, 하고 칼이 진동하는 소리가 구리 종을 긁은 것처럼 요란하게 터져 나왔다.

퍽!

"크윽!"

동시에 도수백의 옆구리에 염충서의 우장이 틀어박혔다.

엄청난 충격이 해일처럼 내부로 쏟아져 들어온다.

도수백이 낮은 신음을 터뜨리며 쿵쿵거리고 세 걸음이나 물러섰다.

이를 악물고 발뒤꿈치에 와락 힘을 주어 버티고 선다.

부릅뜬 그의 눈에 그림자처럼 따라붙고 있는 염충서의 얼굴이 크게 박혔다.

살기로 일그러진 악독한 얼굴이었다. 뱀처럼 차가운 두 개의 눈이 머릿속을 파고든다.

질 수 없다.

더 밀려나기도 싫다.

‘죽으면 죽는 거지.’

오직 그 한 생각.

그것이 염충서를 질리게 했다.

“끼얍!”

다시 터져 나오는 굉장한 기합성.

도수백이 몸 안에 밀려든 충격은 무시한 채 밀어버릴 듯 달려들며 칼을 휘둘렀다.

종횡으로 빗발치듯 떨어지는 난격(亂擊)이다.

일정한 법칙에 길들여진 초식이 아니라는 게 염충서를 더 혼란스럽게 했다.

자신의 일장을 맞은 도수백이 여전히 이처럼 맹렬하게 치고 들어온다는 것도 괴이하다.

하지만 놀라고 있을 수만은 없지 않은가.

땅땅땅땅—

연거푸 요란한 쇳소리가 터져 나왔다.

염충서가 손가락에 힘을 모아 흑룡철지(黑龍鐵指)의 수법으로 마구 튕겨낸 것이다.

무쇠처럼 단단해진 그의 손가락이 칼 몸을 두드려 댈 때마다 칼이 진동하며 윙윙거리는 울음소리를 토해냈다.

그것을 타고 전해지는 충격으로 손아귀에서 감각이 사라졌지만 도수백은 멈추지 않았다.

이를 악물고 부득부득 갈아대며 미친 듯 내려치고 그어대

는데, 찍고 휘돌리는 칼에서 날카로운 휘파람 소리가 쏟아졌
다. 그것이 윙윙거리는 칼의 울음소리와 뒤섞여 정신을 혼미
하게 하는 소성(騷聲)이 된다.

마구 물러서며 거듭 흑룡철지의 지력을 날리는 염충서는
얼이 빠질 지경이었다.

숨 돌릴 새가 없고, 잠시도 한눈을 팔 새가 없다.

다섯 걸음을 그렇게 밀려난 염충서에게서도 이제는 죽음
에 대한 두려움이 사라져 버렸다.

치욕감이 그 모든 것을 잊게 한 것이다.

지독하기로 운남 무림에 악명을 떨친 그 아닌가. 한낱 떠돌
이 무사를 만나 이와 같이 고전하고 있다는 게 염충서를 화나
게 했다.

그건 죽음에 대한 두려움을 잊을 만큼 맹렬한 증오이기도
하다.

"이얍!"

그가 찢어지는 듯한 기합성을 터뜨리며 두 팔에 호신기공
을 한껏 불어넣었다. 그것을 철추처럼 휘두르며 마주 부딪쳐
간다.

쾅쾅쾅!

도수백의 칼이 여지없이 그의 팔뚝을 찍어댔는데, 그때마
다 쇠 절구를 두드리는 것 같은 굉음이 터져 나왔다.

염충서는 팔목에 철비구(鐵臂具)를 차고 있었던 것이다. 호

신기공으로 팔뚝에 전해지는 충격을 흘려보내며 마구 쳐내니 요란한 소리와 함께 튕겨 나가는 칼이 도수백에게 무지막지한 충격을 되돌려주었다.

도수백은 손아귀가 찢어질 것만 같았다.

눈을 부릅뜨고 이를 악물었다.

네 팔뚝이 이기는지, 내 칼이 이기는지 보자는 듯 연거푸 찍어댄다. 매번 더 크고 맹렬한 힘이 실렸다.

도수백은 칼을 든 게 아니라 쇠몽둥이를 든 것 같았다.

쾅쾅쾅!

듣도 보도 못한 그 무식한 도법 앞에서 염충서는 얼이 빠질 지경이 되었다.

무쇠 솥을 두드려 깨뜨리는 자신의 두 팔이 남의 것처럼 느껴진다.

호신기공을 잔뜩 불어넣은 탓에 버티고 있을 뿐, 칼이 팔목을 두드려 댈 때마다 온몸이 진동을 했다.

'오래 버틸 수 없다.'

염충서가 최후의 수단을 생각하고 있을 때 도수백도 그런 생각을 하고 있었다.

이렇게 싸우다가는 곧 기력이 쇠진하고, 그러면 패할 게 뻔한 것이다.

이제 남은 방법은 하나뿐이다.

"이얏!"

염충서와 도수백이 동시에 기합성이 터뜨렸다.

쾅!

그 어느 때보다 큰 소리가 염충서의 팔뚝에서 터져 나왔고, 이를 악문 그가 감각이 없어진 왼손을 힘껏 휘둘러 그대로 도수백의 정수리를 내려쳤다.

도수백은 불쑥 원도 화상에게 붙잡혔던 제 칼을 떠올렸다. 화상은 손가락 두 개로 간단히 칼을 잡아버렸는데, 강철 집게에 물린 것처럼 꼼짝할 수 없지 않았던가.

그때처럼 도수백의 칼은 염충서의 맨손바닥 안에 꽉 잡혀 있었다.

염충서는 도수백이 제 칼을 빼기 위해서 더욱 힘을 쓸 것이라고 예상하고 있었다.

그에 따라 머릿속에 동선(動線)을 그리고 좌장을 수도(手刀)로 변환해서 도수백의 머리통을 찍은 것이다.

하지만 도수백은 이미 경험이 있었다.

잡혀 버린 칼을 붙들고 매달리는 대신 그것을 선뜻 놓아버리고 그대로 염충서의 품속으로 파고든다.

한껏 노리고 친 좌수가 덧없이 도수백의 머리 너머로 흘러가 버리고 그의 무릎에서 뿌드득, 하고 마른 장작 부러지는 소리가 났다.

도수백이 몸을 주저앉히며 제 무릎으로 염충서의 무릎을 찍어버린 것이다.

“흐읍!”

염충서는 고통을 참기 위해 숨을 크게 들이마셨다. 찰나라고 할 극히 짧은 순간에 그의 동작이 끊어졌고, 불쑥 일어선 도수백이 팔꿈치를 마음껏 휘둘러 그 정지의 순간을 부수어 버렸다.

쾅!

얼굴 복판에 처박히는 숨 막히는 충격.

“끄응—”

신음을 흘리며 뒤로 나가떨어지는 염충서의 얼굴은 형체가 뭉그러져 있었다. 가운데가 움푹 파인 채 그곳에서 쏟아져 나온 허연 뇌수와 검붉은 핏줄기가 허공에 길게 걸린다.

쿠웅—

일 장이나 날려간 염충서의 몸뚱이가 요란한 소리를 내며 떨어져 주르륵 밀려 나갔다. 몇 차례 경련을 일으키더니 이내 잠잠해진다.

“아!”

그 끔찍한 광경을 본 운지가 신음을 흘리며 비틀거렸다. 두 손으로 얼굴을 감싸고 그대로 사부의 품 안으로 무너진다.

“쯧쯧쯧…….”

정신을 잃다시피 한 어린 제자를 품에 안은 노도사가 잔뜩 눈살을 찌푸린 채 혀를 찼다.

그도 이처럼 격렬하고 무지막지하며 끔찍한 싸움을 본 적이 없었다.

도대체 저놈이 사람인지 야차인지 분간할 수 없을 지경이다.

"우욱!"

도수백이 비로소 제 옆구리를 움켜쥔 채 신음을 흘리며 주저앉았다.

그의 창백해진 얼굴로 비지땀이 흘러내리고, 악문 입술 새로는 선혈이 스며 나왔다.

염충서의 장력에 내상을 입은 것이다.

그 지경이 되었는데도 온 힘을 다 쏟아내 싸울 수 있었다는 것도 노도사에게는 경이롭기만 한 일이었다.


                    *        *        *


"괴이하군."

도수백의 완맥을 쥐고 있던 노도사가 눈살을 찌푸렸다.

운지는 아직도 조금 전의 충격에서 벗어나지 못했다. 자꾸만 그 끔찍한 광경이 떠올라 도수백을 바라보지도 못하고 외면한 채 낡은 기둥에 등을 기대고 서 있다.

여기저기 늘어진 거미줄에 달빛이 매달려 반짝이고, 퀴퀴한 냄새가 코를 찌르는 헛간 안이다.

“괴이한 일이야.”

“뭐가요?”

사부의 두 번째 중얼거림에 운지가 호기심을 참지 못하고 물었다. 하지만 여전히 도수백을 외면하고 있다.

도수백은 창백해진 얼굴로 지그시 눈을 감고 앉아 있었다. 끊어질 듯 이어지는 숨을 위태롭게 쉬고 있었는데, 아랫배가 지겨울 만큼 느리게 부풀어 오르고 또 그만큼 느리게 꺼져 들어가기를 반복하고 있었다.

그는 의식이 엄엄한 상태에서 본능적으로 소류신공의 호흡법에 따라 숨을 들이마시고 내쉬기를 계속하고 있는 중이었다.

염충서의 장력이 옆구리를 쳤을 때 그의 내력을 이끌어 몸 밖으로 흘려보내 준 것도 그 호흡법이었다.

하지만 염충서의 일 장에 실려 있던 내력은 그가 간단히 해소할 수 없을 만큼 막중했고, 어느 순간 몸 안에 남아 있던 그것이 재차 격발한 것이다.

이겼다는 생각에 긴장이 풀려 버린 탓도 있었다.

성내에서 싸움이 벌어졌고 사람이 죽었으니 곧 관병들이 들이닥칠 것이다.

납조촌 주가에서 동창 무사의 수급이 장대에 꽂혀 발견된 일 때문에 잔뜩 긴장하고 있는 현성의 아문이 아닌가.

그래서 노도사는 의식을 잃고 엎어진 도수백을 업고 운지를 채근하여 즉시 그곳을 떠났었다. 그리고 성문 가까운 곳에 있는 폐가의 헛간에 숨은 것이다.

내일 아침에나 성문이 열릴 테니 그때까지는 꼼짝할 수 없다.

노도사는 도수백의 내상부터 치료하고 보자는 생각에 그의 완맥을 쥐고 운기하던 중이었다.

우선 자신의 내력을 도수백의 혈맥을 따라 흘려보내 폐혈을 찾아내는 중인데, 중극(中極)에서 중정(中定)에 이르는 소주천의 길을 뚫어가자 기이한 기운이 흘러들어 와 자꾸만 방해하고 있었다.

몇 번 강약을 조절하며 시도해 보았지만 마찬가지였다.

그 기운은 도수백의 숨 안에 숨겨져 있는 것인 듯했다. 하지만 도수백이 내공을 연마했다는 흔적은 아무 데서도 찾아볼 수 없으니 기이한 일이다.

연기(練氣)를 통해 축기(畜氣)했다면 혈도(穴道)에 그 흔적이 남아 있게 마련이고, 단전에 응집된 기운이 있어야 옳다.

하지만 도수백의 혈도 어디에도 그런 흔적은 없었다. 단전도 텅 비어 있다. 그런데 한 가닥 기이한 기운이 소주천의 길을 따라 오르내리면서 흘러들어 온 자신의 내력을 자꾸 흩쳐 놓으니 곤혹스러웠다.

노도사는 깊은 생각에 잠겼다.

어떤 문파의 내공 수련법에도 이와 같은 현상을 일으키는 것은 없었고, 외문무공을 단련하는 제문파(諸門派)에서도 그렇다.

노도사가 아는 한 강호에는 이러한 현상을 가져오는 운기법(運氣法)이 없는 것이다.

지그시 눈을 감은 채 노도사는 조금 전에 본 도수백의 움직임을 하나하나 되짚어보았다.

노도사의 눈살이 점점 깊이 찌푸려진다.

"그럴 리가 없다."

한참 만에야 눈을 뜬 노도사가 머리를 흔들며 그렇게 중얼거리고 비로소 도수백의 완맥을 놓아주었다.

"왜요? 그의 내상이 너무 심각해서 치료할 수 없나요?"

운지가 물었지만 노도사는 무엇을 생각하는지 멍한 얼굴이 되어 허공을 바라볼 뿐이었다.

"사부님!"

"응?"

"그는 죽나요?"

"아니다."

"그럼 사부님이 내상을 치료해 주신 거로군요?"

"아니다."

"예?"

"이 녀석은 저 혼자서 충분히 회복할 수 있다."

"그럼 그가 운기요상법을 할 줄 아는 내공의 고수였단 말인가요?"

"아니다."

"쳇, 이것도 아니다 저것도 아니다. 도대체 뭐예요?"

"나도 모르겠구나. 휴―"

말끝에 긴 한숨마저 내쉬는 사부를 보며 운지는 머리를 갸웃거렸다.

"끄응―"

그녀가 다시 뭐라고 물으려 할 때 도수백이 된 신음 소리를 흘리며 힘겹게 눈을 떴다.

"앗!"

깜짝 놀란 운지가 재빨리 외면하더니 아예 등마저 돌려 버린다.

도수백의 얼굴은 여전히 창백했다. 하지만 눈빛이 점차 맑아지는 것이 정신을 되찾은 게 분명했다.

그가 자신을 빤히 바라보고 있는 노도사를 발견하고 흠칫 놀랐다. 하지만 그뿐, 침착한 모습으로 천천히 주위를 둘러본다.

등지고 서 있는 운지의 뒷모습을 보고 나서 그가 다시 노도사를 바라보았다.

"노사부께서 나를 이리 데려오셨습니까?"

노도사가 턱을 끄덕였다.

“그리고 제 부상을 치료해 주셨군요?”

이번에는 머리를 가로젓는다.

“그럼…….”

도수백이 곤혹스런 얼굴로 제 몸을 훑어보았다.

아직 머리가 무겁고 가슴이 무엇에 눌린 듯 답답했지만 호흡은 막힘없이 잘 통했다.

염충서의 일장에 맞은 기억은 있는데, 몸 안으로 뜨겁게 밀려들어 와 숨을 막히게 하던 강렬한 기운은 씻은 듯 사라지고 없었다.


“네놈이 내가중수법을 상대할 수는 없지만 그것을 해소시킬 수는 있을 것이다. 그런 다음에 한 칼을 먹여! 내공의 고수는 살이 잘리지 않고 뼈가 깎이지 않는다더냐?”


원도 화상의 호통 소리가 귀에 쟁쟁 울렸다.

무공을 가르쳐 달라고 매달리자 당치 않은 소리 하지 말라는 듯 그렇게 호통을 치고는 딱 잡아떼지 않았던가.

‘역시 소류신공의 효험인가?’

그렇게 믿을 수밖에 없었다.

원도 화상은 그것에 실려 있는 호흡법이 자연의 기운을 끌어들여 적의 내공을 상대하는 묘법으로 이끌어준다고 했었다.

수천, 수만 번 그 구결을 외우고 또 행하는 동안 도수백은 자신이 저도 모르게 그 묘법에 가까워졌다는 걸 깨달았다.

그럼에도 불구하고 엄중한 내상을 입었던 건 아직 대성하지 못해서일 것이다.

그런 생각을 하자 원도 화상에 대한 그리움이 새삼 물밀 듯 밀려들었다.

그를 원망하고 욕했던 일들이 모두 후회스럽기만 하다.

"무엇을 그리 생각하느냐?"

노도사가 도수백을 상념에서 깨어나게 했다.

"어쨌든 노사부의 신세를 졌군요. 언젠가 갚을 날이 있겠지요."

"왜? 가려고?"

"움직일 만하니 가던 길을 가야 하지 않겠습니까?"

"흘흘, 성문이 죄다 굳게 닫혔으니 날아가야 하겠구나?"

미처 그 생각은 하지 못했다.

도수백이 엉거주춤 일어선 그대로 멋쩍은 얼굴을 한 채 우물쭈물하자 노도사가 눈짓으로 제 앞을 가리켰다.

"게 앉아라. 날이 밝을 때까지 이야기나 하자꾸나."

"처음 보는 사람끼리 할 얘기가 있겠습니까?"

"처음 보니 할 얘기가 많은 거지."

도수백이 구석진 곳의 삐딱하게 기울어진 기둥에 등을 기대고 돌아서 있는 운지를 돌아보았다.

고의적으로 저를 외면하고 있다는 태가 역력하다.

상관없는 일이라고 생각하지만 신경에 거슬리는 건 어쩔 수 없었다.

쓴 입맛을 다신 그가 노도사의 앞에 털썩 주저앉았다.

노도사가 빙긋 웃고 턱으로 도수백의 가슴을 가리키며 말했다.

"누구에게서 배웠는고?"

"뭘 말입니까?"

"그 무공하며…… 운기심법을 말이다."

중간에 말을 끈 건, 과연 도수백의 몸 안에 깃들어 있는 기운을 내공이라고 할 수 있을지 노도사 자신도 미심쩍어서였다.

도수백이 피식 웃었다.

"적들이 나에게 가르쳐 주었지요. 좋은 스승들이었지만 모두 제 칼에 죽었습니다."

"응?"

노도사는 언뜻 도수백의 말을 이해하지 못했다.

"절강과 복건의 연안에서 왜구 놈들을 상대로 피 터지게 싸우면서 살아왔단 말입니다."

"으음, 그랬었군. 과연 그런 내력이 있었던 것이야."

"뭐가 말입니까?"

“네가 싸우는 걸 보았다. 칼 솜씨가 아주 지독하더구나. 강호의 여타 문파에서는 볼 수 없는 독특한 것이었다. 살기가 넘쳐 나는 칼인데, 나는 대체 저런 끔찍한 도법을 절기로 삼는 문파가 어디일까 한참 생각했다.”

“절강과 복건의 해안에서는 누구나 다 그렇게 싸웁니다. 왜구들은 지독한 놈들이지요. 야차요, 아수라의 화신 같은 그놈들과 싸워 이기려면 더 지독하고 악랄해질 수밖에 없지 않겠습니까?”

“그것도 좋은 방법이긴 하지.”

머리를 끄덕이는 노도사였지만 얼굴에는 못마땅한 기색이 떠올라 있었다. 잠시 침묵하던 노도사가 다시 말했다.

“그러니까 너는 병사였던 게로구나? 그쪽이라면 척계광 장군의 척가군과 유대유 장군의 유가군이 무적이라고 들었는데 너는 누구의 병영에 있었던고?”

“척계광 장군 휘하에서 잔뼈가 굵었습니다. 어렸을 때부터 산동 척가(戚家)에 들어가 장군을 따랐으니 벌써 십오 년 전이군요.”

“그럼 척가의 사람이로군?”

“그렇다고 할 수 있지요.”

“과연 그랬군.”

노도사가 짐작했었다는 듯 희미한 미소를 띠고 머리를 끄덕였다.

"어려서부터 산동의 호랑이라는 척계광 장군을 모시며 그의 기질에 영향을 받았을 테니 오늘날 그런 칼이 된 것이로구나."

"전장에서, 특히 왜구가 있는 곳에 내던져진다면 누구라도 그렇게 될 것입니다. 그런데 노사부께서 굳이 척가군과 유가군을 구분해서 저에게 물은 건 무슨 까닭입니까? 제가 척가군이 아니라 유가군에 있었다면 제 칼도 달라졌을 거라고 여기시는 겁니까?"

"유대유 장군은 강호에서도 손꼽아주는 고수 중의 고수인지라 그의 병영 무예는 무겁고 엄정한 것이라고 들었다. 하지만 척계광 장군은 호방하고, 전통적인 장군가의 자제로서 어려서부터 필승의 투지와 신념으로 단련된 사람이라고 하더구나. 그러니 그들 두 사람이 거느리는 병사들의 무예가 다를 수밖에 없겠지."

"척가군의 무예는 무지막지하고, 유가군의 무예는 대범하다는 것입니까?"

도수백의 얼굴에 노골적인 불쾌감이 떠올랐다. 노도사가 은근히 유대유 장군을 높이 보는 것 같아서 불만이 생겼던 것이다.

"내가 그들이 싸우는 걸 직접 보지 못해서 단정하기는 어렵지만, 아무래도 척가군의 군율은 삼엄하고 불굴의 사기를 제일로 칠 것 같다. 그에 비해 유가군은 협동과 조화를 제일로 치겠지."

"으음—"

도수백은 마음속으로 노도사의 분석이 정확하다는 걸 인정하지 않을 수 없었다.

그의 말처럼 척계광 장군이 이끄는 척가군은 엄정한 군율을 생명으로 여겼다.

적과 회전(會戰)하여 돌격 명령이 떨어지면 척가군의 병사들은 두려움을 잊고 미치광이들처럼 날뛴다.

장군의 명령 한마디에 죽음도 불사하도록 단련되었던 것이다.

그 용맹함에 왜구들조차도 겁을 먹고 달아나기 일쑤였으니, 진법과 전술, 지구력으로 싸우는 유가군과는 과연 적지 않은 차이가 있었다.

"내가 보았을 때 너의 칼은 그 척가군 중에서도 지독하기로 이름이 높았을 것이다. 그렇지 않으냐?"

"그렇다고 할 수 있지요."

"거기에 내공마저 운기하여 스스로를 지킬 수 있으니 더할 나위 없지. 그런데 너의 운기법은 척가의 비전이더냐?"

노도사가 묻고자 하는 요지는 바로 그것이었다.

그는 도수백이 품고 있는 알 수 없는 기운이 강호의 것은 아니라고 단정하고 있었던 것이다.

그 연원을 짐작해 보기 위해 출신을 물었는데, 이제는 산동의 척가에서 나온 것이라고밖에는 생각되지 않았다.

산동의 척가는 대대로 무장을 배출해 온 장군가로 명성이 자자했다. 그러니 그들만의 호신 운기법이 존재할 터였고, 그들 중 무림에 나와 활동한 사람이 없었으니 당연히 강호에서는 알지 못하리라고 추측했기 때문이다.

"노사부의 생각은 틀렸습니다."

"응?"

도수백의 단호한 부정에 노도사의 눈이 휘둥그레졌다.

"아니란 말이냐? 허어—"

"저는 강호에 나온 뒤 어떤 일로 인하여 우연히 한 스님을 만났고, 그분으로부터 전해 받았을 뿐입니다."

"스님이라고?"

노도사가 호기심으로 눈을 반짝이며 몸을 가까이 기울인다.

"그래, 그 스님의 법명이 무엇이냐?"

"원도라고 하십니다."

"원도? 도에서 멀다는 뜻의 원도란 말이냐?"

"그렇습니다."

"으음……."

노도사가 잔뜩 눈살을 찌푸렸다. 들어본 적이 없는 법명이었던 것이다.

하지만 도수백의 몸 안에 깃들어 있는 기이한 기운으로 미

루어볼 때 원도라는 중은 드러나지 않은 강호의 이인(異人)일
지도 모른다는 생각이 들었다.
　더욱 호기심이 인다.

# 魔風俠星

## 第九章
### 백련지정(白蓮之精)

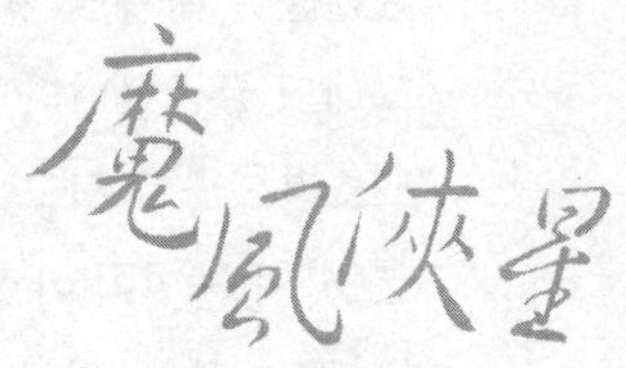

**노**도사가 탐색하는 눈길로 도수백을 이리저리 살펴보다가 불쑥 물었다.

"그래, 원도 화상에게서 그 호흡법 외에 무엇을 또 배웠느냐? 대체 뭐라고 하는 신공절기지?"

도수백이 눈을 부릅뜨고 노도사를 바라보았다.

"노사부께서 그렇게 꼬치꼬치 캐묻는 이유를 모르겠습니다."

"그냥 늙은이의 호기심이라고 생각해라. 네 칼의 강렬함이 인상적이었거든."

"노사부의 도호(道號)는 어찌 되십니까?"

“말해준들 네가 들어보았겠느냐?”

“그래도 궁금합니다.”

“도호라…… 그러고 보니 오랫동안 잊고 살았구나.”

노도사의 눈빛이 아련해졌다.

과거를 더듬어 회상하고 추억하는 시간을 지루하게 갖더니 비로소 느릿느릿 말했다.

“세상 사람들은 나를 자운(紫雲)이라 불렀지.”

“자운…….”

도수백이 알 리 없는 이름이다. 하지만 그는 노도사의 도호를 기억해 두었다.

아무래도 범상한 도사가 아니라는 생각 때문이고, 의심하는 마음이 든 탓이었다.

자운 노도가 도수백을 똑바로 바라보며 다시 말했는데, 안색이 엄중하게 변해 있었다.

“그나저나 네가 싸우는 모습을 다시 더듬어 생각해 보니 운신법이 특이했다.”

“어떻게 말입니까?”

“뭐랄까…… 지극히 단순한 것 같았지만 지금 생각해 보니 그것은 너무 복잡해서 오히려 단순해 보이는 그런 것이었나 보다. 아무튼 특이했어.”

“병영의 무예라는 게 원래 단순하고 실전적인 거지요.”

도수백은 왠지 이 노도사에게 저를 감추고 싶어졌다. 여태까지 말해준 것도 후회가 된다.

도수백이 잡아떼지만 자운 노도는 의심의 눈초리를 지우지 않았다.

"조금 전 너와 싸운 놈이 펼친 건 소설산파의 구룡쇄심장이 틀림없었다. 아주 악독한 장법이지."

"지독하더군요."

"내가 잘못 본 게 아니라면 너는 그것에 정통으로 맞았다. 그 즉시 소설산파의 독문 해혈법으로 추궁과혈의 치료를 받아야 하는데……."

"……."

"그렇지 못했으니 너는 지금쯤 내부의 장기가 모두 말라붙은 채 숨이 끊어졌어야 해."

"견딜 만하더군요. 아마 그자의 화후가 아직 그것을 제대로 펼칠 만큼 대단하지 못했던 모양이지요."

"흘흘, 네 몸 안에는 이미 구룡쇄심장의 장력이 남아 있지 않다. 네 스스로 장독을 해소했으니 대단하지 않으냐?"

"제가 원래 몸이 튼튼하고 기질이 강합니다."

"그렇지 않아. 너는 독특한 내공심법을 지니고 있다. 자꾸 나에게 그것을 숨기려고 하는 게 더 수상하구나."

자운 노도가 이제는 노골적으로 의심하는 기색을 내보이며 빤히 바라보았다.

이실직고하라는 무언의 압력이 느껴진다.

마주하고 있기가 거북해진 도수백이 벌떡 일어섰다.

"가겠습니다. 언제든 신세를 갚을 날이 있겠지요."

"흘흘, 아직 성문이 열리기 전이다."

"성벽을 뛰어넘으면 되겠지요."

"그래, 어디로 가려는고?"

"천하가 이렇게 넓은데 갈 곳이 없겠습니까?"

"이리 앉아라. 내 너에게 들려줄 이야기가 있느니라."

"……."

"너는 아직 강호에 대해서 제대로 알지 못하지?"

"사람 살아가는 곳이 어디인들 다르겠습니까?"

"흘흘, 고집 부리지 말고 앉아라. 내 너에게 강호의 기막힌 이야기를 들려주마."

자운 노도가 무슨 생각으로 그러는 건지 궁금해졌다. 뜬금없이 강호비사(江湖秘事)를 이야기해 주겠다니 호기심도 동한다. 그래서 도수백은 이러지도 저러지도 못하고 망설이다가 재촉을 받고 어쩔 수 없다는 듯 다시 주저앉았다.

"백련교(白蓮敎)에 대해서 들어보았겠지?"

"백련교라구요?"

자운 노도의 엉뚱한 말이 도수백의 흥미를 자극한다.

백련교는 도수백도 익히 들어 알고 있는 이름이었다. 세상 천지에 그 이름을 모르는 사람은 없다.

자운 노도가 손자에게 옛날얘기를 해주는 할아버지처럼

조용하게 느릿느릿 말하기 시작했다.

"백련교는 남송 소흥연간에 오군(吳郡)의 곤산(昆山)에서 모자원(茅子元:?~1166)에 의해 만들어졌지. 그는 원래 자조(慈照)라는 법명을 가진 중인데, 당시 유행하던 정토결사(淨土結社)를 기반으로 삼아 백련종(白蓮宗)이라고 하는 새로운 종교를 만든 것이니라."

하지만 백련종은 이미 동진(東晉) 때에 싹을 보였으니, 정토종(淨土宗)의 시조인 석혜원(石慧遠)이 유유민(劉遺民) 등과 백련결사(白蓮結社)를 만들어 같이 염불한 데서 기원한다.

후인들이 그들을 모범으로 삼아 결사를 더욱 발전시켰으므로 북송 시기에 백련사(白蓮社) 또는 연사(蓮社)라고 불린 정토염불결사(淨土念佛結社)는 아주 성행하였다.

그렇게 만들어진 초기의 백련교는 아미타불을 모시고 염불과 계율을 중시했으며, 교의가 간단하고 경전도 읽기 쉽게 되어 있어서 하층 백성들이 쉽게 접근할 수 있었다.

"백련교는 민중들에게 〈미륵하생경(彌勒下生經)〉과 〈대소명왕출세경(大小明王出世經)〉 등을 가르쳤는데, '진공가향, 무생노모(眞空家鄕, 無生老母)'라는 팔자진언(八字眞言)을 중시하였느니라. 누구든 그 주문을 외면 암흑에서 벗어나 광명을 맞이한다고 했지."

"……"

"후대에 이르면서 그 위에 '무주무군(無主無君)'이라는 사상이 덧붙여져서 황제 치세의 천하를 부정하고 평등한 사회를 꿈꾸는 극단적인 성향으로 발전되어 갔다. 때문에 그들은 많은 탄압을 받았고, 또 그들 스스로 크고 작은 반란을 종종 일으켰더니라.”

현 황제인 가정제가 즉위한 뒤에도 두어 차례의 민란이 있었는데 그게 모두 백련교에 의한 것이었다.

원을 멸망시키고 명을 세우는 데 백련교가 지대한 공헌을 했다는 건 농민반란을 일으키고 주원장을 지지했던 한산동(韓山童)과 유복통(劉福通) 등이 모두 백련교의 수뇌들이었다는 데에서도 잘 드러난다.

그런 백련교가 이제는 명 황실에 수시로 반기를 들고 봉기했던 것이다.

그건 그만큼 세상이 살기 어렵고, 민초들의 고통이 극심해졌다는 반증이기도 했다.

도수백이 싸늘한 비웃음을 띠고 말했다.

“민초들이야 등 따뜻하고 배부르면 콧노래를 흥얼거리며 황제의 덕을 찬양하게 마련인데 그렇지 못하니 들고 일어서는 것이지요. 그들의 봉기에 대해서 황제와 고관대작들은 깊이 반성해야 할 것입니다.”

“흘흘, 너의 생각이 옳다. 하지만 그것이 강호의 일이 된다면 얘기가 달라지지.”

“민초들이 강호의 일들에 대하여 무얼 알겠습니까?”

"민초들이야 그렇겠지. 하지만 백련교의 수뇌부로 올라갈 수록 강호의 힘이 미친다고 하면 어떻겠느냐?"

"흐음—"

그건 미처 생각해 보지 못한 일이었다.

도수백은 과연 그럴지도 모른다고 생각했다. 난을 일으켰던 백련교의 지도자들은 언제나 그 무용과 용맹이 초인적이지 않았던가.

"십여 년 전에 호북 지방에서 일어났던 난을 아느냐?"

"풍문으로 그런 일이 있다는 걸 들은 적이 있습니다."

"녹총파(綠葱坡)에서 장초운(張楚雲)이 일어나자 무산(巫山) 일대의 농민들이 모두 호응했지. 기세가 당당했다. 삼협을 통과하고 장강을 따라 파동(巴東)에 이르러 그곳을 근거지로 삼더니 의창(宜昌)까지 나아갔다가 남진관(南津關)에서 대패하여 뿔뿔이 흩어졌지. 그때 죽은 자가 일만이요, 나중에 붙잡혀 참수당한 자가 칠천이었다."

그들이 봉기했던 지역은 장강삼협이 있는 곳으로써 온통 높은 산으로 둘러싸인 척박한 곳이었다. 농토가 적으니 민초들의 삶 또한 빈한할 수밖에 없었는데, 관에서는 과중하게 세금을 부과했고, 토호들의 수탈도 극심했다.

"들리는 말로는 민란을 이끌었던 주요 인물들이 모두 그 싸움에서 죽거나 사로잡혔는데, 장초운만은 끝내 목숨을 건져 달아났다고 하더구나."

"그것과 강호의 일과 무슨 연관이 있단 말입니까?"

"들어보렴. 당시 장초운은 이름도 알려지지 않았던 인물인데 호북 지방의 백련교를 이끌고 갑자기 등장해서 한바탕 풍파를 일으켰다. 들리는 말로는 남진관에서 그의 위용이 가장잘 드러났다고 하더구나. 혼자서 백 명의 관병을 상대했다니 초인적이었지. 그 정도의 무위를 지닌 자라면 세상에 알려지지 않았을 리가 없다. 그런데도 장초운이라는 이름은 지금도아는 자가 적으니 기이한 일 아니냐?"

"대단한 사람이었군요."

"그렇지. 하지만 그도 결국 패해서 가까스로 목숨을 건져달아났으니……."

"아무리 무공이 뛰어난 자라 해도 수많은 병사들 속에 파묻혀서는 역시 어쩔 수 없는 게지요."

"그럴지도 모르지. 하지만 그를 물리친 건 관병들이 아니라 몇 사람의 강호 고수였단다."

"아, 그 싸움에 강호의 인물들이 개입했단 말입니까?"

"반은 강호의 무리이고 반은 아니라고 봐야겠지."

"애매한 말씀이군요."

"당시 무한에 있던 일곱 명의 고수가 달려왔는데, 모두가 황궁의 내원에 속한 사람들이니 그렇다."

황궁의 내원에는 뛰어난 고수가 많다는 걸 도수백도 귀동냥으로 들은 적이 있었다.

황제의 친위대 격인 금의위에 속해 있지만 그들과는 별도로 움직이면서 황제의 비밀 호위 역할을 하는 자들인 것이다.

그런 만큼 개개인의 무공이 상상을 초월하는 바가 있다고 전해진다.

그런 자들이 일곱 명씩이나 달려왔다니 장초운의 무위가 어땠는지 능히 짐작되었다.

"장초운이 혼자서 황궁의 고수 일곱 명을 맞아 하루를 꼬박 싸웠다는 것도 대단한데, 그중 네 명을 때려죽였다니 놀랍지 않으냐?"

"그런데 그런 자가 어째서 강호에 이름이 알려지지 않았단 말입니까?"

"흘흘, 그게 백련교의 무서운 점이지. 그들 속에는 무수히 많은 고수가 있지만 절대 강호에 나와 공명을 다투지 않는다. 그러니 알 수가 없지."

"그것은 공명에 초탈하고 겸양할 줄 안다는 건데…… 그들이 정말 세상에서 말하는 마교(魔敎)이고 사교(邪敎)의 무리라면 그런 행실은 이상하군요."

"그렇다. 백련교에 어찌 옳은 점이 없겠느냐."

도수백의 말에 노도사가 흡족한 듯 빙그레 웃고 말을 계속했다.

"다만 불교에서는 자신들에게서 갈라져 나왔지만 자신들을 따르지 않으니 사교라 하는 거고, 황실에서는 자신들의 존

엄을 인정하지 않고 민심을 동요케 하니 마교로 치부하는 거지. 그들이 정말 사악하고 끔찍한 집단이라면 그렇게 많은 민중이 그들의 교리를 따를 리 있겠느냐?”

자운 노도는 적어도 백련교에 대해서는 편협한 생각을 가지고 있지 않았다. 그건 그가 중도 아니고 관리도 아니기 때문인지 모른다.

“장초운은 그 뒤 어떻게 되었습니까?”

도수백은 어느새 자운 노도의 이야기 속에 빠져 들어가고 있었다. 장초운이라는 인물이 그의 머릿속에 걸출한 호걸이자 영웅으로 그려진다.

“그 뒤로 장초운의 행적은 세상에서 사라졌으니 알 수가 없구나. 그런데 그가 내원의 일곱 고수를 맞아 과연 홀로 싸웠을까?”

“예?”

“또 하나의 전해지는 말이 있는데, 나는 그 말에 더욱 신빙성이 있다고 본다.”

도수백은 자운 노도가 언제나 본심은 뚝 떨어진 곳에 숨겨두고 방계의 말로 이리저리 끌고 다닌 다음에야 넌지시 본심으로 이끈다는 걸 알았다.

사람들의 궁금증을 계속 자극하여 제 말에 귀를 기울이게 하는 수단일 것이다.

“장초운이 절체절명의 위기에 처했을 때 한 사람의 화상이 불쑥 뛰어들어 도와줬다고 하더구나. 그래서 장초운은 그의 힘을 빌어 내원의 고수들을 물리치고 무사히 달아날 수 있었던 것이지. 그때 그는 가볍지 않은 부상을 입었는데, 괴승이 그를 업고 쏜살같이 달아났다는 말이 있다. 살아남은 내원의 고수들이 이를 갈며 뒤쫓았지만 끝내 잡지 못했다더군."

"호협한 스님이었던 모양이군요."

"그런데 그 괴승의 정체가 무엇이었을까?"

자운 노도가 의미심장한 눈길로 지그시 도수백을 바라보았다. 도수백으로서는 처음 듣는 이야기라 짐작 가는 바가 없다. 그가 머리를 갸웃거렸다.

"누구일까요? 한 번 보고 싶군요."

"흘흘, 살아남은 세 명의 고수가 그 즉시 찾아간 곳이 어디인지 아느냐?"

"소생이 알 리가 있습니까?"

"그렇겠지. 그들은 다른 곳도 아니고 소림사로 곧장 달려갔다."

"소림사라구요?"

"그 괴화상이 소림사의 중이라는 걸 안 거지. 그것도 아주 높은 무공을 지닌 중이었을 게다."

'소림사……'

도수백의 머릿속에 어떤 생각이 불쑥 스쳐 갔다. 자운 노도가 정광이 이글거리는 눈으로 도수백의 표정을 세심히 살피며 천천히 말했다.

"그들이 떠나고 나서 소림사에서는 한 스님을 파문했다. 정료(靜了)라는 중이었는데, 십계십승(十戒十僧)의 수좌였으니 소림사에서도 다섯 손가락에 꼽힐 만큼 대단한 고수이지. 그는 나이 사십이 되기 전에 칠십이종절기 중 무려 세 개를 익혀 대성했다고 하더구나. 그 말이 사실이라면 정료는 타고난 무골이었던 게 틀림없다."

"정료라, 정료……."

도수백은 그 이름을 머릿속에 단단히 기억해 두었다.

"그는 무공이 까마득히 높고 불법 또한 높아서 장차 소림사의 방장(方丈)이 될 만한 재목이었다. 그런데 산문(山門)에서 쫓겨나고 관(官)에서는 역도(逆徒)라 하여 추살하려고 하니 실로 애석한 일이지."

"그럼 정료라는 분은 그 일 이후 소림사로 돌아가지 못하고 장초운과 마찬가지로 숨어 사는 신세가 되었겠군요?"

"그렇겠지. 벌써 십 년이 지났는데 어디에서도 그를 보았다는 사람이 없으니 숨어도 아주 단단히 숨어버린 게 틀림없어."

"애석한 일입니다."

"그런데 그들과 관계되어 은밀하게 전해지는 이야기가 있더구나."

"또 무엇입니까?"

“정료의 구명지은에 감사하는 뜻에서 장초운이 백련교의 보물 하나를 그에게 선물했다는 게야.”

“보물이라고요?”

“너는 그게 무엇일 거라고 생각하느냐?”

“이게 모두 처음 듣는 이야기인데 제가 무얼 짐작하겠습니까?”

“흘흘, 그렇겠지. 내가 앞서 백련교에는 숨은 고수가 구름처럼 많다고 했었지? 그중에는 세상을 놀라게 할 만큼 뛰어난 고수도 있고.”

“그렇습니다.”

“그렇다면 백련교에는 대대로 전해지는 고절한 신공절기가 없지 않겠지?”

“……”

“강호에서는 초절하면서 은밀한 백련교의 절기를 두고 백련지정(白蓮之精)이라는 말로 부른다. 무릇 무예에 뜻을 두고 있는 자라면 누구나 군침을 흘리지. 다만 체면 때문에 드러내지 못할 뿐이다. 어쨌거나 장초운은 백련교의 수뇌 급 인물이었으니 백련지정으로 불리는 신공절기를 물려받은 게 적지 않을 것이다.”

“그렇겠지요.”

“그중 한 가지를 정료 화상에게 주었다고 하더구나. 세간에 흘러간 말로는 그게 무슨 비급이었다지?”

“비급?”

“흘흘, 세상의 말이라는 게 죄다 진실은 아니니 잘못 전해
진 건지도 모르지. 아무튼 정료 화상은 장초운으로부터 절세
의 비급을 한 권 받아서 그 길로 종적을 감춘 것이다.”

그때쯤 도수백은 자운 노도가 숨기고 있는 의중을 눈치 챘
다.

그가 상기된 얼굴로 버럭 소리쳤다.

“노사부께서는 혹시 원도 스님을 의심하는 것 아닙니까?”

“흘흘, 나는 그렇다고 한마디도 꺼낸 적이 없느니라.”

“이런, 이런……”

홧김에 버럭 소리쳤지만 도수백의 마음속에도 어느새 그
러한 의심이 깃들어 있었다.

원도 화상이 스스로 소림사의 제자라는 말을 한 적이 있고,
그가 보여주었던 무공이 놀라운 것이었기 때문이다.

‘그렇다면 내가 받은 비급이 바로 그것인가?

도수백은 저도 모르게 얼굴이 붉어지고 가슴이 뛰었다.

그런 그를 유심히 살펴보며 자운 노도가 다시 말했다.

“만약 그 비급이 강호에 나타난다면 한바탕 풍파를 면치
못하게 될 것이야. 강호에서는 마교라고 욕하지만 실은 누구
나 백련지정을 탐내고 있으니까 말이다.”

‘아닐 것이다.’

도수백은 노도사의 말을 들으며 그렇게 부정했다.

제가 익힌 소류신공은 표지마저 뜯겨져 나갔고, 대부분의
내용도 유실된 채 달랑 호흡법과 일곱 걸음의 보법이 기록되
어 있었기 때문이다.

원도 화상은 그것을 주며 저에게는 쓸모없는 것이라 했고,
또 덧붙여 말하기를 네가 만약 대성한다면 무궁한 효험을 보
게 될 것이니 부지런히 연마하라고 했다.

그 말에 따라서 도수백은 수천, 수만 번 외우고 익혀서 이
제는 제 뼛속에 새기다시피 하고 있었다. 하지만 아직도 그것
의 진정한 효용이 무엇인지는 깨닫지 못하고 있었다.

그러니 원도 화상이 스스로 이름 붙였다는 소류신공이 과
연 자운 노도가 말한 그것이라고 생각하기 힘들다.

그러면서도 한편으로는 은근히 장초운에게서 나왔다는 그
비급이었으면 하고 바라는 마음이 들기도 했다.

잠시 침묵하던 자운 노도가 다시 말했다.

"나는 십오 년 만에 다시 강호에 나왔는데, 너는 그 이유가
무엇 때문이라고 생각하느냐?"

"노사부가 어떤 분인지 모르는데 제가 그 이유를 어찌 알
겠습니까?"

"흘흘, 그것도 그렇구나. 나는 몇 가지 물건을 찾기 위해
오랜만에 강호 나들이를 했지."

"그럼 노사부가 찾는 물건 중에 방금 말한 장초운의 비급
이 들어 있다는 말씀입니까?"

그 질문에 자운 노도는 한참을 침묵했다. 많은 것을 생각하는 듯 얼굴색이 수시로 바뀐다.

노도가 길게 한숨을 쉬고 번쩍이는 눈으로 도수백을 똑바로 바라보며 한마디 한마디 힘주어 말했다.

"그렇다. 나는 너에게 거짓말을 하지 않겠다. 내가 찾는 물건 중 하나는 확실히 그 비급이지."

"아!"

짐작은 하고 있었지만 자운 노도로부터 그런 말을 듣자 도수백은 놀라지 않을 수 없었다. 가슴이 더욱 쿵쾅거리며 뛴다.

자운 노도가 여전히 도수백의 얼굴을 뚫어지게 바라보며 천천히 말했다.

"그것은 백련지정이라 불리는 것들 중 하나이니 대단히 중요한 물건이다. 그것이 만일 사악한 자의 손에 넘어간다면 강호에 무궁한 후환이 되지."

"하지만 그 물건은 장초운이라는 분이 정료 대사에게 준 것이니 안심해도 되지 않을까요?"

"흘흘, 그렇게 생각할 수도 있지. 그러나……."

자운 노도가 도수백의 눈치를 살피며 잠시 뜸을 들이더니 단호하게 말했다.

"일단 강호에 흘러나왔으니 언제, 어떻게, 누구의 손으로 옮겨갈지 알 수 없지. 가장 확실한 방법은 원래 있던 곳으로 돌려놓는 것이다. 그래야만 안전할 게야."

"흥, 말씀은 점잖게 하시는군요."

도수백이 코웃음을 쳤다. 결국 어떤 수단을 부려서라도 그 것을 빼앗겠다는 말로밖에는 들리지 않았던 것이다.

"그것은 백련교의 비급이고 노사부는 태상노군을 모시는 도사이니 그들과는 아무 상관이 없지 않습니까? 설마 그것을 찾아 백련교에 돌려주겠다는 건가요?"

자운 노도가 무엇을 말할 듯 망설이며 몇 차례나 입술을 달 싹였지만 끝내 말하지 못하고 한숨을 쉬었다.

"강물은 한곳으로 흐르지만 그것의 줄기는 수없이 갈래져 있으니 발원지를 찾아가기가 쉽지 않지. 세상 이치라는 게 그 런 것이다."

알쏭달쏭한 말로 도수백의 관심을 흐려놓는다.

도수백의 마음속에 자운 노도에 대한 의심과 불만이 싹텄 다.

"노사부께서 저에게 그런 이야기를 해주신 건 저의 보법이 백련교의 비급에서 나온 것이라고 단정하셨기 때문이로군 요?"

도수백이 바로 정곡을 찌르자 자운 노도가 당황한 듯 얼굴 을 붉힌다.

도수백이 단호하게 말했다.

"노사부께서는 잘못 보셨습니다."

"하— 그랬는지도 모르지. 나도 이제는 늙어서 눈이 침침해졌으니 말이다."

"노사부는 또 무엇을 찾아 나오셨습니까?"

"본 문의 보물 하나와 한 사람이지."

도수백은 그게 무엇인지 궁금했지만 자운 노도의 일이니 상관하지 않는 게 속 편하리라고 생각했다. 하지만 노도사의 문파가 어디인지는 여전히 궁금하다.

"노사부는 무당이나 화산의 도사이십니까?"

"왜 그렇게 생각하는고?"

"도사들의 문파 중 무당파와 화산파가 가장 유명하다고 들었기 때문입니다."

"그 두 곳은 뿌리가 깊고 도력이 심대한 바가 있지. 하지만 강호에서 명망있는 도교 문파가 어디 무당파와 화산파뿐이겠느냐?"

말 중에 자신이 무당파나 화산파의 도사가 아니지만 자신의 사문이 그 두 문파에 비해 손색이 없다고 자랑하는 뜻이 담겨 있다.

"그러면 노사부는 어느 도관에서 수양하십니까?"

"자운곡(紫雲谷)이지."

"자운곡?"

도수백은 그것이 그의 도호라는 걸 떠올리고 의아한 생각이 들었다.

"강호의 친구들은 내 얼굴은 알지 못해도 자운곡주라는 말
은 아직 기억할 것이다."

"자운곡주라면…… 노사부께서 바로 자운 노도이면서 자
운곡주시로군요?"

"흘흘, 그런 셈이지."

도수백이 머리를 갸웃거렸다. 아무리 기억을 되짚어보아
도 자운곡이라는 도교의 문파가 있다는 말은 들어본 적이 없
었던 것이다.

"저는 아직 모르겠습니다."

"그럼 모산파(茅山派)라고는 들어보았느냐?"

잠시 생각한 도수백이 빙긋 웃었다. 진중에 있을 때 기요성
으로부터 이런저런 강호의 일들을 전해 들었는데, 그는 언젠
가 모산파에 대해서도 말해주었던 것이다.

기요성은 모산파가 강호의 뿌리 깊은 도교 문파라고 했었
다. 기기묘묘한 수단을 많이 가지고 있으며 무학이 중원의 여
타 문파와 궤를 달리해서 기이하고 편벽한 데가 있다고도 했
다.

또한, 모산파의 도사들은 여간해서는 강호의 일에 참견하
지 않고 그들만의 연단과 구도에 전념하므로 속인의 도관도,
강호의 문파도 아닌 그 중간쯤에 있다고 했다.

그런 이유로 모산파는 다른 문파에 비해 알려지지 않았으
나, 그들의 기묘한 무학과 연단의 비법은 독특하고 창의적이

라고 말해준 적이 있었던 것이다.

기요성의 말을 떠올린 도수백이 머리를 끄덕였다.

"들어보았습니다."

"그래, 사람들이 뭐라고 하더냐?"

"기이하고 편벽하며, 강호와의 교류가 거의 없는 신비한 문파라고 들었습니다."

"흥! 기이하고 편벽하다고? 어디 우리 옥주궁파만 그렇다더냐? 대저 도를 이야기하고 사람들에게 믿음을 강권하는 곳치고 그렇지 않은 곳이 있더냐? 소림과 무당, 화산과 종남파는 정정당당하고 우리 옥주궁파는 그렇지 못하다고? 흥! 너는 세상 사람들의 헛소리를 귀담아들을 필요 없느니라."

도수백의 말에 잔뜩 화가 난 듯 자운 노도가 거푸 냉랭한 코웃음을 쳤다.

옥주궁파(玉柱宮派)는 상청파(上淸派)와 함께 모산파의 다른 이름인데, 모산파라는 명칭은 세간에서 흔히 부르는 것이고, 그들 자신은 상청파 혹은 옥주궁파라고 했다.

도수백은 신선 같은 풍모의 노도사가 아이처럼 화를 내는 게 우스웠다.

"그렇지요. 세상 사람들이 뭐라고 하든 신경 쓸 게 없지요. 내가 바르다면 남이 아무리 굽었다고 한들 거리낌이 있겠습니까?"

"흘흘, 말귀가 트인 아이로구나."

도수백이 받아주자 자운 노도가 금방 온화한 얼굴이 되어 미소 지었다.

"그런데 모산파의 보물이라면 대단한 것일 텐데 어쩌다 강호에 흘러나왔단 말입니까?"

"그게 다 집안 단속을 잘 하지 못한 내 탓이니 어쩌겠느냐?"

자운 노도가 한숨을 쉬었다. 도수백은 이 일에는 모산파의 자존심이 걸려 있다는 걸 눈치 챘다. 그렇다면 더 이상 캐묻지 않는 게 예의일 것이다.

그들이 이런저런 이야기를 주고받는 동안 날이 희뿌옇게 밝아오기 시작했다.

조금 뒤에 개문(開門)을 알리는 종소리가 성내에 두루 울려 퍼졌다.

"이제 가야겠습니다."

도수백이 일어서자 그때까지 기둥에 기대고 서 있던 운지가 돌아보았다.

"당신 혼자서 현성을 빠져나갈 수 있겠어요?"

엉뚱한 말이다. 도수백이 의아한 얼굴로 그녀를 바라보았다. 운지가 얼굴을 붉히고 기어들어 가는 목소리로 겨우 말했다.

"벌써 세 번이나 엿보고 가는 자가 있었어요. 아마도 당신을 찾아온 자들인 것 같아요."

"벌써?"

운지의 말에 도수백이 깜짝 놀랐다. 자신은 아무 기척도 느끼지 못했기 때문이다. 운지는 자운 노도와 도수백이 두런두런 이야기를 하는 동안 내내 등지고 서서 바깥의 동정을 살피고 있었던 모양이다.

자운 노도가 흘흘, 웃었다.

"너는 아무래도 뜨거운 바람을 휘몰고 다닐 팔자인가 보다. 그러니 가는 곳마다 늘 소란이 끊이지 않는 게지. 강호에 나온 뒤로 항상 그러지 않았느냐?"

돌이켜 생각해 보니 자운 노도의 말이 틀리지 않다.

도수백이 어깨를 으쓱했다.

"저 같은 떠돌이에게는 심심한 것보다 늘 그렇게 일이 생겨주는 게 반갑지요."

"아무래도 이번만큼은 너 혼자의 힘으로 해결하기가 벅찰 듯하구나. 원한다면 내가 도와줄 수도 있다만……."

"노사부에게 신세진 것은 이번 한 번으로 족합니다."

도수백이 그렇게 나오리라는 걸 예상했다는 듯 자운 노도가 빙긋 웃었다.

"그러면 네가 나를 한 번 도와주는 건 어떻겠느냐?"

"제가 노사부님을 도와드릴 일이 있겠습니까?"

"나는 한 사람을 찾아가는 길인데, 어쩌면 너의 도움이 꼭 필요하게 될지도 모르겠다."

“예?”

“흘흘, 옥주궁의 보물을 찾는 일에 네가 도움을 준다면 섭섭하지 않게 보답해 주마.”

“노사부의 사문에 관계된 일이라니 제가 끼어들 게 아닌 듯합니다.”

“너는 나와 헤어져서 원도 화상을 찾아갈 셈이지?”

“엇!”

자운 노도의 말에 도수백이 깜짝 놀랐다.

사실 그는 그런 생각을 품고 있었던 것이다.

대리로 다시 돌아가 원도 화상을 만나 오늘 들은 이야기의 진위를 확인해 보려고 마음먹었던 것이다.

“그가 너를 곱게 보내준 건 아마도 너와의 인연이 다했다고 여겼기 때문이 아닐까?”

“그러니 찾아가 봐도 소용없다는 말씀입니까?”

“흘흘, 내 말이 맞을 게야. 너는 이제 원도 화상을 만나지 못하게 될 것이다.”

“어떻게 아십니까?”

“앉아서 신통(神通)하는 경지가 있으니, 누구나 나이 칠십이 되도록 도를 닦고 있으면 절로 그렇게 되는 거지.”

자운 노도의 태연한 말에 도수백이 시치미를 뚝 떼고 머리를 저었다.

“노사부께서는 잘못 짐작하셨습니다. 저는 법화사로 다시 돌아가고 싶은 마음이 없답니다."

"흘흘, 원도 화상이 법화사에 있구나? 그럼 법화사는 창산에 있겠군."

도수백은 내심 아차, 하고 후회했다. 하지만 곧 저와는 상관없는 일이라고 생각했다.

원도 화상은 자운 노도가 말한 그 정료 대사가 아닐 것이고, 자신이 지니고 있는 소류신공이 백련교에서 나온 게 아닐 것이라고 애써 부정한다.

"창산으로 돌아가지 않겠다니, 그럼 어디로 갈 작정인고?"

"제가 어디로 가든 그걸 노사부님께 일일이 말씀드릴 필요는 없다고 봅니다만?"

"흘흘, 그렇지. 네가 네 발로 어디를 가든 내가 상관할 일이 아니지. 하지만 곤명을 지나갈 생각이라면 내가 거기까지 동행해도 괜찮겠지?"

"끄응—"

자운 노도의 집요함에 도수백은 더 할 말이 없었다.

운남을 벗어나 다른 곳으로 가려면 곤명을 지나지 않고는 힘들었다. 모든 길이 곤명으로 모이고, 그곳에서 뿔뿔이 갈리기 때문이다.

물론 곤명을 통하지 않고 사천이나 귀주, 광주로 갈 수 있는 길도 있다. 하지만 그 어느 쪽이든 길이 험하고 구불구불해서 급한 일이 있는 사람이 아니고는 곤명을 통하는 관도를 이용하게 마련이었다.

이러지도 저러지도 못하게 된 도수백이 한숨을 쉬었다.

"그럼 마음대로 하십시오. 곤명까지 말동무가 되어드리는 것도 나쁘지 않겠지요."

"흘흘, 착한 아이로다."

자운 노도가 흐뭇한 얼굴로 턱수염을 쓸며 웃었다.

魔風俠星

第十章

자운곡주(紫雲谷主)

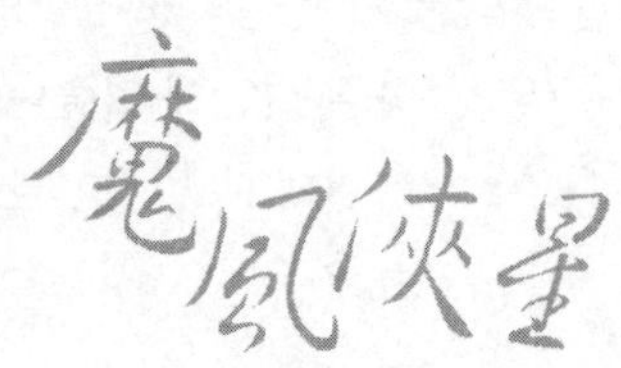

아침 해가 비치기 시작할 무렵, 현성이 바라보이는 벌판의 야트막한 소나무 언덕 위에 다섯 사람이 서 있었다.

평복을 하고 있으나 농부나 장사꾼은 아니고 여행을 하는 사람들로 보이지도 않는다.

손적풍과 그가 데리고 온 동창의 무사들이었다.

잠시 후 세 사람이 벌판을 빠르게 달려와 소나무 언덕으로 뛰어올라 왔다.

공손랑과 함께 운남에 온 또 한 명의 번역, 평수달이 두 명의 수하를 이끌고 온 것이다.

"그놈은?"

손적풍이 어금니 사이로 스산하게 말했다.

"아직 성안에 있습니다."

"그런데 왜 빈손으로 왔지?"

"그게……."

"뭐냐?"

"엉뚱한 일행이 생겼습니다."

"엉뚱한 일행이라고?"

"늙은 도사와 그의 제자로 보이는 젊은 여도사인데, 그놈과 함께 있습니다."

"그게 문제가 된단 말이냐?"

"노도사의 정체가 의심스럽습니다. 함부로 난입해 들어갈 수가 없었습지요."

"어째서?"

"그걸… 뭐라고 말씀드려야 할지……."

제 느낌이다. 말로는 제대로 전해줄 수가 없지 않은가.

곤혹스러워하는 평수달을 노려보던 손적풍이 볼을 씰룩거렸다.

"쓸모없는 놈."

평수달이 고개를 푹, 숙였다.

그는 제가 모시고 있는 당두가 이처럼 화가 나 있는 이유를 잘 안다.

개울가에 처박혀 있던 동료들의 참혹한 주검을 그도 제 눈으로 확인했기 때문이다.

얼마나 화가 났던지, 손적풍은 점창파를 감시하게 했던 평수달의 수하 열 명 중 여덟 명을 호출해 냈다.

왕소령을 잡는 것보다 도수백을 잡는 일이 더 급했던 것이다.

손적풍은 반드시 도수백을 잡아서 능지처참할 작정이었다.

그의 종적을 쫓아 이곳까지 왔는데, 성안으로 숨어들어 갔던 평수달이 빈손으로 돌아왔으니 화가 날 만도 했다. 그것도 늙은 도사 한 명 때문이라니, 어이없기도 하다.

"병신 같은 놈."

다시 한 번 보내는 싸늘한 눈길과 욕.

평수달의 얼굴은 이제 사색이 되었다. 동창에 있는 열 명의 당두들 중 냉혹하고 까다롭기로 이름난 손적풍 아닌가. 그에게 밉보였으니 앞길이 순탄치 않을 것이다.

"다시 들어가! 성의 관병들을 동원해서라도 반드시 잡아라! 그걸 못하겠으면 너도 그놈의 칼에 뒈져 버리는 게 나을 것이다!"

지독한 말이다. 하지만 평수달은 진땀만 흘릴 뿐 감히 대꾸하지도 못했다.


"어째서 이렇게 조용한 거지요?"

운지가 아직도 불안한 듯 주위를 두리번거리며 속삭인다.

자운 노도는 이른 아침 산책이라도 나온 것처럼 태연했다. 간간이 불진을 흔들며 느릿느릿 동문으로 나 있는 길을 따라 걸을 뿐이다.

아침 일찍 나온 사람들이 그런 자운 노도를 향해 연신 굽실굽실 절을 했다. 노도의 신선 같은 풍모에 절로 존경의 마음이 생기고, 간절한 신심이 우러나 마음속에 품고 있던 소원을 발원하는 것이다.

그럴 때마다 자운 노도는 그들의 머리를 쓰다듬기라도 하듯 불진을 가볍게 흔들어 답해주곤 했다.

그들과 십여 걸음 떨어져 뒤따르는 도수백은 다시 삭막한 모습으로 돌아가 있었다.

눈앞에 보이는 그 모든 일들이 저와는 상관없다는 듯하고, 관병들이 쏟아져 나올지도 모른다는 두려움 또한 조금도 없다.

그의 마음속에는 자운 노도로부터 들은 장초운의 영상이 가득 차 있었던 것이다.

그가 남진관에서 백 명의 관병을 홀로 상대하는 모습이 마치 곁에서 본 것처럼 머릿속에 그려진다.

그러면 가슴이 뛰고 움켜쥔 주먹에 불끈불끈 힘줄이 일어섰다.

어느덧 그와 같이 호쾌한 싸움을 하는 장초운의 모습이 제 모습으로 바뀌었기 때문이다.

저만큼 떨어진 곳에 십여 장 높이로 우뚝 솟아 있는 종루가 보이고, 부지런한 상인들이 가게의 문을 열고 있었다.

그 상가의 골목 어귀에 한 사람이 초조한 모습으로 서서 점점 가까워지는 자운 노도 일행을 바라보고 있었다.

도수백도 그를 보았다. 점창파의 둘째 제자인 지검이룡 단호림이었다.

그는 있는데 어디에서도 왕소령의 모습은 보이지 않는다.

도수백이 성큼성큼 걸어 자운 노도를 앞질렀다. 눈이 마주치자 단호림이 슬며시 외면했다. 잔뜩 풀이 죽어 있는 것이 창산에서의 그 당당하던 모습은 간데없다.

"왜 여기서 어슬렁거리고 있는 거지?"

도수백이 묻자 단호림이 그의 눈길을 피하며 우물쭈물했다.

"왜 창산으로 돌아가지 않은 거냐? 나를 뒤쫓은 거냐?"

"그게 아니라……."

"네 사매는 어디에 두고 너 혼자서 나를 엿보고 있는 거지?"

"사매가…… 달아났다. 그래서 혹시 너는 알지 모른다고 생각했지."

"내가 왜? 그녀를 보호해야 하는 건 네 일이지 내 일이 아니다."

단호림은 이제 울상이 되었다.

개울가에서 도수백이 보여주었던 끔찍한 모습이 자꾸 연상되는지 여전히 제대로 바라보지 못한다.

"어디에서 그녀를 찾아야 할지 모르겠다. 사매는 너를 쫓아다니니 언젠가는 네 앞에 다시 나타나지 않을까?"

"그래서? 그때까지 내 뒤를 졸졸 따라다니겠다는 거냐?"

"아무래도 그게 사매를 찾는 가장 빠른 방법인 것 같아."

"이런, 이런……."

도수백이 딱하다는 얼굴로 혀를 찼다.

도대체 점창파의 장문인은 무슨 생각으로 이런 놈을 산에서 내려보낸 건지 모르겠다는 원망이 절로 든다.

강호의 경험이라고는 조금도 없는 제자를 내려보냈을 때에는 그 나름대로 생각이 있어서일 것이다. 하지만 지금 단호림의 모습을 보아서는 한심하기만 했다.

실력이야 제 또래의 무리들 중에서 제법 뛰어날지 몰라도 실전에 임하게 된다면 제가 지닌 힘의 반도 제대로 쓰지 못할 것이다.

도수백은 점창파의 장문인인 사일검협 편옥수가 그에게 강호의 경험을 쌓게 하려는 모양이라고 추측했다. 사문에서 배울 건 다 배웠으니 경험을 쌓는 일만 남았는데, 그건 사부가 가르쳐 주어서 되는 게 아니었다.

제 스스로 부딪치고 깨지면서 하나하나 터득해 나가는 게 강호의 경험이라는 것 아닌가.

그 과정에서 명 짧거나 운 나쁜 놈은 채 꽃을 피우지도 못하고 죽어버린다. 어쩌면 그 과정을 겪고 고수로 거듭나는 자보다 중간에 도태되어 버리는 자가 훨씬 많을 것이다.

하지만 그게 두렵다고 해서 언제까지나 사부의 그늘에 안주하고 있어서는 더 이상의 발전이란 없다.

그래서 편옥수는 아끼는 제자를 혹독한 시련 속으로 내몬 것이리라.

그렇게 생각하자 지금 잔뜩 위축되어 있는 단호림이 가엾게 여겨졌다.

실전의 두려움을 극복하지 못하면 영영 발전할 수 없을 것이다. 창산으로 돌아가 평생 제 사문의 마당이나 쓸고 있어야 할지도 모른다.

도수백은 어쩌면 이것이 그에게 닥친 최초의 시련일지도 모른다고 생각했다. 그렇다면 그것은 자신이 만들어준 것이다.

저 때문에 왕소령이 사문을 뛰쳐나왔고, 단호림이 그녀를 뒤따라 나왔기 때문이다.

그런 생각으로 지그시 단호림을 바라보던 도수백이 머리를 끄덕였다.

"좋아, 허락해 주지. 하지만 네 사매를 찾을 때까지만이다. 그다음에는 절대로 안 돼."

"알았어."

단호림의 얼굴이 즉시 밝아졌다. 아이 같다.

"또 한 가지."

그럴수록 도수백은 짐짓 더욱 엄숙하고 딱딱한 표정이 되었다. 말투마저 수하에게 명령하듯 한다.

하지만 단호림은 거기에 대해서 한마디도 불평하지 못했다. 오히려 부리부리한 도수백의 시선이 부담스러운 듯 이리저리 눈을 피했다.

"절대로 네 일에 나서서 도와주거나 하지는 않겠다. 너도 마찬가지야. 내 일에 간섭할 생각 하지 마라. 각자의 일은 각자가 알아서 하는 거야."

"알았어."

힘없이 대답한다. 실망하는 기색이 역력했다.

도수백은 이제 더 이상 단호림을 바라보지 않았다. 성큼성큼 걸어서 저만큼 앞서 가고 있는 자운 노도를 뒤쫓는다.

단호림이 그의 등을 이를 악물고 노려보더니 뒤질세라 잰걸음으로 따랐다.


동문에 이르자 중무장을 한 관병들이 보였다.

모두 삼십여 명쯤 되어 보이는데, 단갑을 입고 창과 방패를 든 것이어서 마치 전장에라도 나온 것 같은 긴장이 흐른다.

도수백이 피식 웃었다. 저런 모습의 병사들이야 질리도록 보면서 살아온 터다. 한때는 자신도 저와 같은 무장을 하고 있지 않았던가.

그들을 일별한 도수백은 병사들 앞에 나와 있는 세 사람을 유심히 살펴보았다.

'동창의 무리로군.'

한눈에 알아볼 수 있다. 그들이 관병을 동원한 것이리라.

"어떻게 할 테냐?"

자운 노도가 은근한 음성으로 물었다. 뚫고 나가겠다면 한 팔 거들어주겠다는 의도다.

도수백은 운지와 단호림이 제 앞가림 정도는 충분히 할 거라고 믿었다. 그렇다면 뚫고 나가지 못할 것도 없다. 하지만 애꿎은 관병들을 베어야 하지 않겠는가.

한때 군문에 몸담고 있던 그로서는 내키지 않는 일이었다.

"제가 잘 말해보지요."

자운 노도를 붙잡아둔 도수백이 뚜벅뚜벅 걸어 평수달을 향해 다가갔다.

그를 노려보는 평수달의 눈이 증오로 이글거렸다. 저놈 때문에 손적풍에게 밉보였고, 저놈이 공손랑과 네 명의 수하를 처참하게 살해했다는 생각이 증오를 더 크게 한다.

하지만 평수달은 여전히 함부로 행동하지 못하고 있었다. 십여 장 앞에 우두커니 서서 불진을 흔들고 있는 신선 같은 노도사 때문이었다.

범상치 않은 인물이라는 게 온몸으로 느껴진다.

"나를 찾아온 거냐?"

어느새 앞에 다가온 도수백이 무감정한 음색으로 그렇게 물었다.

다섯 걸음 앞이다.

꺼림칙하고 불길한 느낌이 왈칵 밀려드는 것이어서 평수달은 저도 모르게 움찔, 놀랐다.

그가 뒷걸음질치려는 발을 억지로 꾹 누르고 애써 목에 힘을 주어 말했다.

"네놈이 지난밤에 한 짓이 어떤 건지 잘 알고 있겠지?"

"물론이다. 앞으로 해야 할 일도 잘 알고 있지. 그런데 손적풍이라는 놈은 오지 않았나?"

그를 찾는 듯 두리번거리는 도수백을 보며 평수달은 지그시 입술을 깨물었다. 무시당하고 있다는 모욕감으로 치가 떨린다.

"너는 처음 보는 놈이다. 상관없는 자를 죽이고 싶지 않아. 그러니 곱게 돌아가라. 가서 손적풍 그놈에게 직접 오라고 해."

"네가 어떻게 손 당두님을 알지?"

"흐흥, 그놈에게 물어봐라."

그 말을 할 때 도수백의 눈길에서는 살기가 번뜩였고, 칼을 쥐려는 듯 어깨를 움찔거렸다. 평수달의 등줄기에 식은땀이 솟는다.

'내가, 이 평수달이 고작 이까짓 놈에게!'

평수달은 그렇게 자기 자신을 채찍질했다.

도수백의 기세 앞에서 자꾸 위축되는 제 자신에게 왈칵 짜증이 난다.

'이까짓 애송이쯤이야!'

그렇게 마음먹고 이를 악물었다.

다섯 걸음 앞이다. 크게 한 걸음 내딛으며 검을 후려치면 목을 베어버릴 수 있다. 눈 깜짝할 새면 족할 것이다.

그런 유혹은 다분히 충동적인 것이었다.

평수달이 와락 검자루를 움켜쥐었다.

이성과는 상관없는 일이다. 그의 울컥하는 마음이, 본능이 그렇게 손을 이끈 것이다.

그가 검을 뽑으려는 순간, 무엇인가 크고 무거운 것이 손등을 덮었다. 뜨겁다.

평수달은 어리둥절해졌다.

'내가 뭘 한 거지? 뭘 하려고 했던 거지?'

그런 생각이 벼락처럼 머릿속을 달구었다. 갑자기 이성이 되살아난 것이다.

멍하니 바라보는 그의 코앞에 도수백의 이글거리는 눈이 있었다.

언제 다가왔던 것인지, 그는 마치 처음부터 그랬던 것처럼 가슴을 마주칠 듯 다가서 있었다.

그리고 불쑥 손을 뻗어 평수달의 손을 누른 것이다.

검자루를 쥔 평수달의 오른손은 두툼한 도수백의 손아귀에 눌려 있었다. 창백한 검신이 한 뼘쯤 뽑혀 나온 채다.

"신중하게 생각해."

도수백의 속삭이는 음성이 평수달의 귀에는 천둥소리처럼 들렸다.

진땀이 솟구쳐 이마가 끈적거리고, 소름이 갑자기 일어난다.

'이놈이 죽이려고 마음먹었다면?

아찔해진다. 현기증이 눈앞을 깜깜하게 했다.

저는 벌써 죽은 목숨이라는 게 비로소 느껴졌다.

새파랗게 질린 평수달의 귓전에 도수백이 다시 속삭였다.

"한 번의 기회를 준 거다. 돌아가. 가서 손적풍에게 말해라, 내가 기다리고 있다고."

도수백이 손을 놓아주고 슬며시 물러섰지만 평수달은 굳어버린 것처럼 꼼짝하지 못했다. 여전히 한 뼘쯤 검을 뽑은 그 자세로 멍하니 서 있다.

"흘흘, 저게 아주 쓸 만한 놈이란 말이야. 그렇지 않으냐?"

저쪽에서 그 모든 일을 지켜본 자운 노도가 혼잣말인 것처럼 중얼거렸다.

운지가 깜짝 놀라 돌아본다.

"예?"

"아니다. 신경 쓸 것 없어."

노도사가 무엇이 즐거운지 연신 입을 벙긋거렸다.

단호림이 제 눈을 비볐고, 운지 또한 도수백의 뒷모습에서 눈길을 떼지 못했다.

대체 저 움직임은 뭔지, 뭐기에 저렇게 빠르고 허깨비 같을 수 있는 건지 그녀 또한 아직도 제가 본 것을 믿을 수 없었다.

"어서!"

평수달이 멍하니 바라보기만 하자 도수백이 눈을 부릅뜨고 턱짓으로 재촉했다.

비로소 깜짝 놀라 정신을 차린 평수달은 마치 최면에서 막 풀려난 사람 같았다. 어리둥절해지더니 이내 낯빛이 창백해진다.

부르르 몸을 떤 그가 주춤거리며 물러났다. 부하들과 관병들 앞에서 체면이 형편없이 구겨지는 것은 의식하지도 못한다.

"가자, 가! 돌아간다!"

버럭 소리친 그가 뒤도 돌아보지 않고 동문 밖으로 달려나갔다. 두 명의 수하가 기다렸다는 듯 뒤를 따르자 완전무장한 채 벌려 서 있던 병사들만 멋쩍게 되었다.

서로 눈치를 볼 뿐, 도수백과 자운 노도 일행이 천천히 앞을 지나쳐 동문 밖으로 나가는 걸 아무도 막아 세우지 못했다.

"이런 병신 같은 놈!"

손적풍의 손이 허리춤을 더듬었다.

그 순간 번쩍이는 빛이 쏟아지고, 그 앞에 고개를 푹 숙이고 서 있던 평수달이 '으악!' 하는 비명을 터뜨리며 엉덩방아를 찧었다.

매끈하게 잘려진 그의 오른팔이 저만큼 떨어져 펄떡거린다.

"가라! 개 같은 네 목숨을 끌고 멀리 가버려! 다시는 눈에 띄지 마라!"

손적풍이 이를 갈며 소리쳤다.

그의 목숨을 붙어준 건 그동안 자신을 따르며 헌신한 공을 최대한 인정해 준 때문이다. 손적풍은 그것만으로도 충분히 자비를 베풀었다고 생각했다.

모든 게 끝났다.

평수달의 고통으로 일그러졌던 얼굴에 희미한 웃음이 비치기 시작했다.

이렇게 허무하게 끝나 버릴 인생인데 무엇을 잡자고 그동안 그렇게 악착같이, 피도 눈물도 없는 놈처럼, 인정사정없이 잡아 족치고 쳐죽이며 살아왔던 건지 후회스럽기만 하다.

하지만 다 끝났다. 제가 아귀처럼 달려왔던 인생의 끝이 바로 여기라는 걸 그는 오히려 감사하게 여겼다.

"보중하시기를……."

겨우 허리 숙여 인사한 그가 왼손으로 피가 뚝뚝 떨어지는 어깨를 누르며 비틀비틀 소나무 언덕을 내려갔다.

길게 이어지는 평수달의 붉은 핏자국을 바라보는 손적풍의 눈에서 불길이 활활 치솟았다.

"내 손으로 죽인다!"

이를 악문 스산한 말속에 섬뜩한 살기가 가득했다. 뽑아 든 검을 움켜쥔 채 저 멀리 까마득히 보이는 현성의 망루(望樓)를 노려본다.

"저기!"

바짝 긴장하여 망을 보던 무사 한 명이 깜짝 놀란 것처럼 소리쳤다.

그의 손가락이 가리키는 곳. 억새풀 무성한 벌판 저쪽에 몇 사람의 모습이 어른거리고 있었다.

"가자!"

미간을 좁히고 바라보던 손적풍이 버럭 소리치고 성큼성큼 소나무 언덕을 내려갔다.


"저기 와요!"

앞서 길을 열던 운지가 호들갑스럽게 소리쳤다.

"물러서."

도수백이 무겁게 말하고 성큼 그녀 앞으로 나선다.

"쳇."

눈을 흘긴 운지가 뾰루퉁해져서 입술을 내밀었다. 저를 보호하겠다는 듯한 도수백의 태도에 자존심이 상한 것 같지만 그녀의 가슴속에는 무언지 모를 기쁨이 피어오르고 있었다. 그걸 고양이처럼 토라진 얼굴로 감춘다.

모두 일곱 명이다.

도수백은 그중에 손적풍이 있으리라고 짐작했다.

저도 모르게 주먹에 힘이 들어가고 눈빛이 뜨거워진다.

'개자식.'

지그시 어금니를 악물며 속으로 욕을 했다.

당운평의 군막 안에 거만하게 버티고 서서 노려보던 그의 얼굴이 떠올랐다. 비웃는 듯, 경멸하는 듯 오만하던 그 차가운 낯짝.

그 낯짝이 점점 가까워지고 있다.

도수백의 보폭이 더욱 커졌다. 칼집을 움켜쥐고 있는 왼손에 불끈불끈 힘줄이 불거지고 있다.

그는 그렇게 성큼성큼 걸어가서 한 칼에 손적풍의 목을 쳐버리겠다는 듯했다.

저를 사지로 내몰았고, 기어이 수작을 부려서 당 장군과 동료 병사들을 모두 죽게 만든 원흉.

그놈에 대한 증오로 피가 끓어오른다.

굴곡진 둔덕에 올라섰을 때, 저편의 둔덕 위에도 손적풍 일행이 올라섰다.

마주 대한 십여 장의 공간에 억새풀만 무성하다. 그것이 아침 햇빛을 받아 하얗게 반짝이고 있었다.

도수백과 손적풍. 두 사람은 그 공간을 앞에 두고 마주 노려보았다.

'바로 저놈이다.'

도수백이 내심 이를 갈 때 손적풍도 이를 갈고 있었다.

'감히 내 수하들에게 손을 대다니.'

눈앞에 참혹하게 죽은 공손달과 부하 무사들의 모습이 하나 가득 떠올랐다.

동창의 위엄이 통하지 않는 놈. 그래서 더욱 괘씸하고 적개심이 커진다.

'흥, 동창이라고?'

도수백 또한 그들이 동창이라는 이름을 훈장처럼 달고 있으므로 증오가 더 컸다.

제가 모시던 장군 당운평 앞에서 뻣뻣한 자세로 서 있던 놈. 당운평을 턱짓으로 부리던 놈. 그리고 결국 죽음으로 몰아넣은 놈.

단칼에 목을 쳐서 통쾌하게 죽이는 것으로는 분이 풀리지 않을 것 같다. 열 번, 백 번 찌르고 베어서 서서히 고통 속에서 죽어가도록 해주고 싶었다.

"네가 감히 동창과 대적하겠단 말이냐?"

손적풍이 그렇게 첫마디를 던져 왔다.

동창의 이름으로 창위들이 나서면 누구나 벌벌 떠는 게 그들이 생각하는 정상적인 일이었다. 하지만 저놈은 더욱 뻣뻣하고, 오히려 이쪽을 경멸하는 것 같으니 참을 수 없다.

도수백이 손적풍의 말을 싸늘한 비웃음으로 받았다.

"동창이든 뭐든 상관없어. 죽여야 할 놈과 그렇지 않은 놈. 나는 그 두 가지만 가릴 뿐이다."

뿌드득—

손적풍의 이 가는 소리가 십 장의 공간을 넘어왔다.

그가 검을 움켜쥐었을 때, 도수백 곁으로 다시 몇 사람이 올라왔다.

자운 노도를 본 손적풍이 흠칫 손을 멈춘다.

'어디서 보았더라?

그의 머릿속에 수많은 얼굴들이 빠르게 스쳐 갔다.

강호에 나와 활동하는 동창의 수뇌 급 인물들은 사전에 충분한 교육을 받고 경험을 쌓았는데, 그중 하나가 조심해야 할 자들에 대한 신상 정보를 줄줄 꿰다시피 외우는 일이었다.

그들의 특징을 살려 정교하게 그린 초상화를 머릿속에 모두 박아 넣어둔다. 어디에서 힐끗 보든지 단번에 알아볼 수 있도록 훈련받는 것이다.

손적풍의 머릿속에서 빠르게 넘어가던 초상화 중 한 개가 딱, 멎었다.

그리고 점점 그의 낯빛이 딱딱하게 굳어갔다.

'설마, 설마……'

손적풍은 제가 지금 보고 있는 것을 믿고 싶지 않았다.

'자운곡주란 말인가?'

자운 노도.

그가 기억하는 그 이름은 기피 대상 다섯 사람 중에 꼽히는 한 명이었다.

강호에서 마주친다면 절대 부딪치지 말 것. 불가피할 경우라도 피할 것. 그래도 안 되겠으면 상부에 먼저 보고하고 명을 기다려 행동할 것.

그게 강호에 나오기 전 손적풍이 귀에 못이 박히도록 들은 교육 내용 중 하나였다.

평생 마주칠 일이 거의 없을 거라는 말도 덧붙여 들었는데, 이렇게 눈앞에 떡 나타났으니 제가 기억하고 있는 게 과연 옳은가? 혹시 착각하고 있었던 건 아닌가? 하는 의심마저 든다.

수십 번도 더 얼굴빛이 변하던 손적풍이 겨우 정신을 차리고 정중하게 물었다.

"혹시 노도장께서는 자운곡주가 아니십니까?"

마음속으로 간절히 아니라는 대답을 기다린다.

자운 노도가 빙긋 웃었다.

"동창의 무리가 눈이 밝고 귀가 밝아서 올빼미 같고 여우 같다더니, 과연 그렇구나. 설마 한눈에 나를 알아볼 줄이야."

"헉!"

손적풍의 안색이 창백해졌다. 설마했고, 아니기를 간절히 바랐는데 정말 자운곡주 자운 노도라니… 왜 이런 일이 있나 싶다.

그런 손적풍의 반응을 도수백은 이해하지 못했다. 단호림도 마찬가지다.

"돌아간다."

힘없이 말하고 쫓기듯 둔덕 아래로 뛰어내려 사라지는 손적풍의 행동이 믿어지지 않았다.

동창의 당두라는 자가 얼굴 한 번 보고서는 겁에 질려서 뒤도 돌아보지 않고 도망친다는 게 이해될 리 없다.

'도대체 이 늙은 도사가 어떤 존재이기에?

그런 의문으로 도수백이 돌아보자 자운 노도가 빙긋 웃었다.

"저 아이가 바쁜 일이 있는 모양이구나. 이것저것 물어볼 게 좀 있었는데 서운하게 되었군."

말은 그렇게 하지만 전혀 그렇지 않은 얼굴로 도수백의 시선을 태연히 받았다.

저놈을 쫓아가야 하나 말아야 하나 잠시 망설이던 도수백은 참기로 했다.

일이 이렇게 되고 보니 자운 노도에 대한 궁금증이 더 커졌던 것이다.

손적풍이야 동창의 체면을 되찾고 주소룡의 행방을 알기 위해서라도 집요하게 저를 쫓아올 것이니 조만간 다시 만나게 될 것이다.

"이제 우리 길을 가도 되지 않겠느냐?"

자운 노도가 무슨 일이 있었느냐는 듯 천연덕스런 얼굴로 말했다.

새로운 마음으로 그런 노도사와 운지라는 아가씨를 살펴본 도수백이 말없이 둔덕 아래로 내려갔다.

단호림이 잰걸음으로 다가와 곁에 선다.

"도 형, 저 노도사님이 대체 누구시오? 어떻게 아셨소?"

그는 이제 도수백을 도 형이라고 불렀다. 창산에서 이놈저놈 하던 일을 모두 잊은 듯 살갑게 군다.

도수백이 걸음을 늦추지 않으며 무뚝뚝한 얼굴로 말했다.

"내 일에 관여하지 말라고 했지?"

"하지만 이건 그냥 궁금해서 물어보는 것뿐인데……."

금방 주눅이 들어서 우물쭈물하며 눈치를 본다.

도수백이 화난 사람처럼 성큼성큼 걸어 저만큼 앞서 나아갔다.

무시당한 것이지만 단호림은 어쩔 수 없다는 듯 어깨를 으쓱해 보이고는 부지런히 그런 도수백의 뒤를 따랐다.

콧대 높고 도도하던 그가 창산을 내려온 지 며칠 만에 전혀 다른 사람처럼 변해 버린 것이다.

魔風俠星

## 第十一章

물고 물린다는 것

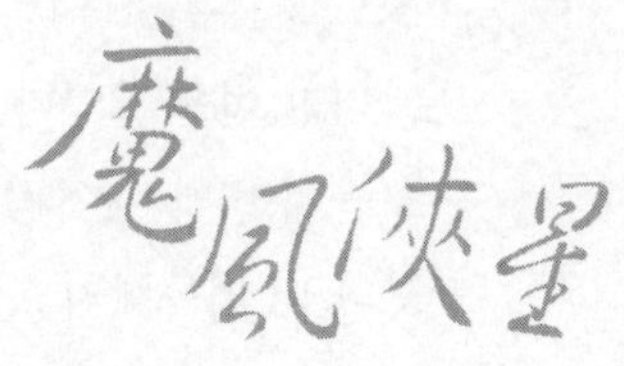

**닷**새 뒤, 왕소령은 곤명부에 와 있었다.

그날 밤 개울가에서 있었던 일이 지독한 악몽이 되어 밤마다 그녀를 깨어나게 했다.

지금도 그녀는 온몸을 식은땀으로 적신 채 침상에 앉아 헐떡거리고 있었다.

얇은 벽을 통해 옆방의 코 고는 소리가 들려오고, 아래층에서는 새벽까지 술을 마시고 있는 사람들이 주정을 하고 있다.

지린내 같기도 한 퀴퀴한 땀 냄새에 절어 있는 작은 방 안에서 그녀는 벌써 두 차례나 악몽에 놀라 깨어났다.

며칠 동안 얼굴이 수척해졌고, 살빛이 검어졌다.

뽀드득—

그녀가 이를 갈았다.

모습이 변한 것처럼 마음도 조금씩 변해가고 있었는데, 그 전보다 더 지독해지고 더 차가워졌다.

그리고 도수백에 대한 원망과 증오가 더 커졌다.

그가 개울가에서 저를 구해주었다는 건 잊었다. 아니, 그런 수치를 도수백에게 보였다는 것 자체가 원망과 증오를 더해 주었다. 그래서 그녀는 애써 그때의 일을 잊으려고 했다.

하지만 잊을 수 없는 건 도수백이 그 자리에 있었다는 것이 었다. 왜 그 일이 이처럼 지독한 수치심을 가져오는 건지 그 녀 스스로도 알 수 없었다.

이사형 단호림도 함께 있었고, 제가 음흉하고 징그러운 놈 에게 희롱당하는 걸 모두 보았는데, 그에 대해서는 그런 감정 이 들지 않았던 것이다.

뽀드득—

도수백을 생각하자 또 이가 갈린다.

다시 잠자기는 영 틀린 일이다.

수건을 꺼내 대충 얼굴을 닦고 옷을 단단히 여민 왕소령이 머리맡에 놓아두었던 검을 움켜쥐고 방을 나갔다.

아래층의 소음이 더 크게, 더 잘 들려온다. 술 냄새와 음식 냄새가 범벅이 되어 속을 불쾌하게 했다.

이층 계단을 내려가며 그녀는 밤을 새는 취객들에게 혐오의 시선을 던졌다. 모두가 사내들뿐이고, 이제 사내라면 호기심보다 증오가 더 커질 뿐이다.

지난 이틀 동안 그녀는 곤명부의 구석구석을 뒤지며 도수백의 흔적을 찾고 있었다. 하지만 어디에서도 그의 흔적은 발견되지 않았다. 그렇다면 아직 오지 않은 것이리라.

그녀는 도수백이 반드시 곤명부로 올 것이라고 믿었다.

대리에서 오는 사람들은 대부분 외성의 서쪽 문을 통해 들어온다. 왕소령은 아침이 될 때까지 그 서쪽 문이 잘 보이는 곳에서 기다릴 작정이었다.


그녀가 찬바람이 도는 얼굴로 객잔을 나갈 때, 구석에서 그녀를 훔쳐보는 자가 있었다.

다른 취객들이 서로 어울려 싸우듯 소리쳐 가며 먹고 마시는데 그는 홀로 구석진 곳에 숨듯이 앉아서 몇 접시의 식어버린 음식과 빈 술병을 놓고 밤을 새고 있었던 것이다.

"흐흥, 저게 바로 창산일화란 말이지? 쳇, 어느새 창산노화(蒼山老花)가 되어버린 것 같구만."

묘한 웃음을 입가에 달고 중얼거리는 텁석부리 곰보사내.

대리의 악당인 모혈랑 모악봉이었다.

그 또한 도수백에 대한 원한을 잊지 못하고 있는 사람이었다. 그리고 왕소령과 같은 생각을 가지고 있기도 하다.

모악봉은 이제 제 힘으로는 도수백을 어떻게 해볼 수 없다는 걸 잘 알았다. 하지만 그렇다고 포기한다면 그건 모혈랑으로 불리는 제 명성에 부끄러운 일이라는 생각을 하고 있었다.

어처구니없어서 기가 막힐 일이지만 모혈랑에게는 절실한 일이기도 했다.

게다가 동창의 무사가 될 수 있는 기회를 잡았는데, 그것도 도수백으로 인해 사라져 버렸다. 그래서 그는 왕소령과 다름없는 생각을 갖게 되었다. 도수백이 제 목숨을 살려주었다는 것마저 치욕으로 받아들이는 것이다.

모혈랑이 슬그머니 일어서더니 어슬렁거리며 객잔을 나갔다.

*　　　*　　　*

도대체 이 일을 어떻게 해결하면 좋단 말인가. 왜 이처럼 자꾸 꼬이기만 하는 건지 알 수가 없다.

그래서 답답하다.

손적풍은 짜증이 났다. 평수달의 팔을 잘라 내쫓은 일이 뒤늦게 후회되기 때문에 더 그렇다.

그가 말한 노도사가 자운곡주라는 걸 알았다면 그를 탓하지 않았을 것이다.

평수달에게 못난 놈이라고 욕해주었지만 결국 자기도 자운 노도를 본 즉시 꼬리를 말고 달아나야 했으니 그를 욕할

자격이 없지 않은가.

곤명부 외곽의 허름한 객잔에 틀어박혀서 그는 이 일을 어떻게 풀어야 할지 밤새 고민했다.

동창에서 자운 노도를 기피해야 할 대상의 상층부에 올려놓고 있는 건 꼭 그 늙은 도사의 무공 때문만은 아니었다. 물론 자운 노도가 강호를 오시할 만큼 무서운 고수인 건 사실이지만 또 다른 이유가 있었던 것이다.

손적풍은 자운 노도 건에 황사(皇師) 왕금(王金)의 입김이 작용했다는 걸 어렴풋이 알고 있었다.

그와 자운 노도가 어떤 관계인지는 모르지만, 지금 황제 못지않은 권력을 누리고 있는 왕금이 그렇게 하기를 원했으니 제독태감으로서는 예, 예, 하며 따르지 않을 수 없었으리라.

이런 일은 역대 어느 황조에도 없었다.

대대로 황제 곁에서 황제의 총애를 받으며 무소불위의 권력을 행사하던 자는 모두 환관의 우두머리였던 것이다.

그런데 지금에 이르러 사례감의 태감이자 제독태감인 양우명의 권력은 유명무실해졌고, 왕금의 눈치를 보며 전전긍긍하는 처지가 되고 말았다.

게다가 왕금은 오래전에 없어졌던 내행창(內行廠)이라는 또 하나의 비밀 감찰 기구를 최근에 복원시키고, 그곳의 수장으로 제 심복인 도사(道士) 도중문(陶仲文)을 앉혀 실질적인 지배를 했다.

동창으로서는 위기감을 느끼지 않을 수 없는 일이다.

이미 가정제 즉위 초에 동창과 서창, 내행창이 한꺼번에 해체되는 경험을 했던지라 다시 그렇게 될까 봐 전전긍긍했던 것이다.

동창의 최고 권력자인 제독태감 양우명은 그래서 왕금의 눈치를 보지 않을 수 없었다.

조정의 실질적인 정무를 관장하고 있는 사람은 대신 엄숭이었는데, 그 또한 왕금에 대해서는 아부하기를 그치지 않았다. 모든 권력이 황제가 아닌 그에게서 나온다는 걸 잘 알기 때문이다.

그런 형편이니 동창으로서는 조금이라도 왕금의 눈에서 벗어나는 일을 할 수가 없었다.

분하다.

제가 맡은 일을 뜻대로 처리할 수 없다는 게 더 그렇다.

으드득―

손적풍이 부서질 듯 이를 갈았다.

도수백이라는 이름만 떠올려도 증오가 치솟는다.

그놈이 토옥림에서 주소룡과 함께 뒈져 버렸다면 이런 일도 없었을 것이다. 왜 살아 돌아와서 속을 썩인단 말인가.

그놈이 끼어드는 통에 다 잡았던 왕소령마저 놓치고 말았다.

왕소령 건은 주소룡 제거에 실패한 이후 두 번째로 받은 임

무인데, 이것마저 실패한다면 제가 평수달을 내쳤듯이 저 또한 첩형 엽건신으로부터 내쳐지게 될 것이다.

그건 죽는 거나 다름없다.

으드득—

다시 이를 가는 손적풍의 눈에 시퍼런 독기가 서리서리 어렸다.

모든 일에 그놈이 관련되어 있으니 지금으로서는 어떻게 해서든 그놈을 잡는 게 최우선이라고 생각했다. 그러기 위해서는 그놈이 자운곡주와 떨어지게 해야 한다.

'어떻게?'

그걸 알 수 없어서 답답하다.

어떻게 그놈이 자운곡주와 어울리게 되었는지, 자운곡주가 무엇 때문에 그런 놈과 동행하고 있는 건지 아무리 생각해도 이해가 되지 않는다.

"사도욱은?"

그가 신경질적으로 묻자 문가에 서 있던 수하가 움찔 놀라 황망히 대답했다.

"내일쯤 도착한다는 연락을 받았습니다."

"음. 늦다, 늦어……."

손적풍은 대리에서 북경에 연락해 제가 거느리고 있는 번역 중 한 명을 더 불렀는데, 그가 스무 날 가까이 지나서야 도착한다니 그것도 짜증이 났다.

번역 한 명이 움직이면 열 명의 무사가 따라붙는다. 이쪽에 남아 있는 열네 명을 포함하면 모두 스물네 명의 무사가 운남에 모이는 것이다.

손적풍이 눈살을 더욱 찌푸렸다. 공손랑과 평수달 두 명의 번역을 잃었으니, 창위들을 지휘할 자가 지금 오고 있는 사도욱 한 명뿐이기 때문이다.


그날 저녁 무렵에야 도수백 일행은 곤명부에 들어섰다. 자운 노도가 조금도 서두르지 않았기 때문이고, 도수백도 혼자서 성큼성큼 가고 싶지 않았기 때문이다.

그는 자운 노도에 대해서 지대한 관심을 갖게 되었다. 그리고 그런 도수백에게 남모르는 관심을 기울이는 사람도 있었다. 운지다.

투박하고 거친 사내였지만, 함께 여러 날 동행하면서 보니 정이 많고 제 주관이 뚜렷해서 마음이 끌렸던 것이다.

그녀가 조금씩 도수백에게 호감을 갖기 시작했을 때, 단호림은 틈만 나면 힐끔힐끔 운지를 훔쳐보았다. 그러나 도수백이 마음에 걸리고 정체를 알 수 없는 자운 노도가 어려워서 그녀에게 말을 붙이지는 못했다.

그는 도수백과 마찬가지로 자운곡주라는 늙은 도사의 신분에 대해 아무것도 알지 못하고 있었다. 사문에서도 들어본 적이 없었던 것이다.

하지만 동창의 우두머리로 보이는 자가 노도를 보기 무섭게 기겁을 하고 달아나던 걸로 보아 예사로운 인물이 아니라는 건 짐작했다.

사부는 틈틈이 제자들에게 강호의 여러 일들과 중요하다 싶은 인물들에 대해서 이야기해 주곤 했는데 왜 자운곡주라는 사람에 대해서는 한마디도 하지 않았던지 그것도 궁금하다.

그러한 자운곡주의 등장에 잔뜩 긴장하는 자들은 곤명부 내에도 있었다.

서산(西山) 기슭에 있는 용호관(龍虎觀)의 도사들이 그렇다.


"이, 이 일을 어쩌면 좋단 말인가……."

용호관주인 일운 도장(一雲道長)이 발을 동동 굴렀다. 그의 처소에 모인 열두 명의 늙고 젊은 도사들은 모두 어두워진 얼굴을 한 채 침묵하기만 했다.

"도대체 왜 이제야 알게 되었단 말이냐? 누가 시원하게 대답 좀 해봐."

"곡주께서 워낙 오랜만에 강호에 나오셨고, 곤명 부근에 이를 때까지 행보를 은밀하게 하신 탓이라고 생각합니다."

"그것 말고."

일운 도장의 얼굴에 짜증이 어린다.

"왜 하필 이곳이란 말이냐?"

모두 짐작하는 바가 있으나 약속이라도 한 것처럼 한결같
이 입을 꼭 다문다.

그건 일운 도장도 마찬가지였다. 제가 말해놓고 아차, 싶었
던지 헛기침으로 얼버무렸다.

그들은 모두 자운곡주가 곤명에 온 이유를 잘 알고 있었다.

내일 날이 밝으면 곧장 용호관으로 찾아올 텐데, 한 사람과
그가 지니고 있는 한 가지 물건 때문이다.

그러나 그 사람은 지금 이곳에 없으니 자운곡주가 찾았을
때 뭐라고 해야 할지 막막해진다.

"에휴―"

한숨을 내쉰 일운 도장이 신경질적으로 불진을 흔들었다.

"가봐. 가서 도관 안팎을 깨끗이 청소하고 다들 새 옷으로
갈아입도록 해. 내일 일은 닥치면 또 어떻게 되겠지. 에휴―"

지금으로서는 그 방법밖에 달리 그들이 할 수 있는 게 없었
다.

다음날 아침, 날이 밝고 용호관의 산문이 열리기 무섭게 일
운 도장과 열두 명의 관주, 원주들이 모두 산문 앞에 공손히
섰다.

용호관은 전지(滇池)라고 불리는 드넓은 호수를 내려다보
는 산 중턱에 있었는데, 최근 십여 년 동안 무섭게 번창하여
운남을 대표하는 도관이 되었다.

삼궁(三宮)과 삼전(三殿), 삼관(三觀), 삼원(三院)이 들어섰

으니, 서산 북쪽 기슭을 온통 붉은 담으로 두르다시피 한 거대한 도관이 된 것이다.

상주하고 있는 도사만 해도 천여 명에 이르렀고, 그곳을 찾는 신도들의 발길이 사시사철 끊이지 않는다.

운남은 물론 인근의 귀주와 광서, 멀리는 사천에서까지 일부러 찾아와 도를 가르침받고 제신(諸神)께 소원을 비는 사람들로 늘 장터처럼 북적였다.

자연히 용호관에 이르는 서산 아래의 길가에는 커다란 시진이 형성되었다.

멀리에서 온 사람들을 위한 숙박 시설과 주루, 다점(茶店)이 줄지어 있는 건 물론이다.

그 밖에 유흥을 위한 청루, 홍루와 도박장까지 있어서 밤이면 여느 큰 성읍의 저자 못지않은 현란함으로 흥청거렸다.

그 모든 번영을 있게 한 용호관이 무슨 일인지 오늘은 종일 참배객을 받지 않았다.

아침부터 깨끗한 옷을 입고 산문 앞에 줄지어 서 있는 도사들이 평소에는 얼굴 보기도 힘든 원주며 관주들이라는 데에 서산하로(西山下路)의 사람들은 모두 눈이 휘둥그레졌다.

대체 누가 오기에 저렇게 정성을 다한단 말인가.

사람들은 넘치는 궁금증으로 종일 지켜보았지만 그들이 기다리는 누군가는 나타나지 않았다.

그래도 열두 명의 도사는 지루한 기색도 없이 기다렸다. 종

일 앉지도 않고 먹지도 않고 마시지도 않은 채 누구를 기다리
는 것이다.

황제가 몸소 행차한다고 해도 저와 같은 정성을 보일 것 같
지는 않았다.

해가 서산 너머로 사라지고 노을이 짙어지자 비로소 도사
들은 용호관 안으로 돌아갔는데, 피곤한 기색이 가득해서 안
쓰러웠다.


그 시각, 용호관의 도사들을 맥빠지게 한 자운 노도는 곤명
부 남쪽, 전지로 흘러드는 대관하(大觀河) 하류의 남현촌(南賢
村)에 있었다.

마을 밖, 버드나무 우거진 둑을 따라 일 리쯤 가면 야트막
한 소나무 언덕이 있고, 그 위에 현판도 없는 오래된 암자 하
나가 있다.

돌담을 두른 암자에는 부처님을 모신 법당과 보살이 거처
하는 승방 하나가 있을 뿐, 너무 단출해서 을씨년스럽기까지
했다.

바다처럼 넓은 전지를 한눈에 조망할 수 있는 경관이 뛰어
나 시인, 묵객이 아니더라도 사람들이 많이 찾을 듯한데 암자
주변은 별천지인 것처럼 고요하기만 했다.

자운 노도는 마치 잘 아는 곳이기라도 한 듯 서슴없이 암자
로 들어갔다.

몇 번 헛기침을 하자 승방에서 초라한 노파가 나와 눈을 끔벅이며 바라보았다.

절간에 도사가 왔으니 이상하게 여기는 게 당연하다.

"무량수불."

가슴 앞에 불진을 세우고 가볍게 도호를 외워 인사를 대신한 노도가 점잖게 말했다.

"바람 흘러드는 곳에 구름이 피어나니 머지않아 비가 되어 내리리라."

엉뚱한 소리다. 그런데 노파는 오히려 의심하는 기색을 지우고 벙긋 웃는 것 아닌가.

도수백이 의아해서 바라보는데, 노파가 주름살 가득한 노인답지 않게 낭랑한 소리로 화답했다.

"대지를 적셔 만물을 소생하게 하니 그 아니 고마울쏜가. 다만 추수 때에 우제(雨帝)께서 자비를 베푸시기 바랄 뿐이네."

노래하듯 읊기를 마치자 노도가 다시 받았다. 흥이 인 듯 불진을 가볍게 흔들어 장단을 맞추기까지 한다.

"씨앗은 사람이 뿌리나 키우는 건 땅과 바람과 비로다. 때맞추어 거두니 곳간에 그득해지네. 청산에 땔나무가 무성하니 겨울이 어찌 두려울꼬."

"호호호, 이제 보니 귀한 손님이셨구려. 부처님의 오지랖은 넓고도 넓어서 창생을 모두 품으시는데 암자에 도장이 왔다고 외면하시겠어요? 자, 자, 그쪽으로 앉으시지요.”

노파가 너스레를 늘어놓으며 머리에 두르고 있던 수건을 풀어 등나무 아래의 탁자와 의자에 쌓인 먼지를 탁탁 털어냈다.

“제자들인 모양이군요. 어이구, 아가씨는 꽃보다 곱고 저 사내는 대장부의 기상이 넘치는구나. 또 저 도련님은 귀상(貴相)이라 장차 크게 될 싹이 보이니 도장은 참으로 복도 많소 그려.”

운지와 도수백, 단호림을 보며 한마디씩 찬사를 덧붙인다.

사근사근하고 붙임성이 좋은 노파였다. 자세히 보니 얼굴 윤곽이 매끄러운 것이 젊었을 때는 미인이라는 말을 많이 들었을 게 틀림없다.

노파가 안에서 뜨거운 차와 당과를 내왔다.

익숙한 솜씨로 차를 따르는 걸 바라보던 자운 노도가 흐뭇한 얼굴로 말했다.

“늙어서도 고운 태를 유지하고 있으니 참으로 부럽구려. 겉은 늙었으나 마음은 아직 푸르다는 걸 그 맑은 차 빛깔에서 알 수 있네.”

“흐흥.”

“연정(戀情)이야 구름처럼 흩어졌어도 추억은 그때 그 자리에 있는 것. 인생은 예나 지금이나 물처럼 흘러도 언제나 저 달은 떠서 변하지 않네. 몸은 늙었어도 마음은 젊은 날을 노닐어 지금의 외로움도 곱기만 하다네. 원하거니 노래 부르고 잔 들 때마다 달빛이여, 나의 잔에 길이 쉬어가라."

자운 노도의 노래하듯 하는 흥얼거림에 노파가 어울리지 않게 볼을 붉히고 눈을 흘겼다.

도수백은 어리둥절하기만 했다. 자운 노도의 어디에 저렇게 가볍고 경박한 구석이 있었던 건지 의아하다. 마치 총각이 처녀를 희롱하듯 하지 않는가.

노파는 그게 싫지 않은 모양이었다. 여전히 곱게 눈을 흘기고 입을 삐죽거리며 흥흥거리지만 얼굴에는 기쁨이 가득했다.

"이 도장께서는 이제 보니 바람둥이였나 봐. 이 처자, 저 아가씨를 훔쳐보기 바빴을 텐데 도는 대체 언제 닦았누?"

"허허, 애써 교태를 부리지 않아도 청춘이 아름답게 만들어주듯이 애써 닦지 않아도 도는 저절로 높아지는 거라오. 그냥 마음이 가는 대로 물 흐르듯 살면 되는 거지."

"흥! 제자들 보기에 부끄럽지도 않은가 봐. 입이 어쩌면 저리 매끄러울꼬?"

"어험."

노파의 핀잔에 자운 노도가 무안한 듯 헛기침을 하고 짐짓 근엄한 얼굴로 수염을 쓰다듬었다.

그 모습이 우습기만 한 것이어서 도수백은 저도 모르게 빙긋 미소를 지었다.

운지가 그를 흘겨보더니 팔뚝을 아프게 꼬집는다. 제 사부를 비웃지 말라는 의미이리라.

도수백이 인상을 찡그리고 팔을 문지르며 외면했다. 그러자 저와 운지를 바라보고 있던 단호림과 눈이 마주친다.

단호림이 급히 외면하고 뜨거운 차를 훌쩍 마셔 버렸다.

"앗, 뜨거!"

이내 찻잔을 팽개치고 벌떡 일어나 펄쩍펄쩍 뛴다.

"그나저나 이 외진 곳에는 어인 일이시오?"

노파의 물음에 자운 노도가 천연덕스럽게 말했다.

"한 사람을 만나야 하는데…… 이곳에 오면 연락할 길이 있다고 했거든."

"누구요?"

"이름이 초자생이었지, 아마?"

"초자생?"

노파의 눈이 당장 가늘어졌다. 서늘한 한광이 일다가 곧 사라져 버리고 무심함으로 돌아갔다.

"누구시라고 전해 드리리까?"

"하구(河口)에서 온 풍류도사라고 하면 알 걸세."

"훙."

스스로를 풍류도사라고 하는 말에 노파가 코웃음을 치며 곱게 눈을 흘기고 돌아섰다.

그들이 암자 안에서 편히 쉬고 있을 때 벌판 건너, 소나무 언덕이 마주 보이는 강가의 누각 삼층 난간에는 한 소녀가 검은 머리를 바람에 날리며 우두커니 서 있었다.

곤명성 서문에서 도수백과 자운 노도 일행을 발견하고 몰래 뒤쫓아온 왕소령이다.

그녀는 도수백이 단호림과 함께 있다는 게 이상했고, 알지 못하는 늙은 도사와 젊고 아리따운 도고(道姑)와 동행하고 있다는 게 의아했다.

누각 아래, 푸른 강물은 전지로 뉘엿뉘엿 흘러들고, 바다처럼 넓은 호수에서 불어오는 서늘한 바람이 머리카락을 어지럽게 흩쳐 놓지만 왕소령은 쓸어 올릴 생각마저 잊은 채 멍하니 저 건너의 소나무 언덕만 바라보고 있었다.

그녀가 망설이고 있는 건 도수백의 뒤를 쫓던 또 다른 자들을 보았기 때문이다.

은밀하게 뒤쫓으며 수시로 사람이 바뀌는 것이, 그런 일에 익숙한 자들이 틀림없었다.

왕소령은 그들이 동창의 무사들이라는 걸 알았다. 도수백이 개울가에서 죽인 자들이 동창의 무리들이었으니, 동창에서 그를 그대로 둘 리가 없기 때문이다.

동창의 무리들에 대해서 뼈에 사무치는 원한을 품은 건 그녀도 도수백과 같았다. 하지만 그들이 두렵기도 했다. 개울가에서의 일을 잊지 못하기 때문이다.

동창의 무리들이 소나무 언덕 주위에 넓게 퍼져서 숨어 있다는 걸 아는 한 그녀는 함부로 움직일 수가 없었다.

그래서 밤이 되기를 기다리고 있었다.

어둠 속이라면 동창의 감시를 뚫고 도수백에게 다가갈 수 있다고 생각한 것이다.


그녀가 누각 위에서 그런 생각들을 하고 있을 때 대관하 복판에 닻을 내리고 멎어 있는 한 척의 낡은 배 안에서 손적풍도 똑같이 밤을 기다리고 있었다.

배는 대관하가 전지와 합류하는 곳에 유유히 떠 있었는데, 강 건너의 언덕이 잘 보이고, 낡은 암자의 지붕이 소나무 가지 사이로 언뜻언뜻 보이는 지점이었다.

"수상한 곳이다."

작은 선창으로 그곳을 내내 살펴보던 손적풍이 눈살을 잔뜩 찌푸리고 그렇게 말했다.

"뭐가 말씀입니까?"

손적풍의 등 뒤에 공손히 서 있던 자가 머리를 갸웃거렸다.

북경에서 내려와 오늘 아침에 합류한 또 한 명의 번역 사도욱이었다.

허여멀건 얼굴에 콧날이 섰고 눈매가 부리부리한 것이 제법 잘생긴 이십대 후반의 사내다.

검법에 조예가 깊어서 젊은 나이에 당당히 번역으로 올라

섰으니 동창 내에서도 주목을 받았다.

두 명의 첩형이 모두 관심을 보였으므로 그는 머지않아 당두로 진급할 거라는 말이 있었다.

사실이라면 동창이 생긴 이래 가장 어린 나이의 당두가 되는 것이다.

그는 성격이 깔끔한 만큼 빈틈이 없고, 수하들을 다루는 일 또한 능숙했다.

때로는 한없이 풀어주지만 다그칠 때면 얼을 빼놓을 만큼 혹독해서 그의 수하들은 늘 긴장할 수밖에 없었다.

그가 왔다는 것만으로도 손적풍은 한결 마음이 든든해졌다.

그가 턱짓으로 소나무 언덕을 가리키며 말했다.

"저 암자의 내력을 조사해 볼 필요가 있겠어."

"간단한 일이지요. 즉시 수하들에게 명하겠습니다."

"자운곡주 일행이 암자로 들어가더니 꼼짝을 하지 않는다. 그들은 왜 모두의 예상을 깨고 용호관 대신 저 암자부터 찾은 걸까?"

"그것도 조사하도록 시키겠습니다."

시원시원하다.

손적풍이 흐뭇한 미소를 띠고 또 말했다.

"도수백이라는 놈을 끌어낼 계책도 필요해."

사도욱이 빙긋 웃는다.

"놈이 호전적인 성향이라니 의외로 쉬울 수도 있지요. 속하가 해보겠습니다.”

“좋아, 언제까지 처리할 수 있겠나?”

“날이 밝기 전에 결과를 보고하지요.”

“명심해라. 자운곡주가 나서도록 해서는 안 돼.”

사도욱이 씨익, 웃는 걸로 대답을 대신하고 선실을 나갔다.

선미 갑판에 어부 차림으로 위장한 두 명의 수하가 있었는데, 사도욱이 선실을 돌아 다가오자 고개를 숙였다.

주위를 둘러본 사도욱이 느긋한 음성으로 말했다.

“그래, 어떤 놈이야?”

“처음 보는 놈인데 대리에서 왔다고 합니다.”

“제 발로 찾아왔다고?”

“그렇습니다.”

“흠, 그건 이상하군. 너희의 신분을 어떻게 눈치 챘단 말이냐?”

위장에 철저하지 못했던 게 아니냐고 책망하는 것이다. 두 수하가 쩔쩔매며 급히 변명했다.

“그건 저희도 잘 모르겠습니다. 다그쳤지만 놈은 자꾸 윗전을 찾을 뿐 좀체 입을 열지 않습니다.”

“그래? 지금 어디 있어?”

“모시겠습니다.”

사도욱이 앞장선 두 수하를 따라서 쪽배로 갈아탔다.

작은 배가 빠르게 강을 거슬러 올라가 두어 마장쯤 떨어진 둔덕에 닿았다. 드넓은 갈대밭이었다.

작은 배는 이리저리 어지럽게 나 있는 비좁은 수로를 헤쳐 나아갔다. 밖에서는 배가 지나가고 있다는 걸 알아볼 수가 없다. 갈대가 어른 키를 넘기도록 무성하게 자라 있는 탓이다.

갈대밭 속에 십여 평의 작은 공간이 뚫려 있고, 그곳에 다섯 명의 무사가 사도욱을 기다리고 있었다.

그들 앞에 꿇어 엎드려 있던 낯선 사내가 얼굴을 들고 사도욱을 바라보았다.

단단해 보이는 몸집에 얼굴이 박박 얽은 텁석부리 사내, 모혈랑 모악봉이었다.

사도욱이 눈살을 찌푸렸다. 첫인상에서 모악봉이 어떤 자인지 대뜸 감을 잡은 것이다.

저런 눈을 가지고 있는 자는 진실하지 못하다. 언제나 제 이익만 좇아 배신을 밥 먹듯 하는 자인 것이다.

마음속에 혐오감이 일지만 내색하지 않고 물었다.

"나를 찾았다고? 무슨 일이냐? 허튼수작을 했다간 어떻게 되는지 알고 있겠지?"

"예, 예."

모악봉이 급히 눈을 내리깔고 연신 바닥에 이마를 찧어댔다. 그리고 천천히 말하는데 미심쩍어하는 기색이 있었다.

"실례입니다만…… 과연 윗전에 계신 분이 맞는지요?"

젊고 곱상하게 생긴 청년인지라 의심이 든 것이다.

사도욱이 빙긋 웃었다.

"그렇다. 이놈들을 부리는 번역이지."

"아!"

놀란 모악봉이 급히 고개를 숙였다. 그리고 빠르게 말했다.

"동창에서 찾고 있는 한 사람을 보았습니다."

"그래?"

"점창파의 제자인 왕소령이라고……."

"음?"

의외의 말이다. 사도욱이 눈을 크게 떴다가 이내 희미한 미소를 지었다.

일이 생각하지도 않았던 곳에서 술술 풀려 나갈 기미가 보이니 절로 기분이 좋아진 것이다.

"좋다. 네가 원하는 건?"

"오직 한 가지뿐입니다. 제 평생 소원이 동창의 무사가 되는 겁지요. 그렇게만 해주신다면 목숨을 바쳐서 충성하겠습니다."

"흐흥, 동창의 무사가 되고 싶단 말이지?"

사도욱이 비웃음과 경멸의 시선을 던지지만 젖은 바닥에 이마를 처박고 있는 모악봉은 알지 못했다.

# 魔風俠星

## 第十二章

### 집착(執着)

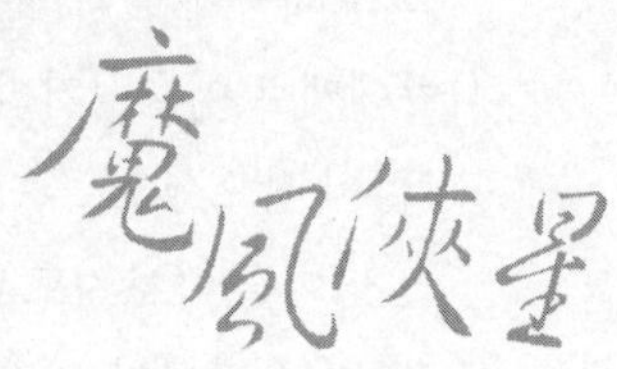

**소**나무 언덕으로 낚싯대를 지고 대바구니를 허리에 찬 사내 한 명이 콧노래를 흥얼거리며 다가왔다. 갓이 넓고 위가 뻥 뚫려서 정수리가 밖으로 삐져 나오는 철립을 썼는데, 채 서른 살이 되어 보이지 않는 청년이었다.

사도욱이다.

후줄근한 옷차림이고, 바짓자락과 옷소매를 둥둥 걷어 올려서 팔과 다리를 드러낸 것이 영락없이 촌마을 청년의 모습이었다.

누가 보든 농사일이 잠시 한가한 틈을 타서 낚시라도 하려고 물가로 나온 것이라고 여기리라.

그가 저쪽에 꼼짝하지 않고 앉아서 낚시에 여념이 없는 두 사람에게로 어슬렁거리며 다가갔다.

"많이 잡으셨소?"

한 명이 돌아보지도 않은 채 대꾸했다.

"염병할 짓이지. 오기가 생겨서 이러고 있다오. 대체 이 넓은 호수에 물고기라고는 씨가 마른 것 같구려."

"쯧쯧, 낚시가 어디 오기만 가지고 될 일이오? 미끼를 잘 써야지."

사도욱의 천연덕스런 대꾸에 낚시꾼이 비로소 돌아보았다.

검은 얼굴에 턱수염이 삐죽삐죽 나와 있는 사십대의 사내였다.

그가 비웃는 듯한 눈길로 사도욱을 이리저리 훑어보며 말했다.

"그러는 당신은 그래 어떤 미끼를 가져왔나? 설마 지렁이 대신 용이라도 담아온 건 아니겠지?"

허리에 달랑거리는 바구니를 보며 비웃는다.

사도욱이 빙긋 웃고 그들과 십여 걸음 떨어진 물가에 자리를 잡았다. 주섬주섬 낚싯대를 펼치는 것이 제법 익숙한 솜씨였다. 바구니 속에서 콩 깻묵을 한 움큼 쥐더니 물에 던지고 큼직한 구더기를 꺼내 낚싯바늘에 꿴다.

그걸 구경하던 저쪽의 낚시꾼 두 명이 흥미롭다는 듯 눈을 반짝였다.

　반 시진쯤 지났을까, 해가 뉘엿뉘엿 기울어가기 시작하자 사도욱의 낚싯대 초리가 움찔움찔했다.

　가만히 쥐고 있는 손바닥의 감촉을 통해 기미를 느끼고 있던 사도욱이 한순간 '이얏!' 하고 소리치며 힘껏 낚싯대를 채 올렸다.

　두어 장 길이의 낚싯대가 만월처럼 휘고, 팽팽하게 당겨진 낚싯줄에서 위잉— 하고 우는 바람 소리가 났다.

　"크다!"

　"저, 저거!"

　저쪽에 떨어져 있던 두 명의 낚시꾼이 벌떡 일어섰다. 자기들은 종일 헛손질만 하고 있었는데 사도욱은 낚시를 드리운 지 얼마 되지 않아 석 자는 족히 되어 보이는 커다란 잉어를 채 올렸으니 놀랍고 분하기도 하다는 얼굴들이었다.

　잉어가 물을 차고 퍼드덕거릴 뿐 좀체 끌려 나오지 않았다. 이리저리 달릴 때마다 끊어질 듯 팽팽하게 당겨진 낚싯줄에서 윙윙거리는 바람 소리가 났다.

　접힐 것처럼 굽은 낚싯대가 금방이라도 부러져 버릴 것만 같다.

　"이크, 이크. 이놈 좀 보게, 힘이 장살세그려. 하하하, 내가 잉어가 아니라 이무기를 낚았나 보다."

　사도욱이 팔을 움찔움찔 떨며 웃었다. 좋아 죽겠다는 듯해서 구경하고 있는 두 낚시꾼은 더욱 샘이 났다.

"저런, 저런! 그러다가 줄 끊어지겠네!"

"이봐, 그렇게 무작정 끌어 올리려고만 하지 말고 풀어주고 당기고 해야지."

두 사람은 어느덧 저희들의 낚싯대는 놔둔 채 사도욱 곁에 다가와 흥분해서 떠들어댔다.

주위가 시끌벅적해지는 와중에 몇 개의 그림자가 등 뒤를 지나쳐 소나무 숲 속으로 바람처럼 숨어드는 걸 아무도 눈치 채지 못했다.

뚝—

기어이 낚싯줄이 요동치는 잉어의 힘을 견디지 못하고 끊어졌다.

"어이구, 저런!"

"이 미련한 사람 같으니! 그러게 풀어줬다 당겼다 하라고 했잖아!"

두 낚시꾼이 제 일인 것처럼 발을 동동 구르며 아까워한다.

사도욱이 빙긋 웃었다.

"이 넓은 물에 고기가 저놈 한 마리뿐이겠소? 다른 놈으로 다시 잡으면 되지."

마치 낚시의 경지에 오른 사람처럼 태연하게 말하며 낚싯줄을 바꾼다.

그걸 보던 두 사람이 머리를 설레설레 흔들었다.

놓친 고기에 대한 집착이 그 무엇보다 큰 게 낚시꾼들의 공통점 아니던가. 그러니 사도욱의 대범함에는 절로 탄복하게 된다.

그들이 다시 자리를 잡고 낚시에 정신을 팔기 시작했을 때는 이제 땅거미가 점점 짙게 깔려올 무렵이었다.

두 사람의 낚싯줄에도 고기가 물기 시작하는지 신이 나서 떠들기 시작한다.

그들을 힐끔힐끔 바라보는 사도욱의 입가에 묘한 웃음이 매달렸다.

날이 더 어두워져 십여 걸음 밖에 있는 그들이 흐릿하게 보일 무렵, 사도욱이 낚싯대를 움켜쥐고 소리쳤다.

"이크, 또 왔다!"

큰 소리에 두 사람이 돌아보았다.

낚싯대가 부르르 떨리는 소리가 허공에 울린다.

"크다!"

사도욱의 또 한 번 외침에 기어이 더 참지 못하고 두 사람이 다가왔다.

"이 사람, 아까처럼 실수하지 말고 잘 해봐."

"끌고 당기는 걸 잘 할 줄 알아야 해. 그래야 낚시꾼이 되었다고 말할 수 있지."

대여섯 걸음 앞으로 다가온 그들이 눈을 휘둥그레 떴다.

"뭐야? 거짓말이었어?"

“이런!”

비로소 낚싯대가 곧게 뻗어 있는 걸 본 것이다. 고기는 없다.

“거짓말이라니? 지금 낚으면 되지.”

씩 웃은 사도욱이 세워 들고 있던 낚싯대를 힘껏 휘둘렀다.

피잉―

날카로운 소리를 내며 낚싯줄이 허공을 가르고 뻗는다. 눈에 보이지도 않으려니와, 신속하기가 쏜살 같으니 보았다고 해도 피할 수가 없다.

휘리릭―

아차, 하는 순간에 낚싯줄이 두 사람의 목을 한꺼번에 휘감았다.

“잡았다!”

사도욱이 힘껏 낚싯대를 챘고, 두 사람은 비명도 지르지 못한 채 혀를 빼물었다.

뿌드득, 하는 소리가 나더니 두 개의 목이 어둠 속으로 둥실 떠올랐다. 그와 동시에 숲에서 두 사람이 뛰어나와 쓰러지는 자들을 받아 안았는데, 복장이나 체구가 방금 목을 잃고 죽은 두 사람의 낚시꾼과 똑같았다.

두 괴한이 재빠른 솜씨로 두 구의 주검을 숲으로 끌고 가 감추고 나서 태연히 그들이 있던 자리에 앉아 낚싯대를 잡았다.

사도욱은 아무것도 모르는 것처럼 콧노래를 흥얼거리며 낚싯바늘에 미끼를 꿰고 있었다.

세 사람은 다시 물가에 드문드문 앉아 밤낚시에 빠져들었다. 곁에 밝혀놓은 호롱불빛이 잔잔한 물에 어룽져 파문진다.

얼마나 시간이 흘렀을까. 야조(夜鳥)가 소나무 가지에 앉아 우는 듯, 호르르르 하고 음침한 울음소리가 들려왔다.

귀를 쫑긋 세우고 그 소리를 듣던 사도욱이 피식 웃었다.

"왔군."


저쪽 아래 밤낚시에 빠져 있는 세 명의 태공이 있을 뿐 소나무 숲은 괴괴한 적막에 잠겨 있었다.

왕소령은 이곳에 오기까지 제가 지나쳐 온 자들을 머릿속에 떠올리며 나무 둥치에 찰싹 달라붙어 있었다.

다섯 명이 뚝뚝 떨어져서 매복하고 있었는데, 그들은 왕소령이 지나가는 걸 조금도 눈치 채지 못했다.

왕소령은 자기가 점창파의 절기인 곡풍구류(谷風九流)의 경신법으로 바람처럼 은밀하게 움직였고, 바로 곁을 스쳐 가도 모를 정도로 사방이 칠흑처럼 깜깜했기 때문일 것이라고 믿었다.

다섯 사람을 스쳐 지나갔을 때마다 그들의 눈이 매번 제 뒷덜미를 노려보았다는 건 꿈에도 모른다.

그녀에 앞서서 농립을 쓰고 헐렁한 베잠방이를 걸친 중년의 농투성이 사내 한 명이 암자 안으로 들어갔는데, 사도욱이 낚싯줄을 휘둘러 두 명의 낚시꾼을 해치운 직후였다.

사내는 논에 나왔다가 집에 들어가기 전 암자에 들러 불공을 드리려는 것처럼 보였다. 커다란 향을 두어 자루나 들고 있었던 것이다.

그는 동창의 무사들이 넓게 퍼져서 매복해 있다는 걸 조금도 눈치 채지 못한 듯했다. 머리를 끄덕이며 성큼성큼 걸어 암자로 향할 뿐 다른 곳에는 눈길 한 번 주지 않았던 것이다.

그리고 조금 뒤에 왕소령이 숨어들었으므로 동창의 무사들은 그들 두 사람의 일을 한꺼번에 사도욱에게 알렸다. 야조의 울음소리 같은 것이 그들끼리만 통하는 음어(陰語)였던 것이다.

왕소령은 잠시 망설이다가 쏜살같이 암자 안으로 뛰어들었다. 텅 비어 있는 마당을 재빨리 훑어보고 발끝으로 땅을 찍는다.

그녀가 허깨비처럼 가볍게 솟구쳐 법당의 지붕 위에 내려섰다. 조금의 기척도 내지 않는 가벼운 경신의 공부였다.

법당 안에서는 자운 노도와 농립을 쓴 시커먼 사내가 두런두런 이야기를 나누고 있었는데, 웅웅 울리는 음성만 간간이 들려올 뿐, 귀를 기울여도 그들이 무슨 말을 하고 있는 건지 잘 알아들을 수 없었다.

노도사가 도수백과 함께 있지 않다는 걸 확인한 왕소령이

다시 어둠을 타고 움직여 법당 곁에 붙어 있는 승방 쪽으로
향했다.

그곳에는 단호림과 도수백 두 사람만 남아 있었다. 운지는
노파와 함께 주방에서 무엇을 만드는지 꼼짝하지 않았던 것
이다.

잠시 동정을 살피던 왕소령이 소리없이 몸을 날려 승방 곁
에 내려서며 손에 뭉쳐 쥐고 있던 종이쪽을 던졌다. 안에 작
은 돌멩이를 넣고 꾸깃꾸깃 뭉친 것이라 힘을 실어 던지자 창
문을 향해 쏜살처럼 날아갔다.

그 순간 왕소령은 땅을 차고 단숨에 대여섯 장을 훌쩍 건너
뛰어 돌담 너머의 어둠 속으로 몸을 감추었다.


픽, 하는 작은 소리와 함께 창문을 뚫고 무엇이 쏘아져 들
어왔다.

도수백이 재빠른 손놀림으로 낚아채고 와락 창문을 열었
지만 왕소령의 모습은 벌써 사라지고 없었다.

손에 쥔 종이 쪽지를 펴본 도수백이 잔뜩 눈살을 찌푸렸다.

"무슨 일이오?"

단호림이 궁금한 얼굴로 다가와 묻는다. 도수백으로부터
쪽지를 건네받고 일별한 그가 얼굴을 활짝 폈다. 사매의 글씨
라는 걸 금방 알아볼 수 있었던 것이다.

쪽지에는 섬세한 필체로 송림에서 기다리겠다는 말과 함

께 혼자 오라는 당부가 적혀 있었다.

"역시 내 생각이 맞았어. 사매가 결국 도 형을 찾아왔군."

싱글벙글하며 제 손바닥을 두드린다.

그를 물끄러미 바라보던 도수백이 칼을 집어 들었다. 단호림이 깜짝 놀라더니 울상을 하고 엉거주춤 앞을 막아섰다.

"왜? 설마 그녀를 죽이려는 건 아니겠지?"

도수백이 무표정한 얼굴로 말했다.

"그러면 그녀의 검에 심장을 내맡기고 얌전히 서 있을까?"

"그렇지만……."

"어떻게든 빨리 끝내는 게 서로를 위해 좋을 거다."

"사매는 도 형을 죽이려고 할 거야. 하지만……."

도수백의 무서움을 똑똑히 알게 된 뒤라 자신이 없다. 사매가 이 거친 자를 반드시 이긴다고 볼 수 없었던 것이다. 아니, 어쩌면 도수백의 비정한 칼에 개죽음을 당하게 될지도 모른다.

단호림은 급해졌다.

"나도 가겠어."

그가 급히 검을 찾아 들었다. 하지만 도수백은 그걸 허락할 수 없었다.

"나 혼자 간다. 그녀도 그걸 원하고 있어."

"하지만……."

단호림이 주춤거리며 물러섰다. 지그시 쏘아보는 도수백

의 시선을 받을 수 없었던 것이다.

"아무도 죽지 않을 거다. 그러니 안심하고 있어."

"……."

도수백이 단호림을 놓아둔 채 성큼 뜰로 내려섰다.

"가겠습니다."

불당 쪽에서 걸걸한 음성이 들려온다. 돌아보니 자운 노도와 긴 이야기를 나누던 장한이 불당을 나오고 있었다.

그가 도수백과 눈이 마주치자 씩, 웃었다. 친밀함이 느껴지는 그런 웃음이어서 도수백은 어리둥절했다. 혹시 어디에서 봤던가? 하고 생각했지만 아무리 기억을 더듬어봐도 처음 보는 자다.

장한을 배웅하기 위해 불당 앞에 나와 서 있던 자운 노도가 도수백에게 물었다.

"이 밤중에 어디를 가려는 게냐?"

"바람이라도 쐬고 올까 합니다."

"흘흘, 칼을 들고서 말이지?"

"……."

장한이 물끄러미 도수백을 바라보았고, 자운 노도는 빙긋 웃었다.

자운 노도가 꼬치꼬치 캐묻는다면 곤란해질 것이다. 도수백은 서둘러 장한에게 목례를 하고 성큼성큼 암자 밖으로 나갔다. 그 뒤를 장한이 농립을 눌러쓴 채 천천히 따른다.

　도수백은 송림의 북쪽으로 갔고, 장한은 남쪽으로 내려갔다. 그가 왔던 곳은 서쪽이었는데 다른 길이라도 찾아 가는 듯하다.

　그들이 암자를 떠나고 나자 단호림이 검을 쥔 채 뜰로 내려섰고, 막 주방에서 나온 운지가 어리둥절한 얼굴로 그를 보았다.

　"어디 가는 거죠?"

　"그게……."

　단호림이 얼굴을 붉히고 우물쭈물하자 운지의 날카로운 눈이 재빨리 문 열려 있는 승방을 기웃거렸다.

　"그는 어디 있나요?"

　단호림이 말없이 눈짓으로 암자 밖을 가리켰다. 불당을 힐끔 바라본 운지가 다가와 빠른 말로 속삭였다.

　"기다리세요. 함께 가요."


　호롱불빛이 어룽거리는 물가에는 두 사람만 앉아서 낚싯대를 쥐고 있을 뿐, 사도욱의 모습은 보이지 않았다. 천천히 내려간 농립의 장한이 헛기침을 했지만 두 사람은 돌아보지 않는다.

　"많이 잡았나?"

　아는 사이였던 모양이다.

　"이제 그만 돌아가야지. 내일 일찍 천수평의 논으로 나가야 하잖아.”

여전히 말없이 낚싯대만 쥐고 있을 뿐, 두 사람은 장한의 말에 대꾸를 하지 않았다.

“이 사람들 참, 빠져도 아주 깊이 빠졌구만. 허허허—”

장한이 어이없다는 듯 헛웃음을 짓고 더 가까이 다가섰다. 막 한 사람의 어깨를 잡으려는 순간 그가 홱, 몸을 틀었다.

번쩍이는 빛 한줄기가 곧장 농립의 장한에게로 뻗어나가는데, 어떻게 손써 볼 수 없을 만큼 쾌속한 암습이었다.

그와 동시에 또 한 명의 낚시꾼이 쥐고 있던 낚싯대를 던져버리고 몸을 굴리며 다가섰다.

어느새 그의 손에는 새파랗게 번쩍이는 검이 들려 있었다. 그것이 농립장한의 발목을 쓸어간다.

눈 깜짝할 새의 일이었다. 농립의 장한은 비수에 가슴을 찔리고, 검에 두 발목이 잘려 비명도 지르지 못한 채 쓰러지고 말 것이다.

그러나 상황은 그렇게 되지 않았다.

“홍!”

냉랭한 코웃음.

“엇!”

비수로 가슴을 찔렀던 자가 놀란 소리를 냈다. 지척에서 맹렬하게 찔렀는데, 비수가 마치 단단하고 미끄러운 바위를 친 것처럼 덧없이 튕겨졌기 때문이다. 그리고 손목에 무지막지한 통증이 왔다.

이미 이럴 줄 알고 있었다는 듯 농립의 장한은 조금도 놀라지 않은 얼굴이었다. 씩, 웃는 것 같기도 했다.

그가 비수 쥔 자의 손목을 가볍게 비틀었다. 우두둑, 하고 뼈가 박살 난다.

그때 몸을 굴려 다가온 자의 검이 발목을 베어왔다. 농립의 장한이 한 발을 번쩍 들었다가 그것을 질끈 밟아버렸다.

"헛!"

검이 마치 천 근의 바윗덩이에 눌려 버린 것처럼 꼼짝하지 않자 사내가 놀란 외침을 터뜨렸다. 그의 귀에 우두둑, 하고 뼈 부러지는 소리가 났고, 지나친 고통에 비명도 지르지 못한 채 입만 딱 벌리는 동료의 얼굴이 크게 보였다.

퍽!

사내는 팔목이 부러진 동료의 목줄기 속으로 곧게 편 장한의 손가락이 비수가 되어서 파고드는 걸 똑똑히 보았다.

사내가 장한의 발에 밟혀 버린 검을 버리고 다시 몸을 굴린 순간, 뒷덜미에 무지막지한 압력이 가해졌다.

사내는 숨을 쉴 수가 없었다. 목뼈가 으스러져 버릴 것 같은 고통으로 정신이 아뜩해진다. 땅바닥에 처박혀 있는 얼굴 가득 공포가 어렸다.

동창의 무사라면 어디에 가든 고수로 인정받는다. 그런 자부심을 가지고 있는데, 둘이서 암격을 했지만 농립을 쓴 장한에게는 어린애 장난쯤 되는 것 같으니 기가 막힌다.

'이건 상대가 안 된다. 잘못 보았어.'

그런 생각이 스쳐 가지만 이미 상황은 돌이킬 수 없게 되어 버렸다.

농립의 장한이 감정없는 음성으로 말했다.

"몇 놈이나 왔지?"

"……!"

"흥, 네놈들이 동창의 개들이라는 걸 모르고 있을 줄 알았느냐?"

'역시… 번역의 짐작이 맞았어…….'

사도욱은 저 암자가 곤명에 퍼져 있는 백련교도들의 비밀 집회 장소일 것이라고 추측했던 것이다.

종일 한곳에 꼼짝하지 않고 앉아 있던 두 낚시꾼도 백련교의 감시조라고 했는데 그 말이 맞았다.

농립장한에게 목덜미를 짓밟힌 사내의 얼굴이 거무튀튀하게 변해가기 시작했다. 얼굴이 점점 땅속으로 파묻혀 갔고, 코와 입 가득 축축한 흙이 파고든다. 마지막 숨을 내쉬는 그의 귀에 스산한 음성이 들려왔다.

"흐흥. 하긴, 굳이 알 필요도 없지. 한 놈도 빠져나가지 못할 테니까."

'함정… 이었나……?'

그 생각이 끝이었다.

뚜둑―

기어이 그의 목뼈가 모두 어긋나더니 부서져 버렸다.


무성한 나뭇가지 사이로 은은한 달빛이 비쳐드는 공터에 도수백과 왕소령이 마주 서 있었다.

말없이 쏘아보는 왕소령의 눈에서 새파란 한광이 뻗어 나오고, 도수백은 그런 그녀의 지독한 눈길을 묵묵히 받아들이고 있을 뿐이다.

창―

말이 필요없다는 듯 그녀가 검을 뽑아 들고 한 번 허공에 휘두르더니 곧장 도수백의 가슴을 겨누었다.

"뽑아!"

눈짓으로 도수백이 쥐고 있는 칼을 가리키며 짧고 차갑게 말한다.

"꼭 이럴 필요가 있을까?"

"흥!"

"나는 너와 싸우고 싶지 않다."

"겁이 나는 거냐?"

"죽이고 싶지 않아서이지."

"헛소리!"

더욱 매서워지는 그녀의 얼굴을 물끄러미 바라보던 도수백이 불쑥 물었다.

“사람을 죽여본 적이 있느냐?”

“……!”

“결정적인 순간에 네 검은 망설이게 될 거야. 그러면 끝이다. 내 칼에는 그런 망설임이 없거든.”

“……!”

“네 재주가 나보다 뛰어날지 몰라. 하지만 싸움은 그것만으로 되는 게 아니지. 너는 내 칼을 당할 수 없을 거다.”

“과연 그럴까?”

“장담하지. 네 검은 나를 찌르지 못해도 내 칼은 네 목을 쳐버릴 수 있다.”

왕소령이 부르르 어깨를 떨었다.

개울가에서 공손랑과 그의 부하들을 도륙하던 도수백의 악귀 같은 모습이 떠오른 것이다.

‘내가 과연 그렇게 할 수 있을까?’

그녀는 자기 자신에게 그렇게 물어보았다. 그리고 그렇다고 대답하지 못했다.

‘그렇다면 왜 여기에 와 있는 건가?’

그런 의문이 들었고, 해답은 언제나 한 가지뿐이었다.

‘아버지의 원수!’

입술을 악문 그녀가 검끝에 정신을 모았다. 그리고 들이치려는데 도수백이 성큼 물러서며 손가락으로 입술을 가렸다.

“쉿!”

“……!”

왕소령이 움찔하고 멈추어 섰다. 의아한 눈으로 도수백을 바라본다.

'저놈이 왜……?

그런 생각이 든 순간 허공을 찢는 짧은 바람 소리가 닥쳐들었다.

시잇—

이십여 개의 수전(袖箭)이다.

그것이 어둠 속에서 불쑥 도수백과 왕소령을 노리고 날아든 것이다.

“앗!”

왕소령이 뜻밖의 일에 깜짝 놀라 비명을 터뜨렸다. 도수백에게 온통 정신을 집중하느라 눈치 채지 못했던 것이고, 설마 이 밤중의 숲 속에 매복자가 숨어 있으리라고는 예상하지 못했던 것이다.

급히 검을 휘둘러 몸을 보호하며 회피했지만 그녀의 팔과 다리에 두 대의 수전이 파고들었다.

불에 덴 것 같은 통증이 밀려들어 몸을 마비시킨다.

암습자들은 사물이 된 것처럼 어둠 속에 웅크린 채 꼼짝하지 않고 있었다. 호흡마저도 감추고 있었으므로 예민한 도수백도 그들의 기척을 뒤늦게야 느낀 것이다.

지금 이 시각에, 이런 곳에 매복한 자가 있으리라고 미처 생각하지 못한 탓도 있다.

　도수백의 감각마저 속일 만큼 그들은 매복과 암습에 능숙한 자들이었다. 그래서 도수백은 그들이 수전을 발사하려고 움직인 순간에야 비로소 기미를 눈치 챘던 것이다. 그러므로 그 또한 빠르게 대응할 수 없었다.

　왕소령이 당하는 걸 보면서도 그녀를 구하기 위해 달려갈 수가 없다.

　도수백이 크게 소리치며 급히 몸을 뒤집고 비틀었다. 씽씽거리며 몇 대의 수전이 귓전을 스쳐 갔고, 어느새 뽑아 든 그의 칼이 두 대의 수전을 쳐냈다.

　빗나간 수전들이 텅텅거리며 나무에 꽂히는 소리가 묵직하게 들린다.

　도수백은 몸을 굴리며 두어 장이나 물러나 겨우 암습에서 벗어났다.

　그사이 검은 옷을 입은 자들 여덟 명이 공터에 뛰어들었는데, 왕소령은 꼼짝하지 못하고 그자들에게 제압당해 땅바닥에 처박혔다.

　두 놈이 그녀를 찍어 누르고, 세 놈은 그녀와 도수백 사이를 가로막았으며, 세 놈은 퇴로를 차단했다.

　'함정!'

　도수백은 그자들이 동창의 무리라는 걸 알았다. 나타난 자들만 여덟 명이니 이 소나무 언덕 주위에는 그보다 더 많은 자들이 깔려 있을 것이다.

대체 저와 왕소령을 잡기 위해 얼마나 많은 자들이 온 건지 언뜻 짐작이 서지 않았다.

싯, 싯—

앞과 뒤에서 에워싸고 있던 자들이 슬쩍 왼손을 쳐들었고, 다시 날카로운 바람 소리와 함께 수전이 쏘아졌다.

소매 속에 짧은 화살을 넣어둔 통을 감추고 있다가 줄을 당겨 발사하는 건데, 한 번에 두 대를 쏠 수 있으니 여섯 놈이 발사한 수전이 열두 대였다.

그것들이 이제는 도수백 한 사람에게 집중되었다. 좌우와 상하를 모두 노리고 날아드는 터라 어디로도 몸을 뺄 수 없는 절박한 상황이다.

도수백이 본능적으로 소류보(逍流步)를 밟았다. 일곱 걸음 안에 수천, 수만 가지의 변화가 담겨 있는 신묘한 수법이지만, 자운 노도가 간파한 것처럼 너무 많은 변화 때문에 오히려 단순해 보이는 보법이다.

그리고 도수백은 그 단순한 일곱 걸음 속에 감추어져 있는 수많은 변화들을 제 몸으로 익숙하게 체득하고 있었다.

몇 걸음 움직이는 동안 보법에 따라 자연스럽게 팔과 몸이 흔들렸다. 그러자 느린 듯 빠르고, 꽉 찬 듯 텅 빈 정중동(靜中動), 실중허(實中虛)의 묘리가 절로 뒤따른다.

몇 대의 수전이 아슬아슬하게 스쳐 지나갔고, 나머지는 그가 휘두르는 칼에 맞아 꺾이거나 튕겨 나갔다.

또 한 차례의 암격을 당한 도수백의 등줄기에서 식은땀이 났다.

그러는 동안 왕소령의 팔과 다리를 묶어 나무 밑에 굴려놓은 두 놈도 포위에 가세했다.

"죽이지는 말아라."

비로소 낭랑한 말소리가 들리더니 사도욱이 어둠 속에서 모습을 드러냈다.

소나무 언덕의 매복에 나선 자들은 그가 데리고 온 수하들이었다.

열 명의 수하들 중 낚시꾼으로 가장한 두 명을 빼고 여덟 명이 모두 모인 것이다.

魔風俠星
第十三章
운명적인 만남

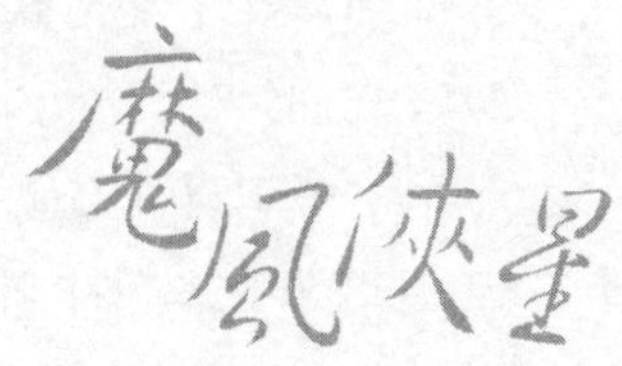

**고**요하던 소나무 숲 속이 도검 부딪치는 요란한 소리로 시끄러워졌다.

새파란 불똥이 어지럽게 날고, 낮고 힘찬 기합성들과 날카로운 파공성이 뒤엉킨다.

도수백은 사방에서 무섭게 들이쳐 오는 네 자루의 검을 맞아 고군분투하고 있었다. 그의 움직임이 물 흐르듯 유연하고, 그의 칼이 낙뢰처럼 맹렬하지만 하나의 칼로 네 개의 검을 상대하기란 쉽지가 않다.

"이얏!"

힘찬 기합성과 함께 그가 맹렬히 칼을 그어댔다. 좌우를 벋

갈아 비스듬히 찍어대는 칼에서 무겁고 웅장한 바람 소리가
났다.

두 놈이 그것에 검을 부딪칠 엄두를 내지 못하고 재빨리 뒤
로 물러섰다. 그러자 외곽을 포위하고 있던 자들 중 두 놈이
달려들어 빈자리를 메웠다.

매번 그런 식이었다.

도수백이 맹렬하게 몰아치면 슬며시 빠져나가고, 새로운
놈이 그 자리를 메운다. 그러므로 도수백은 쉴 새도 없이 전
력을 다해 네 놈을 상대해야 했다.

그에 비해 동창의 무사들에게는 한결 여유가 있으니 밤새
도록이라도 싸울 수 있을 것이다.

놈들은 그런 차륜전법(車輪戰法)에 익숙하게 훈련되어 있
었다. 동창의 무사들이 이를 갈며 힘들게 익히는 합격진(合擊
陣)인데, 사상쇄문진(四相鎖門陣)이라는 이름으로 강호에서도
악명이 높은 검진이었다.

뜨거운 숨이 가슴을 달군다. 고작 향 한 자루 탈 정도의 시
간이 지났을 뿐이지만 도수백은 가쁜 숨을 헐떡이고 있었다.

중첩되는 위기와 내 뜻대로 싸움이 풀리지 않는 데 대한 짜
증, 초조함과 긴장으로 평소보다 몇 배나 빠르게 지친 것이
다.

이와 같은 싸움의 경험은 없었다.

완벽하게 공수의 조화를 이루는 검진을 전장에서는 찾아

볼 수 없기 때문이다.

생소하기 때문에 그만큼 위험하다.

'이건 어렵군.'

도수백은 그렇게 인정하지 않을 수 없었다.

여태까지 해왔던 것처럼 무작정 들이쳐서는 이놈들의 합격진을 깨뜨릴 수 없다는 걸 절실히 느낀 것이다.

다른 방법이 필요한데 그게 무엇인지 지금으로서는 찾을 수가 없다. 그러면서 조금씩 행동반경이 좁아지고 있다.

이제는 겨우 제 앞에 밀려드는 놈들의 검봉을 쳐내기에 급급할 뿐, 반격의 기회조차 잡을 수 없었다.

이런 상황이 마음에 들지 않는다. 그래서 짜증이 솟구칠 때마다 상황은 더욱 불리해졌다. 언제나 냉정한 마음을 가지고 싸움에 임했는데, 그 부동심이 흔들리기 시작했던 것이다.

"욱!"

도수백은 어깨에 파고드는 섬뜩한 고통에 저도 모르게 신음을 흘렸다.

검 한 자루가 칼의 그물을 뚫고 들어와 어깨를 찌른 것이다.

다시 허벅지에 선뜻한 느낌이 달려간다. 옷자락이 금방 피로 흥건하게 젖었다.

굵은 땀방울이 굴러 떨어져 눈을 가린다.

위기의 순간이다.

"어때?"

"제법 꿋꿋하게 버티는군요. 마음에 드는 놈입니다."

커다란 소나무 위에 올라서서 자운 노도와 농립의 장한이 그 싸움을 지켜보고 있었다.

도수백의 위기와는 상관없이 한가로워 보인다.

"저놈이 저렇게 악착같이 버틸 수 있는 게 무엇 때문이라고 보는가?"

자운 노도의 말에 농립의 장한이 턱을 쓸며 눈빛을 번쩍였다.

"역시 칠성제운보(七星梯雲步)가 맞는 것 같습니다. 흐음, 이건 정말 기가 막혀 말이 안 나오는군요. 참 묘한 인연이라고 해야 하나, 우연이라고 해야 하나?"

"흘흘, 내 눈이 아직 어둡지 않았구만."

"도장께서 저놈을 이렇게 데리고 오셨으니 저희들은 큰 신세를 진 셈입니다. 언제고 반드시 대가를 치러 드리지요."

그들은 편하게 이야기를 주고받았으나 아래쪽 공터에 있는 사람들은 누구도 그들의 존재를 눈치 채지 못하고 있었다.

사도욱은 여전히 팔짱을 낀 채 싸움을 구경했고, 그의 수하 무사들은 이제 완전히 도수백을 궁지로 몰아넣었다.

다시 한 자루의 검이 도수백의 옆구리를 슬쩍 긋고 지나갔다.

도수백의 온몸은 피투성이가 되어 있었다. 이놈들이 저를 놀리고 있다는 생각에 이가 갈리지만 여기에서 벗어날 길이 없으니 더욱 미칠 지경이 되었다.

그들이 도수백을 사로잡으려고 했기에 망정이지, 그렇지 않았다면 벌써 목숨을 잃었을 것이다.

일이 거의 성사되어 가려고 할 때 어둠 속에서 날카롭게 외치는 소리가 들려왔다.

"그만둬!"

사도욱이 잔뜩 눈살을 찌푸리고 돌아보는 곳에서 두 사람이 쏜살같이 달려오고 있었다. 운지와 단호림이다.

사도욱은 그들이 누구인지 알지 못했다. 하지만 갑자기 나타난 훼방꾼이 다 되어가는 밥에 재를 뿌리도록 할 수는 없었다.

수하들과 도수백의 싸움을 구경하며 몸이 근질거리던 참인데 잘됐다는 듯 그가 팔짱을 풀고 성큼 나서서 그들을 가로막았다.

"너희들과는 상관없는 일이다. 그러니 돌아가."

"천만에!"

단호림이 검을 뽑아 들고 소리쳤다.

"나는 사매를 데리고 가야겠다!"

"응? 사매라고?"

저쪽 나무 아래 쓰러져 이를 갈고 있는 왕소령을 바라보고 단호림을 바라본 사도욱이 빙긋 웃었다.

"점창파의 문하로군? 하지만 너에게 저 아가씨를 내줄 수는 없지."

"이얏!"

단호림이 더 말하지 않고 검을 휘둘러 들이쳤다. 그는 지금 마음이 급해서 한시라도 빨리 이 느물거리는 자를 쓰러뜨리고 싶었다.

왕소령을 구해야 하는 건 물론, 저쪽에서 위기의 순간을 아슬아슬하게 넘기고 있는 도수백이 걱정되었기 때문이다.

그리하여 삼보추월(三步追月)의 신법으로 다가서며 대뜸 사문의 절정 검법인 사일검법(斜日劍法)을 펼쳤다.

날카롭기가 서릿발 같고, 촘촘하기가 밤하늘을 뒤덮은 별 떨기 같은 그 검법 앞에서 사도욱은 감히 방심할 수 없었다.

"흐흥, 점창파의 검법이 대단하다던데 어디 구경이나 좀 해볼까?"

그가 매끄러운 신법으로 세 걸음 옆으로 물러서고 몸을 이리저리 기울이며 여유있게 말했다. 단호림의 검격이 빠르고 치밀하지만 사도욱에게는 그것을 상대할 방법이 있는 모양이었다.

제일초 승풍낙조(乘風落照)가 여섯 개의 변식을 한꺼번에 쏟아놓았다.

쏴아아, 하고 대나무 숲에 부는 바람 소리처럼 어지러운 검명(劍鳴)이 사도욱을 에워싸고, 번쩍이는 검광이 이리저리 날아 눈을 뜨기 힘들게 했다.

사도욱은 사일검법을 처음 대해본다. 그가 눈을 번쩍이며 단호림의 검봉을 놓치지 않고 바라보았다. 그것에 감추어져 있는 오묘한 변화를 알아보려는 것이지만 한 번 보고서 점창파의 검법 조화를 파악한다는 건 불가능하다.

일초가 무위로 돌아가자 단호림은 즉각 제이초인 일광여문(日光如雯)으로 속공을 퍼부었다.

번쩍이는 검광이 더욱 날카로워지면서 코가 촘촘한 그물처럼 사방을 뒤덮는다.

"으음—"

사도욱이 핼쑥해진 얼굴로 침음성을 흘렸다. 과연 사일검법의 위력은 강호에서 듣던 것처럼 대단하다는 걸 인정하지 않을 수 없다.

그가 비로소 손목을 움직여 가볍게 검을 뽑았다. 뽑는 것과 동시에 맹렬하게 휘둘러 검막(劍幕)을 친다.

따다다당—

요란한 쇳소리가 귀청을 찢고 불똥이 어지럽게 튕겨져 나갔다.

단호림은 사도욱의 검과 부딪친 순간 손목이 얼얼해지는 충격을 받고 주춤거렸다.

사도욱의 검력이 자신보다 높다는 걸 인정하지 않을 수 없지만 지금은 사형제들끼리 하던 비무가 아니다. 물러설 수 없지 않은가.

단호림이 이를 악물고 더욱 정신을 집중하며 맹렬하게 제삼초인 낙일반생(落日反生)의 수법을 펼쳤다.

여태까지의 쾌속하고 치밀하던 검법이 돌연 웅장하면서 은밀한 것으로 바뀌어 사도욱을 어리둥절하게 했다.

붉은 노을이 하늘을 뒤덮듯, 단호림의 검에서 뻗어 나오는 시린 기운이 사방을 가득 뒤덮은 채 은은하게 우르릉거리는 벽력음을 터뜨렸다.

사도욱은 단호림이 이 한 수의 검법에 저의 모든 내공을 남김없이 실었다는 걸 짐작했다. 그렇다면 조심하지 않을 수 없다.

그가 역시 검에 내력을 집중하며 손목을 더욱 가볍고 빠르게 움직였다. 그러자 그의 검이 센바람을 맞은 풍차처럼 눈부시게 돌아갔다.

얼핏 보면 아무렇게나 휘두르는 난검(亂劍) 같은 검법이었다. 하지만 그것에 깃들어 있는 정교함과 힘이 단호림의 검법을 별 어려움 없이 가로막았다.

따다당—

다시 손목이 저릿저릿해진다. 어깨에까지 통증이 밀려오는 것이어서 단호림은 당황했다.

사도욱의 검법이 언젠가 들어본 것도 같은데 경황 중이라 그게 무엇이었던지 떠올릴 여유가 없었다.

저쪽 나무 둥치 아래에서 왕소령은 그들의 싸움을 모두 지켜보고 있었다. 도수백이 위기에 몰려 있는 것도 보았고, 방금 이사형이 사도욱과 부딪치는 것도 보았다.

그녀는 이사형의 검법 조예가 생각했던 것보다 높다는 데에 기뻤지만 사도욱이 그것을 가볍게 뿌리치는 걸 보고는 절망하는 마음이 되었다.

그때 운지는 한쪽에서 발만 동동 구르며 어떻게 해야 할지 갈피를 잡지 못하고 있었다.

"안 돼, 그만둬! 싸우지 마!"

작은 주먹을 꼭 쥐고 울듯이 소리치지만 그녀의 말을 들어줄 사람은 아무도 없다.

그러는 사이에도 도수백은 더욱 위기에 몰리고 있었다. 이제 동창의 무사들이 몇 번만 합격하면 그는 더 버티지 못하고 쓰러질 것이다.

"그를 죽이지 마!"

운지가 다시 소리쳤다. 그러나 그녀를 돌아보는 사람조차 없다.

씨잉―

또 한 자루의 검이 아슬아슬하게 뺨을 스치고 지나갔다. 도수백이 휘청, 하고 흔들렸다. 다리가 풀렸는지 제대로 보법을 밟지 못하고 있다는 게 한눈에 드러난다.

금방이라도 상대의 검에 찔려 쓰러질 것만 같았다.

“에잇!”

더 참을 수 없게 된 운지가 두려운 마음을 떨쳐 버리고 훌쩍 몸을 날렸다.

“그에게서 떨어져!”

그녀의 날카로운 음성이 머리 위에서 들려온다. 가볍고 재빠르기가 무엇과도 비교할 수 없을 만큼 놀라운 신법이었다.

막 도수백에게 검을 찌르려던 자가 흠칫 놀라 고개를 들었다.

한 마리 날렵한 독수리처럼 떨어져 내려오는 운지의 모습이 커다랗게 보인다.

그녀가 움켜쥐고 있던 두 주먹을 활짝 펴며 도수백을 에워싸고 있는 네 명에게 힘껏 뿌렸다.

쏴아아아―

요란한 파공성이 머리를 뒤덮고, 날카로운 기운이 비수처럼 정수리 위로 꽂혀드는 것이어서 네 놈은 기겁을 하고 물러설 수밖에 없었다.

파파팡―

운지가 쏘아낸 장력에 그들이 서 있던 자리가 폭음을 내며 움푹움푹 파였다. 흙과 잡초들이 자욱하게 날린다.

그렇게 날카롭고 위력적인 장력을 날린 사람이 아름다운 아가씨이고 도사라는 게 동창의 무사들을 어리둥절하게 했다.

운지는 어느새 도수백을 가로막고 섰는데, 한 손을 검자루
에 올려놓고 있었다.

"이 사람은 부상을 입었어요. 이쯤에서 그만두지 않으면
죽을지도 몰라요. 당신들은 정말 이 사람을 죽일 셈인가요?"

"어허—"

한 놈이 어이없다는 탄성을 흘리고 소리쳤다.

"그럼 죽이기 위해서 싸우지 어루만져 주기 위해서 싸운단
말이냐? 저리 비켜라! 그렇지 않으면 검에는 눈이 없으니 네
가 어린 여자 도사라고 해도 화를 당하게 될 것이다!"

운지는 갑자기 대꾸할 말이 없었다. 제가 봐도 이 사람들은
도수백을 죽이려고 싸우는 것이지 함께 놀려고 그러는 게 아
니기 때문이다.

그녀는 입을 오물거릴 뿐, 이런 상황에서 뭐라고 대꾸해야
할지 마땅한 말을 찾을 수 없었다. 점점 얼굴이 빨개진다.

저쪽에서 단호림과 검을 섞으며 이제는 한결 여유를 갖게
된 사도욱이 낯을 찌푸렸다.

'빌어먹을, 기어이 늙은 도사의 제자가 나타났구나. 그렇
다면 조만간 그 늙은 도사마저 나타날 게 뻔한데 한가롭게 노
닥거리고 있다니.'

운지에 가로막혀 있는 수하들을 매섭게 노려보며 소리쳤
다.

"시간이 없다, 서둘러!"

그 즉시 네 놈이 검을 휘두르며 다시 도수백에게 달려들었
고, 운지에게 가로막혀 물러섰던 네 놈은 이제 그녀를 사방에
서 에워싸고 검진을 가동시켰다.

운지는 마음이 더욱 급해졌다. 기어이 그녀가 검을 뽑아 들
며 외쳤다.

"당신들을 다치게 해도 그건 내 탓이 아니니 나를 원망하
지 말아요!"

"아름다운 도사 아가씨, 그대로 꼼짝하지 않고 서 있으면
우리는 당신의 털끝 하나 건드리지 않을 걸세."

한 놈이 히죽히죽 웃으며 그렇게 말했다.

운지는 마음이 더 급해졌다. 도수백이 금방이라도 이 알 수
없는 괴한들의 검에 찔려 쓰러질 것 같았던 것이다.

"이얍!"

드디어 그녀가 참지 못하고 매서운 기합성을 터뜨리며 검
을 휘둘렀다. 그 즉시 그녀를 가두고 있던 사상쇄문진이 발동
되었다.

그녀를 에워싼 네 명이 번갈아 검을 찌르고 벨 듯 위협하며
어지럽게 맴돌았다.

검을 쥐고 싸움을 시작하자 운지는 조급함을 버리고 침착
해졌다. 사부에게서 배운 바대로 검초를 펼치는데, 그것이 기
묘하고 신통하기 짝이 없었다.

그녀의 검은 마치 네 마리의 각기 다른 영사(靈蛇)가 꿈틀

대는 것 같았다. 네 명의 상대를 향해 일시에 뻗어나가고, 일시에 방어를 한다.

마치 네 개의 팔이 있어서 네 자루의 검을 자유자재로 휘두르는 것 같았다.

중원에 그러한 검법 절기는 오직 자운곡에 전해지는 영사검법(靈蛇劍法)이 있을 뿐이다.

그것은 모산파의 진산 절기인 창룡검법(蒼龍劍法)에서 갈라져 나온 것인데, 모산파의 무공을 대성한 자운 노도가 독창적으로 고안해 낸 최상승의 검법이었다.

대성하면 최대 여덟 개의 검기를 마음대로 운용하지만 운지는 아직 그 경지에는 도달하지 못해서 여섯 가닥의 검기를 검 하나로 조종할 수 있을 뿐이었다.

그것만으로도 강호에서는 감탄과 찬사를 받을 만큼 대단했다. 그런 그녀였으니 네 가닥의 검기를 뽑아 치며 네 명의 사내를 상대하는 일은 어렵지 않았다.

검초가 교묘하고 위력이 큰 만큼 영사검법은 극심한 내력의 소모를 가져오는 검법이었다. 그래서 함부로 쓰지 않는 것이지만 운지는 개의치 않았다.

"엇?"

그녀를 협공하던 동창의 무사들이 처음 대하는 운지의 신묘한 검법에 당황하여 놀란 외침을 터뜨렸다.

여유있게 단호림을 상대하던 사도욱도 눈을 크게 떴다. 한 번 검을 뿌렸을 뿐인데 운지의 검법이 전세를 완전히 장악해 버리지 않는가.

이제는 오히려 그녀를 에워싼 네 명의 무사가 쩔쩔매는 꼴이 되었다. 운지는 침착하게 검을 뻗어 찌르고 후려치는데, 그때마다 검신을 감싸고 일렁이던 새파란 검기가 줄기줄기 갈라져 각기 다른 방위를 노리고 쏘아져 나갔다.

사도욱은 그녀가 겉보기와는 달리 검법뿐만 아니라 내공에 있어서도 상승의 경지에 오른 고수라는 걸 한눈에 알아보았다.

자운 노도가 알지 못하게 일을 처리해야 한다는 게 상관인 손적풍의 지시였다.

그에게서 그런 명을 받았을 때는 늙은 도사가 뭐가 무서워서 그렇게 벌벌 떠나 싶었는데, 그 늙은 도사의 제자라는 아가씨의 검법을 보자 생각이 싹 바뀌었다.

이렇게 되면 도수백을 잡아간다는 욕심을 버릴 수밖에 없다. 왕소령 한 명을 사로잡은 것만으로도 큰 공을 세운 것이니 한 명은 포기할 수밖에 없다.

"죽여 버려! 빨리 끝내고 여기를 뜬다!"

사도욱이 그렇게 소리쳤다. 그 즉시 도수백을 들이치던 자들의 검에 무시무시한 살기가 실렸다.

"합!"

격한 기합성을 터뜨리며 검풍을 휘몰아쳐 단호림을 몰아

낸 사도욱이 훌쩍 몸을 날렸다. 운지가 도수백을 돕지 못하도록 그녀의 검을 가로막으려는 것이다.

운지도 사도욱의 외침을 들은 순간 그런 예상을 했다.

"저리 비켜!"

그녀가 침착하던 지금까지와는 달리 매섭게 소리치며 검에 더욱 힘을 실어 와락 밀 듯이 뿌렸다.

후웅, 하는 웅장한 파공성이 밀려 나가고, 그녀를 막아섰던 두 명이 그 힘을 견디지 못하고 창백해진 얼굴로 연신 물러섰다.

눈앞의 장애물이 사라졌다.

운지가 즉시 몸을 뽑아 올렸다. 사도욱이 막 도착했을 때 그녀는 가볍게 동창이 자랑하는 사상쇄문진을 깨뜨리고 도수백 곁에 내려서고 있었다.

"이얏!"

매섭게 외치며 재빨리 검을 휘두르는데, 이번에는 영사검법이 아니었다.

검봉이 부르르 떨리며, 찌르고 베어가는 것이 마치 지척에서 쇠뇌를 당겼다가 쏘아대는 것처럼 힘차고 위력적이었다.

막 도수백을 찌르려고 했던 네 명의 무사는 함부로 침을 꽂듯 해대는 그녀의 검법 앞에서 처음의 뜻을 고집할 수 없었다.

창창창창—

네 번의 요란한 쇳소리가 터져 나오고, 네 사내가 검을 쥔 손목을 부르르 떨며 일제히 물러섰다.

한낱 연약하고 우아해 보일 뿐인 운지 아니던가. 그런 그녀의 검력이 태산처럼 굳세다는 걸 믿을 수 없었다.

그녀와 일검을 나눈 네 사내가 멍하니 서서 움직이지 못했다. 손목을 타고 흘러들어 온 진동에 가슴까지 진탕된 것이다.

"이봐요, 괜찮겠어요?"

운지가 그들은 상관하지 않고 도수백을 부축하며 물었다.

"놔!"

도수백이 거친 숨을 씩씩거리며 그녀를 와락 떠민다.

제가 졌다는 것이, 저놈들의 검진에 갇혀 옴짝달싹하지 못했다는 것이 분했다. 게다가 이 연약해 보이기만 하는 운지의 도움을 받아 겨우 목숨을 건졌다는 것도 화가 났다.

"내 일이다! 멋대로 끼어들지 마!"

도수백의 사나운 고함에 운지가 얼떨떨해서 굳어버렸다. 왜 이 사내가 저에게 화를 내는 건지 이해가 되지 않는다.

그때 사도욱이 검을 휘두르며 달려들었다.

"너는 여기에서 죽어줘야겠다!"

피잉—

검봉이 흔들리지도 않으며 곧장 도수백의 미간을 찍어왔다.

“아!”

운지가 깜짝 놀라 정신을 차렸을 때 사도욱의 검은 이미 그녀를 지나쳐 도수백의 미간에 닿을 듯 쇄도하고 있었다.

“에잇!”

외침과 함께 도수백이 물러서기는커녕 오히려 운지를 밀쳐 내고 사도욱에게로 더욱 달라붙었다.

그의 비틀거리는 발이 교묘하게 방위를 바꾸고 위치를 옮겨 사도욱의 필살의 의지가 담긴 일검을 흘려보낸 것이다.

그 의외의 일에 사도욱이 믿지 못하겠다는 듯 눈을 휘둥그레 떴다.

“이놈!”

이마에 도수백의 뜨거운 숨이 훅, 끼쳐 오고 그가 휘두르는 칼이 무지막지하게 떨어진다.

“흠—”

막상 이렇게 부딪치게 되자 도수백에게서 느껴지는 투지가 끔찍한 것이어서 사도욱은 저도 모르게 감탄과 놀람이 뒤섞인 신음을 흘렸다.

그가 이것도 쉽지가 않겠다고 생각하며 잔뜩 눈살을 찌푸리는데 저 먼 곳, 언덕 아래쪽에서 처절한 비명 소리가 들려왔다.

“응?”

연거푸 들려오는 비명 소리들이 죄다 동창의 무사들이 몸을 감추고 있는 방향에서 터져 나오고 있었다.

사도욱은 무언가 일이 잘못되었다는 걸 느꼈다.

"철수한다!"

분하다는 듯 도수백을 한 번 노려본 그가 훌쩍 몸을 빼며 소리쳤다.

"끄아악—"

그러나 그는 채 몇 걸음 떼어놓지 못했다. 뜻밖의 곳에서 터져 나온 처절한 비명 소리에 흠칫 놀라 멈추어 선 것이다.

언제 나타났던 것인지, 농립을 쓰고 어슬렁거리며 암자를 떠났던 장한이 왕소령이 쓰러져 있는 소나무 아래 우뚝 서 있고, 그녀를 데려가기 위해 달려갔던 두 명의 무사가 머리통이 터져 버린 채 천천히 무너지고 있었다.

사도욱은 정신을 차릴 수 없었다. 대체 저희들이 함정을 파고 기다렸던 것인지, 아니면 이놈들이 쳐놓은 그물에 스스로 뛰어든 것인지 알 수 없게 되어버리고 만 것이다.

"너희들은 한 놈도 살아서 이곳을 떠나지 못한다."

농립의 장한이 으스스하게 말하고 뚜벅뚜벅 걸어왔다.

"죽여 버려!"

사도욱이 악에 치받친 소리를 질렀다. 그 즉시 여섯 명의 수하가 검을 휘두르며 농립장한을 향해 달려들었고, 농립 아래에서 '흥!' 하는 장한의 코웃음 소리가 들렸다.

시이잇—

장한을 노리고 열두 대의 수전이 일제히 쏘아졌다. 그것을
뒤따르듯 여섯 놈이 쏜살처럼 달려든다.

장한은 제 한 몸을 향해 쏟아지는 수전들을 보지 못한 것
같았다. 무시하고 여전히 터벅터벅 걸어오는데, 그의 온몸에
서 퍼버버벅, 하고 수전이 박히는 요란한 소리가 터져 나왔
다.

고슴도치가 되어 주저앉아야 옳은 일이다. 그러나 장한은
여전히 터벅터벅 다가왔고, 열두 대의 수전은 잔뜩 바람을 담
은 것처럼 부풀어 오른 그의 옷에 꽂혀서 덜렁거렸다.

장한이 두 손을 활짝 편 채 솔개가 병아리를 덮치듯 여섯
명의 사내를 향해 덮쳐 갔다.

곧 쨍강거리고 우지끈거리는 소음들이 어지럽게 쏟아졌
다.

장한은 털이 숭숭한 두 팔을 쇠몽둥이처럼 휘두르고, 열 개
의 손가락을 강철 집게처럼 내저었다.

청강장검이 장한의 팔뚝에 부딪칠 때마다 수수깡처럼 부
러져 날아갔다. 그리고 장한의 손가락에 붙잡힌 자들은 비명
도 제대로 지르지 못한 채 허수아비처럼 풀썩풀썩 쓰러졌다.

머리통을 움켜쥐면 그것이 두부처럼 으깨져 버리고, 어깨
를 움켜쥐면 빗장뼈가 삭정이처럼 빠각거리며 부서져 버린
다.

도수백은 멍하니 그런 장한의 무시무시한 모습을 바라보

았고, 사도욱도 그랬다. 그는 도대체 정신을 차릴 수가 없었다. '천하에 저런 무지막지한 무공이 어디 있던가?' 하는 생각만 들 뿐이다.

꽈직!

마지막 놈의 머리통이 장한의 주먹에 박살 나 흩어졌다. 그리고 농립 아래에서 번쩍이는 눈이 힐끔 사도욱에게로 향한다.

사도욱이 부르르 몸을 떨었다. 제가 지금 악몽을 꾸고 있는 것이고, 제가 지금 보고 있는 게 사람이 아니라 지옥에서 빠져나온 나찰인 것 같았다.

쿵!

장한이 사도욱을 향해 걸음을 떼었다. 그의 발이 땅을 울린 순간 사도욱이 모든 걸 버리고 몸을 돌려 달아나기 시작했다.

자신의 명예도 자존심도 임무도 모두 잊은 채 뒤도 돌아보지 않고 미친 듯 송림 밖으로 달려가는 것이다.

농립의 장한은 애써 그를 뒤쫓으려 하지 않았다. 소나무 언덕 전체가 이미 제가 불러낸 사람들로 겹겹이 포위되었기 때문이다. 제까짓 게 뛰어봐야 벼룩이라고 생각했으리라.

"훌륭했다. 멋진 솜씨였어."

다가온 장한이 도수백의 어깨를 툭, 치며 그렇게 말했다.

"아!"

도수백은 악몽에서 깨어난 사람처럼 입을 딱 벌리고 외마디 소리를 터뜨렸다. 놀람이고 감탄이었다.

"우리는 서로 할 얘기가 있을 것 같은데?"

장한이 피투성이가 된 도수백의 몸을 훑어보며 천연덕스럽게 말했다. 방금 여덟 명의 몸뚱이를 짓이겨 놓은 사람이라고는 믿어지지 않는 태연함이다.

"칼 한 자루를 들고 강호를 떠도는 사내대장부에게 이 정도 상처들이야 늘 있는 일이지. 안 그런가?"

다시 도수백의 어깨를 툭 치고 흰 이를 드러내며 씩, 웃는다.

도수백은 정신을 차릴 수 없었다. 대체 이게 어떻게 된 일인지 알 수도 없거니와, 무엇보다 장한이 제 어깨를 칠 때마다 짜릿짜릿한 전율이 척추를 타고 정수리까지 치달았던 것이다.

'이건 운명이다!'

그는 농립 속에서 번쩍이는 장한의 눈을 바라보며 속으로 그렇게 부르짖었다.

이렇게 될 수밖에 없는 어떤 운명의 힘이 느껴졌던 것이다.

장한과의 만남이 가져다준 잊을 수 없는 경이로움이었다.


『마풍협성』3권에서…